编委会

学术顾问：丁　帆　陈思和　陈晓明
总 主 编：蒋述卓　陈剑晖　贺仲明
编　　委：（按姓氏笔画排序）
　　　　　丁　帆　丁晓原　王　尧　王　宇
　　　　　王兆胜　王春林　叶立文　朱国华
　　　　　刘　勇　刘　艳　李建军　李继凯
　　　　　李遇春　吴义勤　吴周文　宋剑华
　　　　　张志忠　张福贵　陈汉平　陈思和
　　　　　陈剑晖　陈晓明　林　岗　於可训
　　　　　咸立强　钟凌翎　贺仲明　高　玉
　　　　　黄红丽　阎浩岗　蒋述卓　程光炜
　　　　　傅修海　谭桂林

☆ 当代文学经典研究丛书

丛书总主编
蒋述卓
陈剑晖
贺仲明

"红色经典"的经典化之路

阎浩岗　魏雪　著

广东高等教育出版社
Guangdong Higher Education Press
·广州·

图书在版编目（CIP）数据

"红色经典"的经典化之路/阎浩岗，魏雪著. —广州：广东高等教育出版社，2020.7

（当代文学经典研究丛书/蒋述卓，陈剑晖，贺仲明主编）

ISBN 978-7-5361-6728-5

Ⅰ. ①红… Ⅱ. ①阎…②魏… Ⅲ. ①中国文学－当代文学－文学研究 Ⅳ. ①I206.7

中国版本图书馆 CIP 数据核字（2020）第 035819 号

书　　名	"红色经典"的经典化之路 HONGSE JINGDIAN DE JINGDIANHUA ZHI LU
出版发行	广东高等教育出版社 　　地址：广州市天河区林和西横路　电话：(020) 87554153 　　http://www.gdgjs.com.cn
印　　刷	佛山市浩文彩色印刷有限公司
开　　本	787 毫米×1 092 毫米　1/16
印　　张	17.25
字　　数	236 千
版　　次	2020 年 7 月第 1 版　2020 年 7 月第 1 次印刷
定　　价	48.00 元

如发现印装质量问题，请直接与印刷厂联系调换。

总　　序

中华人民共和国成立已经70多年，也就是说，我们通常所说的"当代文学"已经存在了将近四分之三个世纪的时间。对于当代文学的成就，文学界和学术界都存在着较大的争议。有学者认为中国当代文学的创作水准已经处于世界文学前列，并因此有人提出当代文学也应该有自己的"鲁郭茅巴老曹"。当然，也有对当代文学评价不高的看法。

我们以为，仁者见仁智者见智，对当代文学成就存有不同看法很正常，只是这并不妨碍我们对其中的优秀作品展开深入系统的研究工作。我们主编这套书的目的就在于此。这套丛书被命名为"经典研究"，是因为我们不是试图全面系统地展开对当代文学创作的研究，而是重点研究其中的代表性作家作品，在一个较高的高度上展示中国当代文学的价值和方向。因为文学经典是一个时期文学中的最优秀部分，无论从文学史角度还是从文化建设角度，它都有特别重要的价值。它是确定文学史的排列秩序、思想艺术水准和学术品格的重要保证，并因此对该时期的文学发展产生深刻影响，而且，对于文学学术研究的深入推进，对于提升整个民族的文化素质，文学经典也有重要的意义。

也许有人不赞同使用"当代文学经典"这个词。这是因为我们很多人习惯于在接受了漫长文学史检验的前提下来理解"经典"这个概念。

但其实，在现代文化背景下，对"经典"的理解可以持更开放的认识态度。正如马克思在《共产党宣言》中对现代社会的概括："一切坚固的东西都烟消云散了，一切神圣的东西都被亵渎了。"在现代社会中，很多习见正在改变，很多传统正在遭遇挑战。包括许多文学经典，在各种解构主义思潮的冲击下，其身上原有的神圣光环已经逐渐滑落。与此同时，一些新的作品改变了以往的卑微地位，获得了新的评价，成为新的经典。

这一点，西方文学是如此，中国文学也是如此，对于刚刚度过一个世纪诞辰的中国新文学来说自然更是如此。中国现代文学三十年中，曾经高不可攀、令人仰视的经典作家"鲁郭茅巴老曹"，在近年来就遭遇到了学术界的巨大挑战。而沈从文、张爱玲、金庸、钱锺书等曾经被贬斥的作家，在近年来获得的赞誉已经绝不少于那些传统经典作家。当然，我们这里无意于探讨这些作家的经典地位，我们只是想说明"文学经典"并不是一个完全稳定不变的概念，而是始终处在发展和流动之中。

所以，尽管当代文学还只有四分之三个世纪的生命，但并不妨碍我们使用"经典"来指代其中的优秀作品。事实上，我们也不是从绝对的、永恒意义上确认当代文学的文学经典，而是在特定的语境中，从动态的进行时中确认相对的，甚至是有局限性的当代文学经典。换句话说，我们对这些作品的研究，本身就是文学经典化过程中的重要一部分，是在以自己的方式甄选、推举真正的经典作品，帮助文学史进行优胜劣汰，让那些经典之作汇入文学史的河流之中。而且，当代文学经典具有当代文学的独特性，它是中国古代的"大传统"和"五四"以来的现代文学"新传统"双重滋养的产物，具有传统文化与现代精神相融合的独特个性，也与中华人民共和国的独特政治、文化有着非常密切的关系。在今天，凝练、确认与阐释当代文学经典的过程，其实也是传承、转化和创新中华民族优秀传统文化的过程，也是阐释中华人民共和国文化精神的过程。另外，在某种意义上，当代文学经典具有更特别的独特审美和文化价值。它在当代文化背景下产生，与现实关系更近，更容易拨动当代

总　序

读者的心弦，引发他们精神上、审美上的共振与心理上的共鸣。

一套有原创性、有自己特色和价值取向的丛书，必须有相对统一的体例和标准。尽管当代文学经典不是绝对的，而是处在经典化的过程当中，需要我们在不断的建构过程中去挖掘和展示经典的意义，但本丛书还是具有自己非常明确的文学经典标准。其一，思想价值的高度和普遍性；其二，艺术形式的完美性；其三，社会影响度和长效性。在这一思想前提下，我们所指的"经典"主要是那些在同时代文学思想艺术水准较为突出，并被广大读者喜爱的那些作品。具体点说，本丛书中的"经典"主要从两个角度来选择和确立。一类是"时代的经典"，即出版于特定时代的优秀作品，比如，中华人民共和国成立后"十七年文学"中的《红日》《红旗谱》《红岩》《创业史》《青春之歌》等，这一类作品的思想和艺术上都存在着时代的局限，但它们确实在特定的时代中影响、教育了一代人，因此作为一种"时代经典"，应承认其存在的合理性和价值，在写作文学史时应有它们的地位。另一类可称为"永恒经典"，如《诗经》《史记》《红楼梦》《阿Q正传》等等，这一类作品不受时代和空间的局限，它们以思想上的原创性与超越性、艺术上的独创性、时间的永久性一代代传承下去，这是对"永恒经典"的高端要求。

总之，本丛书主张以理性高度客观地对待当代文学经典作品，既充分认可它们的成就和价值，又不将它们完美化，甚至不讳言其缺陷。我们希望这套"当代文学经典研究丛书"能够达到这样两个效果：一是帮助人们更深入地了解当代文学优秀作品产生的时代背景，以及其思想文化特征和艺术个性，从而更好地进行鉴赏和评判；二是给未来人们进行经典化甄选时提供坚实的基础，让我们能够成为未来文学史建设中的一部分。如果这两个目的达到了，我们这套丛书的初衷也就实现了。

蒋述卓、陈剑晖、贺仲明谨识
2020年5月18日

目 录

绪 论 /1
- 一、经典·名著·传世之作 /1
- 二、本质·建构·意识形态 /6
- 三、个人写作与"集体创作" /11
- 四、为什么是它们？——篇目的选择 /14

第一章 《红岩》 /19
- 一、《红岩》文本的可读性 /20
- 二、《红岩》的创作方法与"修改提升"原则 /26
- 三、"群策群力"的创作方式 /33
- 四、《红岩》的接受与传播 /41
- 五、解构尝试与传世可能 /50

第二章 《红旗谱》 /59
- 一、真实书写革命与北方农民的关系 /60
- 二、以日常性为底色的传奇性故事 /65
- 三、融合中西古今、雅俗共赏的艺术表现方式 /71
- 四、创作动因与动机 /77
- 五、症候分析："高蠡暴动"历史叙事的含混与裂隙 /83
- 六、反复修改，精益求精，志在传世 /88
- 七、抢稿与寻稿："红旗谱三部曲"的出版 /95
- 八、《红旗谱》的传播与改编 /103
- 九、《红旗谱》的文学史地位与传世可能 /107

第三章 《创业史》 /113

　　一、宏阔的视野与深邃的笔力 /114
　　二、充沛的创业激情与永恒的道德价值 /119
　　三、真挚的人伦情感与逼真的"生活故事" /128
　　四、为创作而"深入生活"的极致 /136
　　五、经典形象的双重塑造：柳青与王家斌 /139
　　六、不懈的艺术追求与未完成的写作 /141
　　七、《创业史》的出版与传播 /146
　　八、新时期以来《创业史》评价的起伏 /150

第四章 《青春之歌》 /158

　　一、《青春之歌》文本的独特性 /159
　　二、创作动机与"改写" /169
　　三、《青春之歌》的接受与传播 /185
　　四、《青春之歌》的当下意义及传世可能 /193

第五章 《李自成》 /200

　　一、《李自成》的思想艺术成就 /200
　　二、发愤著书与经典意识 /214
　　三、姚雪垠的自身优势与创作周期优势 /220
　　四、《李自成》的出版与传播 /223
　　五、新时期之初的初次经典化 /228
　　六、1988—1999年间的去经典化 /230
　　七、21世纪以后的再经典化 /239

附　录　文艺大众化与新中国文艺70年 /244

后　记 /263

绪　论

关于"红色经典"究竟算不算真正的"经典",近二十多年来一直有争议。十年前笔者在撰写第一本关于"红色经典"的书时,特别注意给这四个字打上了引号,意思是"有许多人这么称呼",而对其究竟能否成为永恒经典这一争议问题暂且悬置。也有人采取变通办法,将"经典"区分为"永恒经典"与"时代经典",将"红色经典"归为"时代经典"。至于它们能否上升为"永恒经典",多数研究者的答案是否定的,认为它们是特定意识形态的产物,政治倾向性过强,没有太大文学价值,会随着时过境迁而失去关注度,最终被忘却,至多成为"文学史经典"。

一、经典·名著·传世之作

笔者认为,关于"红色经典"经典性的问题,涉及如下需要辨明的理论问题:第一,何谓"文学经典"?第二,如何看待"集体创作"与纯个人化写作?

否定"红色经典"的经典性,乃至否定其文学价值的观点,主要理由除了认为它的政治倾向性太明显,还因为它不具备丰富的阐释空间或可解读的无限性。要回答这一问题，首先需要弄清何谓经典。

近些年来已有许多论著正面论及这一问题。"所谓经典，就是指一定时代、一定集团所认为的最为重要、有指导作用的著作。……文学经典自然就是经典的这种普遍意义在文学领域中的体现。"① 据笔者所知，虽然西方早有将某些伟大文学作品称为"经典"（canon）的先例，但在中国，20世纪90年代以前，"经典"一词一般并不用来指称文学作品。"经典"一般用来指政治的或宗教的、哲学的、文化的著作，例如儒家的"十三经"、基督教的《圣经》、伊斯兰教的《古兰经》，例如称马克思、恩格斯和列宁为"马克思主义经典作家"。那时对于莎士比亚戏剧、托尔斯泰小说以及《三国演义》《红楼梦》等作品，一般称为"文学名著"或"文学名作"。将某些文学作品称为"经典"，将"文学"与"经典"连在一起，潘凯雄发表于1991年的《当前文学批评中的若干问题》应该是最早的文章之一。其后，面临世纪末节点，便有各种"百年文学经典""20世纪文学经典"之类书籍出版，研究者或批评家们也渐渐习惯于用"文学经典"概念代替原先的"文学名著"。一时间，书籍命名也频见"经典"以及"精典"之类包装。而王彬彬1991年发表、1996年收入《在功利与唯美之间》一书中的《名作与价值》一文，区分的仍然是"文学名作"和"文学史名作"，而非"文学经典"和"文学史经典"。"经典"与"名著""名作"虽意义相近，但前者似乎分量更重，暗含了"金科玉律""精神依归""心灵钥匙""灵魂导引""行动指南""价值永恒""百读不厌""阐释无穷"等意味。文学史上符合这种标准的作品，应该是数量很有限的。哈罗德·布鲁姆在《西方正典》中选择了26位欧美作家，把他们和他们的作品称为"伟大作家和不朽作品"。这26人分别是：莎士比亚、但丁、乔叟、塞万提斯、蒙田、莫里哀、弥尔顿、萨缪尔·约翰逊、歌德、华兹华斯、简·奥斯汀、惠特

---

① 潘凯雄：《当前文学批评中的若干问题》，《社会科学》1991年第9期。

曼、艾米莉·狄金森、狄更斯、乔治·艾略特、列夫·托尔斯泰、易卜生、弗洛伊德、普鲁斯特、乔伊斯、伍尔芙、卡夫卡、博尔赫斯、聂鲁达、佩索阿、贝克特。这26人并非西方经典作家的全部，布鲁姆说他们是"从数百个往昔公认的西方经典作家"中挑选出的"代表人物"。① 这种"选代表"的办法，照顾的是作家对民族、文学体裁和时代的代表性。在这里，当说"西方经典作家"有"数百人"之众时，"文学经典"的含义应该是和"文学名作"差不多了，因为不可能有这么多作家的作品都能达到让不同时期、不同国度的读者"百读不厌"、让研究者有无穷阐释空间的程度。即使是布鲁姆精心挑选的这26个人，也未必都能达到这种程度。事实上，对我们今天受过大学文学教育的中国读者来说，知道萨缪尔·约翰逊、艾米莉·狄金森、聂鲁达、佩索阿的，肯定不像知道莎士比亚、歌德、托尔斯泰甚至易卜生、乔伊斯、普鲁斯特和卡夫卡的那样多。真正读过《哈姆雷特》《安娜·卡列尼娜》《变形记》的可能不少，但读过《亨利五世》《战争与和平》原著的就会少一些，读完一遍《浮士德》《城堡》的就更少了。即使就研究专家而言，研究萨缪尔·约翰逊、简·奥斯汀、佩索阿的也很少。在西方可能会有不同，但上述经典作家被新时代读者和研究者冷落也很常见，否则布鲁姆等人何以会忧心忡忡地要"捍卫"经典呢？挑选出的26位"代表"尚且如此，《西方正典》附录所列"经典书目"所涉数百部作家作品，如今罕有人阅读和研究甚至少有人知道的，就更不胜枚举。可见，在布鲁姆这里，"文学经典"与"文学名著"或"文学名作"已是同义语。在这26人中，布鲁姆将莎士比亚和但丁分别奉为"经典的中心"和"经典次中心"。莎士比亚被认为说不完道不尽，阅读莎剧的普通读者和研究莎士比亚的专家学者都很多，而但丁情况就有所不同：除了专家学者，虽然知道《神曲》的很多，但通读过这部经典作品的读者应该很少，起码

---

① 哈罗德·布鲁姆：《西方正典》，江宁康译，译林出版社，2005，第1页。

在中国是这样。莎士比亚在西方文学史上的位置，类似于曹雪芹在中国古代文学史和鲁迅在中国现代文学史上的位置。《红楼梦》形成了"红学"，鲁迅研究也是中国现代文学研究的显学。其实不论是莎士比亚剧作，还是《红楼梦》和鲁迅作品，在文学史上都属于个别现象，而当下中国的理论家、批评家在论及何为文学经典时，实质上单单以莎士比亚剧作、《红楼梦》和鲁迅作品为依据，由此总结出"内涵的丰富性""可读的无限性"①或"可阐释的空间"②，作为文学经典的必备要素，这是一个误区。在莎剧、《红楼梦》和鲁迅作品以外，尚有许多并不具备"可读的无限性"而内涵相对单纯明朗的文学名作、文学经典。以萨克·辛格就曾指出："高明的作家无须大费笔墨去渲染、解释，所以研究托尔斯泰、契诃夫、莫泊桑的学者寥若晨星。"③即使是鲁迅，也并非他的所有作品都可以进行无限阐释，所以解读《野草》的论著很多，阐释《朝花夕拾》的就较少；论述《阿Q正传》的文章很多，研究《社戏》《鸭的喜剧》的就较少。

"红色经典"属于"文学史名作"应无争议，一是因它无与伦比的巨大发行量和社会影响，二是因它对于特定时代国人思维方式和审美观念的代表性。今天以及将来的文学史上，述及20世纪50—70年代中国文学时对其避而不谈，是说不过去的，不论对其是肯定还是否定，回避了这些作品的文学史著作，必是残缺、不完整的，因为不讲清"红色经典"，就无法正确全面理解新时期文学，特别是新时期前二十年的文学。套用"没有晚清，何来五四"之说，可以说没有"红色经典"，何来新时期文学；没有"革命历史小说"，何来"新历史小说"。当然，新时期文学与"红色经典"的关

---

① 刘象愚：《总序二》，载哈罗德·布鲁姆《影响的焦虑》，徐文博译，江苏教育出版社，2006，第6-7页。
② 童庆炳：《文学经典建构诸因素及其关系》，载童庆炳、陶东风主编《文学经典的建构、解构和重构》，北京大学出版社，2007，第80页。
③ 崔道怡、朱伟、王青风、王勇军编《"冰山"理论：对话与潜对话》，工人出版社，1987，第126-127页。

系,和五四文学与晚清文学的关系有所不同,那就是新时期文学是以对"红色经典"修正或颠覆的方式体现了后者的影响;较之五四文学之于晚清文学,新时期文学特别是70后以前年龄段作家的创作,与"红色经典"有着更直接的互文关系,例如陕西作家路遥、陈忠实和贾平凹均承认受柳青《创业史》的影响,莫言承认自己的创作受冯德英《苦菜花》等"红色经典"作品的影响,严歌苓的某些小说则直接指涉"红色经典"。直至21世纪的今天,以小说或影视改编方式重说或戏说"红色经典"的现象仍然存在。这恐怕是新时期以后的许多文学名作都难以比拟的。

而说"红色经典"是"文学名作"或"文学名著",学界意见就不一致了。近些年的主流看法甚至公开或暗示地否认其文学价值,极端者甚至认为它们"每一页都是虚假和拙劣的"①。因而,要么认为它不值得阅读,不值得研究;要么认为对其只能作文化研究②,或生产机制的分析③。

按照童庆炳先生概括的文学经典建构六要素,即"(1)文学作品的艺术价值;(2)文学作品的可阐释的空间;(3)意识形态和文化权力的变动;(4)文学理论和批评的价值取向;(5)特定时期读者的期待视野;(6)发现人(又可称为'赞助人')"④,我们来衡量一下"红色经典"中的代表性作品。

"文学作品的艺术价值"是什么?按笔者理解,对于小说来说,不外乎人物形象的塑造、情节结构的安排、文学语言的独特性与表达力、思想内涵的独特性及对读者的启迪性,建立在艺术感染力基础上的认识价值。在上述方面,"红色经典"中的优秀之作成就卓然:朱老忠、严志和、江雪

---

① 王彬彬:《〈红旗谱〉:每一页都是虚假和拙劣的——"十七年文学"艺术分析之一》,《当代作家评论》2010年第3期。
② 赵勇:《对"红色经典"做文化研究》,《当代文坛》2013年第3期。
③ 洪子诚先生是这方面的首倡者。
④ 童庆炳:《文学经典建构诸因素及其关系》,载童庆炳、陶东风主编《文学经典的建构、解构和重构》,北京大学出版社,2007,第80页。

琴、梁三老汉、林道静、杨子荣、李自成、崇祯皇帝等都是个性鲜明、栩栩如生的艺术典型;《红岩》题材的独特与故事的引人入胜,《红旗谱》生活气息的浓郁和地方色彩的鲜明,《创业史》叙述语言的激情洋溢与视野的宏阔,《李自成》因巨大叙事规模需要而独创的"单元联合体"结构体式、叙事节奏的张弛相间、描写手法的丰富多彩、人物语言的个性化,都足可使其载入史册,因为在这方面它们与此前现代小说史上的优秀长篇相比毫不逊色,甚至还有超越。例如长篇小说结构艺术方面,整个20世纪中国小说罕有可与《李自成》匹敌者,世界小说史中亦应有其一席之地。

某些对"红色经典"艺术价值质疑或否定的观点,往往来自严家炎先生批评过的"跨元批评",例如以现代主义心理描写衡量现实主义或现实主义与浪漫主义相结合的《李自成》,指斥其"缺乏对人物心灵的洞察和灵魂的开掘",没有"写出人物内心的无限丰富性、复杂性"。① 我们若不狭隘地以启蒙现代性思想标准及现代主义艺术手法作为唯一准则,那么"红色经典"中优秀之作所取得的艺术成就应该是不可否认的。

"红色经典"早已不乏"发现人",否则连"文学史经典"也成不了。而若再撇开上面已论辩过的"可阐释的空间"或"可读的无限性",决定"红色经典"能否成为真正文学经典或文学名作的关键因素,就剩下"意识形态和文化权力的变动""文学理论和批评的价值取向"和"特定时期读者的期待视野"这三项了。这三项及"发现人"一项,实际关联的是文学经典的"建构"问题。

二、本质·建构·意识形态

关于文学经典是本质的还是建构的,笔者赞同综合论观点,即认为作

---

① 王彬彬:《论作为"人学"的〈李自成〉》,《上海文论》1988年第1期。

绪　论

品本身的文学价值是前提，而"建构"因素也起关键作用。作品本身如果不具有文学价值，即使如何"建构"也难以成为经典；纵然红极一时，也很快会烟消云散。但是，有时酒香也怕巷子深，没有"发现人"，作品甚至难以"出世"，或"出世"后难以存活。例如，没有中国青年出版社的领导和编辑，《红岩》就无法孕育诞生；没有孙犁的肯定和萧也牧的慧眼识珠，《红旗谱》的出版未必那么顺利；没有毛泽东两次批示支持，《李自成》就难以继续写下去。而"意识形态和文化权力的变动"与"文学理论和批评的价值取向"是连在一起的，起码在当代中国如此。"红色经典"在新时期以前及新时期初期经典性的奠定，除了其本身的文学价值与艺术感染力，也与无产阶级革命意识形态直接相关：新时期以前的文学批评几乎变成了政治批评，"艺术"一般只附带被提到。然而，即使在"一体化"时代，在同样遵循意识形态"规训"的情况下，作家们的创作仍然保持一定的个人特色，例如同样写农村和农民，赵树理、孙犁、柳青、周立波、梁斌和浩然各不相同，他们又都超越了其他农村题材小说家们的创作。他们的作品能为当时读者"喜闻乐见"，说明它们契合了读者的期待视野。新时期之后，文学批评和研究界似乎有一种"共识"，认为接受规训、明确表达意识形态的作品，一定是作家违心的产物，一定是非艺术的。其实这是一种误解。1949—1978 年间中国的主流意识形态，实际上就是无产阶级革命意识形态，这也在很大程度上等同于毛泽东思想，包括毛泽东文艺思想。来自解放区的作家对这一意识形态基本是高度认同、心悦诚服的。毛泽东的理论观点来自于他的个人生命体验与革命实践，解放区作家大多也将个人生命与无产阶级革命事业融为一体，毛泽东的某些体验与认识常常引起他们的共鸣，因为他们大多也是认同革命的乡村知识分子出身。在文艺功能、文艺大众化、文学的民族形式等诸多问题上，赵树理的观念与毛泽东颇多暗合，他的创作实践并非被动迎合毛泽东文艺思想。只是在 1949 年以后，毛泽东文艺思想逐渐突出"浪漫"的一面，强调塑造堪为全民典范的卡里斯马典型，赵树理在这方面逐渐"跟不上"，落了伍；而柳青的思想与文化、文学修养使其创作出《创业史》这样正能体现毛泽东文艺思想新阶段要求的作品。柳青写《创业史》时思想和艺术超越了《种谷记》《铜墙铁壁》阶段，他的创作对发展了的毛泽东文艺思想以及毛泽东关于社会主义革命和建设的思想，却也并非被动迎合，而是以个人思考为基础的衷心接受。姚雪垠以历史唯物主义观点研究历史事件、描写历史人物，他确确实实感到这种新观点使他在看待历史问题时茅塞顿开，使他获得新的认识、新的灵感。他的《李自成》并非为配合政治任务或宣传政策而写：他坚持写李自成的帝王思想和天命观，不相信李自成建立的政权会是与封建王朝有本质区别的"农民政权"。从延安整风时期开始，毛泽东一直把李自成当作须引以为戒的反面典型，而姚雪垠却在毛泽东在世时创作的第一、二卷中，更多突出了李自成的优点，对刘宗敏、牛金星和李岩的认识，也与被毛泽东首肯并推介的郭沫若《甲申三百年祭》迥然有别。可以说，"红色经典"中的优秀之作，都是吸取主流意识形态思想的洞见或长处，在基本遵循主流意识形态观念的前提下又糅进个人独立思考的结果。

1988年"重写文学史"思潮兴起以后，"红色经典"的经典性及文学史地位受到质疑。这是从1979年开始的文艺界"解放思想，拨乱反正"的逻辑结果。这次文艺界的"拨乱反正"主题是改变文艺为政治服务的观念，强调文艺自身的内部规律。这在当时乃至在文学史上看都很有必要，但在具体操作过程中也出现走偏现象，就是将去除文艺为政治服务的狭隘观念理解为将文艺与政治隔绝，创作所谓"纯文艺"。这就陷入了司马长风所谓"赋得的言志"[①]。还有一种情况的走偏，是仍然以政治或政策为主题，只是价值取向与之前相反：歌颂以前批判的，质疑或否定、批判以前歌颂的。正是由于这一大思潮及其"反转"逻辑，以《创业史》等为代表的"红色

---

① 司马长风：《中国新文学史：上卷》，昭明出版社，1980，第270页。

经典"因为政治或政策的原因而被贬抑,其经典性被质疑。"红色经典"进入"去经典化"时期。吊诡的是,对"红色经典"的这种"去经典化"虽是以"文学"的名义,实质主要还是因为"政治":批评者不是因为作品"写得怎样"而去质疑否定它们,很大程度上是因作品"写什么"和"怎样写"。进入21世纪以后,刘纳反思这一思潮时指出"恰逢阐释替代文学评价的年代,'写得怎样'经常被'写什么'、'怎么写'的发挥性阐释所遮蔽"①。固然,"写得怎样"常常与"写什么"和"怎样写"连在一起,但它们毕竟还不是一回事。"题材决定论"是新时期之初就被痛批的观点,"重写文学史"时,它却又在起作用:因为《创业史》写了当时被认为失败的合作化,而且作者是以肯定集体化道路的立场来写,这在提倡农业生产责任制、包产到户的新时期被认为明显不合时宜,随着它所歌颂的政治或政策的"过时",它也就被认为当然地过时了,因而也就没有文学价值了。

否定"红色经典"的经典性、将"红色经典"去经典化的论者还有一个重要理由,就是这类作品政治倾向性过于明显,主题过于显露直白,失去复杂性,也就失去了可阐释的空间。如上所述,认为所有被认作文学经典的作品都具有可无限阐释解读的空间,这是一种误解。以中国文学史为例:我们用这一标准衡量《红楼梦》可以,衡量《三国演义》《水浒传》就未必合适。尽管后二者也有一定可阐释空间,却基本是倾向鲜明,思想内涵并不十分复杂。而事实上,就一般读者而言,熟悉《三国演义》特别是《水浒传》的,肯定比熟悉《红楼梦》的多,《三国演义》与《水浒传》对社会的影响、对文学史的影响,也绝不亚于《红楼梦》。我们说《创业史》宣扬的合作化运动过时了、不合乎当下政治与政策了,也可以说《三国演义》《水浒传》宣传的"忠孝节义"是封建意识形态,不具有现代性,因而过时了。然而,这方面内容的过时并未影响其经典性。

---

① 刘纳:《写得怎样:关于作品的文学评价——重读〈创业史〉并以其为例》,《文学评论》2005年第4期。

可以说，新时期以前"红色经典"被建构借助了意识形态力量，新时期以后它的被解构也主要是由于意识形态因素，只是这种意识形态因素是以"去意识形态化"的面目出现的。这种新的意识形态后来也被有些人称作"新时期意识形态"，即以启蒙现代性思想为基础或核心，强调个人、人性、人情及人道主义，肯定个人欲望和个人利益的合理性，质疑或反对阶级论和阶级斗争思想、集体主义至上观念，反对彼岸世界重于此岸世界、精神理想价值重于物质功利价值的价值体系的意识形态。

而若站在今天的高度，真正撇开新旧意识形态因素，反观"红色经典"，可以发现："红色经典"中的优秀之作并非没有表现人性、人情，并非没有超越时代的意义。例如，《创业史》之所以对陕西作家影响巨大，在今天仍然不失其艺术感染力；就在于它不仅仅是表现政治主题、演绎意识形态理念，而是表现了人伦挚情，洋溢着创业激情，作为"生活故事"，柳青关注的是"贫穷和贫穷中的挣扎与抗争"①。《红旗谱》虽然突出阶级对立，正面表现了农村阶级斗争，但是，梁斌的艺术描写重点始终在人情：作品最动人的地方，恰恰是朱老忠和严志和、朱老明们的朋友情，他与贵他娘的夫妻情；朱老忠与冯兰池家的斗争其实是以个人意气之争与两代家仇的面目出现的，朱老忠与严志和家的情感也是"世交"，他表现的"为朋友两肋插刀"的"义气"穿越时间阻隔而与《水浒传》精神相通；而朱老忠与更贫穷的老套子就没有这么深的感情。所以作品并非演绎"阶级斗争"意识形态。读者喜欢《青春之歌》，是因意识或潜意识中被一位青年女性知识分子的命运与人生道路所吸引。在"红色经典"中，《红岩》意识形态色彩最浓，但受批评和质疑却最少，因为它所写的是一批特殊人物的特殊经历、特殊精神世界，而这种精神世界始终是令人敬仰的，尽管后世读者未必能理解或认同作品中烈士们的信仰与具体观念。《李自成》第一、二卷表

---

① 刘纳：《写得怎样：关于作品的文学评价——重读〈创业史〉并以其为例》，《文学评论》2005 年第 4 期。

现人在逆境中的顽强意志、愈挫愈奋的精神，第三卷在描述三次开封战役时体现出的人道关怀，最后两卷对民心向背与历史成败关系的思考，均具有超越时空的启迪价值与艺术感染力。而这些，未必是新时期以后有了新的更"先进"的意识形态、更具"现代性"的作品均能达到的。

上述这些，就为它们的传世提供了可能。

三、个人写作与"集体创作"

"红色经典"新时期以后被诟病的，还有其生产方式。有些作品虽以个人署名，但近乎"集体创作"，有人将其极端者概括为"领导出思想，群众出生活，作家出技巧"。然而，此事还须具体辨析。

虽然海明威说写作"是一种孤独的生涯"①，但中外文学史上公认的经典中，却不乏"集体创作"之作。作为"经典核心"的莎士比亚剧作，其实就可视为"集体创作"的结晶，因为莎剧故事几乎都有别人作品作为原型，有些不止一个"原作"。有时莎士比亚甚至将"原作"的人物及细节都照搬过来。我们甚至可以说莎士比亚是一个成功的"改编者"。歌德诗剧《浮士德》也是如此。中国古典名著《三国演义》《水浒传》更是有漫长的成书过程，直至今天其作者究竟应该怎样署名都存在不同观点，它们可以说是不同时代众多民间艺人和作家们集体智慧的产物，只不过罗贯中、施耐庵和毛宗岗起了更关键的整理升华或画龙点睛的作用。好莱坞电影不乏传世经典，但其"流水线"式的作业方法众所周知。

"红色经典"的"集体创作"之所以受诟病，大概主要因为那个"领导出思想"——倘若作家的思想不是自己的，违心而写，或"领导"所给"思想"与作家本人的生命体验、社会人生见解完全相悖，势必导致创作失

---

① 海明威：《获奖演说（书面）》，载《诺贝尔文学奖颁奖演说集》，毛信德等译，百花洲文艺出版社，1992，第421页。

败。对于这个道理，大家应该是没有什么异议的。但是，被认为"集体创作"的《白毛女》《红岩》等作品，艺术上却取得了巨大成功，这不能不令人深思。我们且暂时抛开作为综合艺术而必须集体合作完成的戏剧（歌剧《白毛女》及"样板戏"的成功肯定有音乐、表演等文学外因素之功），单论小说《红岩》。洪子诚《中国当代文学史》专列一节"《红岩》的写作方式"，肯定"《红岩》约十年的成书过程，是当代文学'组织生产'获得成功的一次实践"。该书这里所说的"成功"，并不意味着承认它是永恒的文学经典，而只是指它在当时获得成功并成为"当代发行量最大的小说"。同时，《中国当代文学史》又指出它的"作者是一群为着同一意识形态目的而协作的书写者们的组合"①，这样的"组合"创作出的作品在获得当时的成功之后，将来能否传世，能否成为真正经典，洪著对此并不作正面回答——对于"十七年"其他作品，洪著也常常回避作明确价值评判，而多用转述式语言（"被认为""被看作"等），而这却是我们这本书必须面对的问题。

《红岩》的"思想"究竟是作者自己的，还是完全由"领导"输入、外在于作者本人生命体验与精神世界的？这要看怎样理解作品的思想内涵。《红岩》的作者们，包括最后署名的罗广斌、杨益言，没有署名的刘德彬，以及参与讨论的杨本泉，提出过修改意见的老作家沙汀、马识途，责编张羽等，都是高度认同共产主义信仰，认同无产阶级革命思想价值体系的。罗广斌和刘德彬冒着生命危险参加革命工作，他们与书中所写的烈士具有相似的人生追求和精神境界，所以，歌颂烈士是他们的本意，也发自他们的内心。"领导"和老作家们给他们的原稿提出的意见，除了技术性问题，内容方面只是要求删除满纸血腥，改变低沉压抑的调子，增加对全国形势的交代与狱外武装斗争的描写。这种修改意见虽然主要从政治宣传效果考

---

① 洪子诚：《中国当代文学史》，北京大学出版社，1999，第111–113页。

绪 论

虑，但从罗、杨二人的反应看，他们对之是心悦诚服的；从作品实际艺术效果看，也是非常好的，起码在作品初版的那个年代如此：它除了被一般读者欢迎，就连一些专业作家也表示赞赏。例如姚雪垠就认为它"不惟故事十分动人，而且人物性格突出，色彩丰富，时代的气氛也写得浓厚"①。"集体创作"有其弱点，也有其优势。弱点是不能表现特别具有探索性、独特性、先锋性的思想，或有些怪异的想象，例如卡夫卡、马尔克斯或莫言那样的小说是无法以"集体创作"的方式来写的。但成功的"集体创作"却更符合大众心理，契合时代的、群体的共识，做到令众人"喜闻乐见"。戏剧和电影本身按基本性质说属于大众艺术，都离不开"集体创作"，"集体创作"的小说如果成功了，也更容易雅俗共赏。《红岩》就是典型案例。

《红岩》在它诞生的年代获得空前成功是因为它除了符合意识形态要求、有引人入胜的故事，更塑造了独特的英雄形象。这种英雄不同于中外文学史上的能力（武力或智力）英雄、道德英雄，是一种意志英雄：这类英雄有着建立在坚定信仰上的坚强意志，这种意志达到超乎寻常的程度。江雪琴、许云峰、成岗都有这样的意志。华子良的意志则体现为坚韧。书中所写这类英雄虽然超乎寻常，但当时的读者广泛接受，并未感到不可信，这是因为那是一个英雄时代，何况读者又知道这些英雄形象都有生活原型，原型确实是为信仰牺牲了生命，或有牺牲生命的决心。究竟是当时的文艺作品促成了全民的英雄崇拜，还是全民的英雄崇拜导致文艺作品中的英雄形象更真实可信，深入人心？或许这是一个互为因果的问题。老作家和编辑们让罗、刘、杨将初稿的基调由低沉压抑改为乐观开朗，从文学接受角度说，这更符合中国读者的审美心理。按李泽厚先生的观点，中国传统文化是一种"乐感文化"，"中国人很少真正彻底的悲观主义，他们总愿意乐观地眺望未来"②。不过，在《红岩》这里，中国式的乐观精神又有不同：

---

① 许建辉：《姚雪垠传》，湖北人民出版社，2007，第177－178页。
② 李泽厚：《中国古代思想史论》，人民出版社，1986，第173页。

它是超越了个体生命的对于群体未来的乐观,因为书中主要人物作为个体的生命是毁灭了的。李泽厚说"中国的实用理性使人们较少去空想地追求精神的'天国';从幻想成仙到求神拜佛,都只是为了现实地保持或追求世间的幸福和快乐"①,《红岩》人物却超越了中国人的这种观念,因而达到一种准宗教境界:认为幸福和快乐不限于此生此在此肉体,而寄托于自己可能无缘得见的未来。《红岩》之前和之后宣传革命烈士事迹的读物也表达了类似精神,但没有一种在感染力和影响力方面超越《红岩》。《红岩》对一代或几代中国人精神世界的形塑、重塑,作用无可替代。

在《红岩》正式出版之前,杨沫的《青春之歌》也加进了"集体创作"因素:初版本面世之后,编辑、批评家和普通读者给了作者一些建议,有些批评建议令作者苦恼,但加写主人公与农民结合的情节的建议被杨沫采纳,修改版加写了农村八章。加写部分并未导致作品失败,未使其艺术完整性受损,而确实丰富了作品内容。这种在别人建议之下的加写之所以成功,是因为杨沫有生活体验基础。虽然在故事讲述的年代她不曾深入接触农民,但在后来的抗战生涯中她有亲身经历,所以写来并不陌生牵强。

四、为什么是它们?——篇目的选择

本书重点考察的"红色经典",是《红岩》《红旗谱》《创业史》《青春之歌》《李自成》。

本书探索"红色经典"的经典化之路,包括研究它们如何成为时代经典,但更侧重分析它们能否成为永恒经典。在"三红一创,青山保林"这些"正典"与《铁道游击队》《敌后武工队》《烈火金钢》《野火春风斗古城》等"次典"中,我们选取上述五部作品,正是着眼于这些作品的超时

---

① 李泽厚:《中国古代思想史论》,人民出版社,1986,第308页。

绪 论

空审美价值潜质。

笔者认为，判断这些作品中哪些有望成为传世之作、成为一般意义上的文学经典，应从三个维度上予以考察：（1）文本内涵有无超越时代的东西？艺术上有无足够的独创性与感染力？（2）它们在"后革命""后英雄"时代还有无影响？（3）它们以后的命运趋势怎样？

我们先看《红岩》。《红岩》号称当代发行量最大的小说，它表现的是特定历史阶段的政治斗争。虽然对于20世纪40年代末期历史的叙述我们的教科书不会有变化，但普通读者为个人阅读进行选择时，心理上会不同于20世纪60—70年代的读者。《红岩》能被今天的读者接受，更多是因为非政治因素，例如它题材独特（监狱生活与地下斗争），有吸引人的故事情节。此外，它对于人的信仰和意志的表现在文学史上独树一帜，对处于"后革命年代"的读者也有启迪和激励作用。因此，新时期以后这本书仍然长销，影视剧改编又有多种新的版本。对于这部作品，以后的文学史书写也不应忽略。不论是作为一种文化现象还是文学现象，不论从创作论还是接受论方面来说，它都值得研究。

《红旗谱》的经典地位一直不曾动摇。虽然个别批评家对它进行过"挑战"，但观点难以被文学界接受。这是因为作品本身的艺术魅力与文学价值是客观存在的。在《红旗谱》之前，除了赵树理和孙犁的作品，还没有哪部中国小说写普通农民的日常生活和乡土伦理写得那么细致、那么生动；而与赵、孙相比，梁斌的乡土书写又有其独特之处，例如他在《红旗谱》《播火记》中对农民婚丧嫁娶风俗细节的描述，给人印象特别深刻。而这些日常生活描写与农民革命、时代风云的宏大叙事相结合，又有赵、孙所不及之处。我们说《红旗谱》总体艺术水平超过《李家庄的变迁》和《风云初记》，估计专家和普通读者持异议的不会太多。《白鹿原》出版后，将它与《红旗谱》进行对比的文章，有些扬"《白》"而抑"《红》"。笔者以为，《红旗谱》和《白鹿原》各有其存在价值，互不可替代。《白鹿原》站在文化建设角度反思中国乡村的革命运动，写出了关中的真实；《红旗谱》则描述乡村革命的起源及其局限性，写出了冀中的真实。陈忠实有后来者的反思高度，梁斌有当事人的现场感。它们都能给后世读者以审美享受，有助于读者了解旧中国前现代的乡村，两本书可以参照来读。王蒙主编、张德林副主编的《中国新文学大系1949—1976》之"长篇小说卷"全文收录的本时段长篇小说只有5部，其中就有《红旗谱》，说明它在新时期以后专家眼中的地位仍然重要，仍然被认为是传世之作，是一般意义上的文学经典。

《创业史》对陕西作家的巨大影响一直为文学研究者称道，三位茅盾文学奖获得者路遥、陈忠实和贾平凹都承认这种影响。仅此一点，这部作品的经典地位就不能否认！一部平庸作品能做到这一点吗？一部小说何以能成为一代作家的思想和艺术资源？如前所述，20世纪80年代后期"重写文学史"浪潮中，《创业史》首当其冲，成为被质疑、被颠覆的对象，原因其实只有一个：它写的是农业合作化运动，而且是站在赞同的角度来写这一社会运动，而这一运动在80年代前期就被证明是失败了。现在看来，质疑者的逻辑仍然是政治的，而非文学的、艺术的，正如刘纳所说，依据的标准是"写什么"和"怎样写"，而非"写得怎样"。[①] 王蒙在给《中国新文学大系1949—1976》之小说卷所写的序言中，在论及"由于那时的党的文艺政策确有这样那样的'左'的偏差，由于当时进行创作和发表作品的所有或差不多所有作家都是拥护党的政治主张和党的文艺政策的，所以，那时的文学作品一无可取"之说时指出："这种说法至少在方法上完全没有摆脱它所批评的以对于作品的政治倾向政治主题的分析决定取舍，以政治分析取代艺术分析的狭隘性简单性。"[②] 抛却特定时期的政治和政策因素，《创业史》仍然有超越时空的艺术感染力，因为它所写梁生宝与梁三老汉非血

---

① 刘纳：《写得怎样：关于作品的文学评价——重读〈创业史〉并以其为例》，《文学评论》2005年第4期。

② 王蒙：《中国新文学大系1949—1976·小说卷序》，载王蒙主编、张德林副主编《中国新文学大系1949—1976：第三集》，上海文艺出版社，1997，第4页。

缘的父子亲情、书中正反面两种人物以热爱生活为前提的同样创业激情，已经超越了政治与政策；加之"它的脚踏实地的坚实，它的掘地三尺的深入开挖，它的人物刻画的力度以及它在艺术上的惨淡经营一丝不苟精益求精力透纸背"①，足以使后世读者从中受益。

《李自成》第一卷与"三红一创，青山保林"问世于同一时期。它的题材虽与一般所谓"革命历史小说"不同（不是写中国共产党领导的革命斗争），但作者自觉运用历史唯物主义观点分析历史事件和历史人物，并尝试以现实主义和浪漫主义"两结合"的创作方法进行创作，所以也应归入"红色经典"。这部小说作为"文学史经典"的地位毋庸置疑，因为它是中国现当代长篇历史小说的奠基之作、示范之作，几乎所有后来创作长篇历史小说的中国当代作家都承认受过它的影响。② 笔者认为它可以传世，是能被后世读者作为文学作品鉴赏而不只是被研究者关注的文学经典，主要是因如下理由：第一，在长篇小说美学方面的开创性探索。《李自成》的超长篇幅（五卷12册330万字）前无古人，这样的巨型篇幅却又浑然一体。结构上它既继承了中国古典小说因素，又借鉴西方小说传统。例如，我们从其悬念设置可以看到章回小说的影响，它的"横云断岭、大开大合"，却又有维克多·雨果的技巧。其"单元联合体"的结构方式自成一体，颇为适合这样大的规模和篇幅。在描写方法上，它讲究"笔墨变化，丰富多彩"，例如写战争就有诸多不同方法，借鉴并突破了中外小说的战争描写方式。叙事讲究张弛相间的节奏感。第二，它是中国封建社会末期形象化的"百科全书"，政治、军事、外交、文化风俗及日常生活内容无所不包，富于知识性和趣味性。第三，以历史唯物主义分析历史、塑造形象，突破了以往正史和野史中的旧历史观，却又并非革命领袖观点的简单演绎，例如它对

---

① 王蒙：《中国新文学大系1949—1976·小说卷序》，载王蒙主编，张德林副主编《中国新文学大系1949—1976：第三集》，上海文艺出版社，1997，第6页。

② 所以，个别文学史著作论及长篇历史小说时，只提自己承认受《李自成》影响的凌力和唐浩明，而只字不提《李自成》作者姚雪垠，是不符合文学史叙述规范的。

农民战争、农民政权性质的理解，就与教科书和当时的主流观点并不一致，而体现出个人独立思考的成果。它的总主题"民心向背是决定历史成败的关键"，也被后来的历史小说家采纳；各卷分主题也具有独立意义。第四，语言艺术达到一个新高度。因此，《李自成》虽然经历了1988—2007年20年的"去经典化"，迄今却仍然有广泛读者，多数文学史也不曾忽略。历经五十多年，在误解、曲解和贬抑环境中仍然"存在"，可以证明它的经典性，或经典潜质。

《青春之歌》的"文学史经典"价值毋庸置疑，它是"红色经典"长篇小说中唯一一部以知识分子为主人公的作品，它关于女性知识分子在社会大变革时代前途和命运的主题，延续了鲁迅《伤逝》及茅盾《蚀》《虹》以及丁玲等人同类题材小说的思考，又有自己新的探索和艺术表达方式。即使时过境迁，即使革命已成往事，它"对于生存境遇、对于人生抉择、对于一种'活法'、对于一个女青年的心灵史的生动展现"，仍能使后世读者得到启发，其作为"躁动着痛苦着却也希冀着的青春的诗篇"[1]，对于不同时代的青年都会有其艺术感染力，因为任何时代的青年都会有青春的躁动、苦闷和迷惘，都会面临人生岔路口的抉择。后革命年代的人要想了解革命年代青年们的心灵世界与生存状况，这部作品也有重要的参考价值。因而，这部小说也具备成为永恒经典的潜质。

其他"红色经典"能否成为永恒经典，现在尚不好断言。

---

[1] 王蒙：《中国新文学大系1949—1976·小说卷序》，载王蒙主编、张德林副主编《中国新文学大系1949—1976：第三集》，上海文艺出版社，1997，第5页。

第一章 《红岩》

先说《红岩》，不是因为它在"红色经典"中出版最早，也不是因为它艺术成就最高，而是因为它是"当代发行量最大的小说"①，其超过千万册的发行量是"整个20世纪中国文学中长篇小说的最高纪录"；它"参与了对现代中国人文化心理结构的塑造，因而成为现代中国的精神资源的重要组成部分"，是"一部关于人的信仰的启示录"，"浓缩了20世纪中国历史上最为强烈的现代性冲突的'红色圣经'"，"不仅塑造出属于20世纪中国人独有的认知方式和情感方式，而且已经成为我们这个民族的深层无意识"。②因此，它具有其他"红色经典"以及文学史上其他作品难以比拟的特殊性。

这部长篇小说的空前成功，首先是因为文本本身可读性很强，故事脍炙人口，人物与众不同；其次，它又与特定的时代社会背景分不开；它"集体创作"式的"生产"方式也起着重要作用。而借助强大的传播力度和多样的传播方式，它确确实实实现了家喻户晓、深入人心。这些都值得具体剖析。而在"后革命"年代它是否还能流传下去，更是"经典化"问题绕不开的题中应有之义。

---

① 洪子诚：《中国当代文学史》，北京大学出版社，1999，第111页。
② 李杨：《50—70年代中国文学经典再解读》，山东教育出版社，2003，第177-179页。

一、《红岩》文本的可读性

在 20 世纪西方现代主义小说观念输入中国之前，小说要有可读性、要能吸引读者，能给读者带来审美愉悦，要有娱乐消遣功能，这是作家和读者的共识。在中国古代文学史上，小说一直属于俗文学，《三国演义》《水浒传》《西游记》自不必说，即便如《红楼梦》，也是"雅俗共赏"。即使是被认为不太适宜普通百姓而只适宜文人阅读的唐传奇，也具有很强的故事性、趣味性。"红色经典"特别重视大众化，重视适应工农兵读者的审美趣味，所以，可读性是其共同特征。

《红岩》对读者的吸引力首先来自于它与众不同的题材：地下工作与监狱斗争。地下工作具有神秘性，从审美娱乐角度看，它兼具惊险、悬念、浪漫等要素。如今谍战剧成为影视剧最受欢迎的类型剧之一，就是由于观众同样的接受心理。《红岩》第一个"谍战"故事是"沙坪书店"事件：甫志高、陈松林奉地下党之命办沙坪书店，真实意图是将其作为备用联络站。此时，甫志高、陈松林是"谍"；而书店里又潜入一个国民党特务郑克昌，这郑克昌又成了"谍中谍"。郑克昌真实面目逐渐显现，构成情节张力，显现后陈松林以及陈松林上级领导甫志高的处境，又构成悬念。甫志高叛变后，许云峰、江雪琴、成岗、刘思扬、余新江的命运，构成新的悬念；抓捕这几个人的过程，成为新的紧张情节。

主要人物都进入监狱后，环境改变。监狱环境是一个特殊环境，是绝大多数人不会有亲身体验机会的环境，因而也带有神秘性。在监狱中，看守、管理人员与被监禁者是一种敌对而不平等的特殊关系。监管人员在审讯犯人时，在上级准许的情况下，可以随意处置犯人的肉体；犯人因处于不自由状态，即使原先勇猛的强有力之人，肉体上也毫无反抗能力。而身体相对柔弱的女性，当成为犯人时，所经受的肉体与精神的考验更大。除

第一章 《红岩》

了肉体可能被随意凌虐,在监狱的日常生活中,犯人的活动空间极其有限、生活条件非常恶劣。《红岩》恰恰利用了犯人与监管人员在肉体上、物质上这种极端不对等的关系,展开情节,塑造人物性格,以表现作为革命者的"政治犯"顽强坚韧的斗争意志与机动灵活的斗争策略、斗争艺术。这也形成了对读者的特有吸引力。作品中,特务不给政治犯喝水,政治犯为水而进行的斗争,龙光华为给难友争水而牺牲、难友们为争取给龙光华开追悼会而进行的绝食斗争,江姐受刑,这些事件一环扣一环,表现了被监禁者在弱势情况下靠互相关怀、互相支持的团队精神和坚定意志,如何以弱胜强,使本处于强势地位的特务屡屡遭到挫败。《红岩》之前,本来中外文学中监狱题材作品就极少,而表现这种方式的斗争,《红岩》是绝无仅有的。除了以肉体方式进行的斗争,《红岩》也重点写了双方几次精神较量,那就是审讯成岗、审讯刘思扬、审讯江雪琴时双方的唇枪舌剑,还有"狱中联欢会"时,政治犯们以乐观主义精神向关押狱警特务的示威。

《红岩》引人入胜的情节还有被羁押的政治犯与监管特务的斗智,例如狱中办《挺进报》——从消息来源到编辑、抄写、传送,都有一套秘密渠道。被发现后,齐晓轩如何临危不乱、随机应变,巧妙解释消息来源,并利用敌人弱点,使其不了了之,让人叫绝。郑克昌分别化名高邦晋和老朱,混入渣滓洞,潜入刘思扬家,其被识破的过程,也颇具张力。在看不到谍战剧、侦探小说、悬疑故事的年代里,这些对读者极具吸引力。

除了狱中斗争,狱外双枪老太婆劫刑车的故事也颇具传奇性,后来成为快板书的改编素材。据责编张羽介绍,第三稿中"有过多的传奇色彩、惊险场面",双枪老太婆的描写还要多,到最后定稿时,这些都被删除了,"大幅度地删去了她的一次入城活动"。这样做的目的是怕"把小说带入歧途,变成一部惊险小说"[①]。而这恰恰说明,《红岩》带有一定成分的惊险

[①] 张羽:《我与〈红岩〉》,《新文学史料》1987年第4期。

小说因素。据说，在写《在烈火中永生》及《红岩》之前，罗广斌到各处演讲时，就特别善于讲故事，他的故事对听众非常有吸引力和感染力。原作者、执笔者"讲故事"的能力强，加上老作家沙汀、马识途指导，《红岩》在"有好故事"方面就有了可靠保证。

除了题材与情节，《红岩》的可读性还来自其人物塑造，即它塑造了一系列与众不同、给人印象深刻的人物形象，例如江雪琴、许云峰、成岗、刘思扬、华子良等。这些人都属于英雄。受中国传统小说影响的中国普通读者，都喜欢读英雄故事。古典名著中，《三国演义》《水浒传》《西游记》《三侠五义》都是写英雄的，当代武侠小说也是写英雄的。写日常生活的《红楼梦》和《儒林外史》，在民间的读者远不及那些"英雄书"多。民间心理中有崇拜英雄的意识，或许是因英雄代表了人性自由和超越的一面，即普通人虽不能至却心向往之的一面，英雄事迹使人暂时在想象中摆脱日常生活的单调重复，同时也激励读者让自己更强。《红岩》塑造的英雄与中外文学史上的英雄相比，又有其独特之处。中外文学史上的英雄，大抵不外乎能力英雄和道德英雄两类。《三国演义》《水浒传》《西游记》里多是能力（武力或智力）英雄，雨果《悲惨世界》里的冉阿让、《海上劳工》里的吉利亚特亦属此类。一提《三国》，人们就想到蜀汉"五虎上将"关、张、赵、马、黄，曹魏典韦、许褚，以及吕布等。这些人都是武功过人的战将。诸葛亮和周瑜则属于智力英雄，他们的运筹帷幄、妙计迭出，为读者津津乐道。冉阿让的超人膂力、吉利亚特的生存和"劳动"能力，更是令人咋舌，过目不忘。除了能力英雄，就是道德英雄：关羽、张飞、赵云的忠义，诸葛亮的"鞠躬尽瘁，死而后已"，冉阿让和吉利亚特的牺牲自己、成全别人，都使得他们道德上高人一筹，成为后世楷模。

《红岩》里的主要正面人物都是英雄，但他们并非能力英雄，并不以武力或智力见长：除了双枪老太婆，大多并不具备绝世武功，智慧方面都有失算。许云峰、江雪琴和成岗、刘思扬的被捕固然是因出了叛徒，难以避

第一章 《红岩》

免,但若侧重写其智慧方面料事如神,就会表现他们怎么屡屡逃脱、化险为夷。枪法精准的双枪老太婆,在劫刑车时也中了敌人声东击西之计。说他们是道德英雄可以,因为作为坚定忠诚的共产主义者,他们都有舍己为人、因公忘私的精神。但这是他们的共性,单凭此并不能给读者留下深刻印象。《红岩》英雄给人深刻印象的,是其表现各异、超乎寻常的坚强意志。可以说,他们是一种特殊类型的"意志英雄"。虽然《三国演义》有关羽"刮骨疗毒"的描写,但与《红岩》相关描写比起来,那就土丘见泰山了。

大家最熟知的,可能是江姐受刑的情节。首先是受刑前江姐对敌人审问的回答:"上级的姓名、住址,我知道。下级的姓名、住址,我也知道……这些都是我们党的秘密,你们休想从我口里得到任何材料!"她在说这些话时,用的是"沉静、安宁的语音"。下面就是用竹签钉手指尖。而在受刑过程中,江姐居然没有一声尖叫,甚至"没有一丝丝呻吟"。这应该说超乎寻常:即使是好汉,虽然不屈服,不由自主地惨叫有时也是难免的。

许云峰经历的考验当然也包括受重刑,给读者印象最深的却首先是孤独。在渣滓洞时他虽然被单独囚禁在一间牢房里无法与难友交谈,但在难友放风时尚且可以在楼上窗口用目光与院坝里的同志们交流,互相鼓励,并参加了龙光华的追悼会以及狱中新年联欢会;而在被转到白公馆以后,他被囚禁在地牢里,陷入绝对的孤独。如果说江姐受刑还有"观众"和"听众",还能得到战友的鼓励和赞美,许云峰这时则全凭个人本身的意志坚持斗争。那里没有光线,没有声音,没有白天也没有黑夜,很长时间内连自己被囚禁在什么地方和经过了多少日子也不知道。在黑暗中长期生活,触觉和听觉渐渐代替了视觉。为了寻求越狱的机会,他选准了左面的石壁,硬是用手指、用摸到的半截铁镣,锲而不舍,最终挖出了一条通向外面的通道。他自己没有从这里逃跑,而把它留给了其他难友。许云峰还有一个显示其非凡意志的行为,就是在集体事业的胜利即将到来之际,自己作为生命个体却面临毁灭，对此他却和江雪琴一样表现得非常坦然，没有显示出多少遗憾和痛苦。江雪琴这时的名言是："如果需要为共产主义的理想而牺牲，我们每一个人，都应该、也可以做到——脸不变色，心不跳。"许云峰的名言是："我从一个普通的工人，受尽旧社会的折磨、迫害，终于选择了革命的道路，变成反动派害怕的人。……人生自古谁无死？可是一个人的生命和无产阶级永葆青春的革命事业联系在一起，那是无上的光荣！"

成岗的意志力则更为惊人，那就是他能在基本失去知觉的前提下控制自己的潜意识。第一次是被捕不久在刑讯室里遇到许云峰时，第二次是被囚禁在白公馆时，敌人见包括电刑在内的常规刑罚不起作用，便把他押上汽车，拉到一个神秘去处，用催眠术、测谎器诱供，仍不见效，就给他注射一种美国新研制的药物"诚实注射剂"，麻醉其大脑，使其精神处于幻觉状态。小说写他被注射后的生理感觉：

> 脊背里出现了一股凉凉的感觉，成岗很快就觉察到那股微凉的寒气在变浓，在上升，不过一会儿，竟变得冰一般冷。冰冷的感觉迅速升过颈部，升到脑顶，整个头脑忽然像结了冰。眼前的东西晃动起来，全都模糊了……

这时他有所警觉，想大声痛斥特务，但是

> 他的身体不再接受神经的指挥，叫不出声，挣扎不动，像漂浮在软绵绵的云雾之上；而且，不再有自己的身体，不再有四肢和知觉，只剩下一个孤零零的头脑，头脑里只有酣醉的感觉，连这感觉也轻飘飘地浮悬在虚空中……

不过，他"始终顽强地控制着神经末梢"，他"抗拒着，不肯失去知觉，不肯陷入下意识。成岗和不断控制他的下滑走的知觉斗争着，终于使自己清醒了一点，甚至意识到自己的存在，并且知道自己正躺在手术床上，

第一章 《红岩》

面对着美蒋特务"①,最终敌人的诡计也未能得逞。这确实是到达极致的意志传奇!

这是文学描写。关于人的意志与药物的关系,我们看看罗素的《西方哲学史》是怎么说的:

> 从经验的事实里,我们都知道例如消化不良对于一个人的德行所起的坏作用,并且大力使用某些适当的药物是可以摧毁人的意志力的。……现在我们都知道,不仅仅是充分的折磨几乎足以摧毁任何人的坚强不屈的精神,而且吗啡或者古柯碱也可以使得一个人屈服。②

但《红岩》是意志的"传奇",文学描写是不宜用严格的科学来验证的。

华子良装疯卖傻好几年,关键时刻帮组织传递消息,最后逃脱,凭的也是坚强的意志。

将人的信仰以及建立在信仰之上的意志力凸显到如此程度,使得《红岩》成为一部奇书。

《红岩》如此传奇,而丝毫不影响其真实感。自其问世迄今五十多年很少有人质疑书中正面人物描写的真实性,是因为它的艺术虚构基本都有明确的生活原型,而主要人物的原型是确确实实为信仰献出了生命的烈士,确实经历了严酷考验而不曾屈服。作者在演讲及创作谈中不断声明书中所写都是真实的,因而接受效果一直很好。

作者之一的杨益言说:"大体上说来,凡是在这部小说中写明是牺牲了的人物,都有一个或几个烈士原型作为依据,综合成一个典型来写;凡是在这部小说中没有写明是牺牲了的人物,虚构的成分就更多一些。"③ 其实,

---

① 见《红岩》第19章。
② 罗素:《西方哲学史》上卷,何兆武、李约瑟译,商务印书馆,1963,第338页。
③ 杨益言:《红岩的故事——中美合作所里外外》,重庆出版社,1990,第161页。

事实并非全然如此：小说中活下来的人物，例如华子良、成瑶等，也有其原型。只是作者不愿承认，怕因此而引起麻烦。

二、《红岩》的创作方法与"修改提升"原则

《红岩》的独特题材与传奇色彩是其吸引读者的主要因素之一，作者亲历、主要人物和事件均有真人真事作为原型，也是保证并增强其审美魅力的重要条件。罗广斌、刘德彬和杨益言在写这部小说之前到各处做报告，之后写革命回忆录《在烈火中永生》，都是以亲历者的身份现身说法。如果说"一体化"在来自国统区的自由知识分子作家那里更多体现为框范、规训乃至压抑，那么此前便全身心投入革命、高度认同革命的作家的感受，则是另外一种情况。我们甚至可以说，正是1949年之后的特定社会环境成全了他们。《红岩》作者罗广斌和杨益言就属于这后一种情况。

《红岩》是最典型的拒斥日常生活的"红色经典"。在作品中，物质享受、肉体欲望、日复一日的单调重复是需要警惕戒备的危险之物。小说开篇以工人余新江的视角打量甫志高家的摆设：

> 小小的客厅，经过细心布置，显得很整洁。小圆桌铺上了台布，添了瓶盛开的腊梅，吐着幽香；一些彩色贺年片和几碟糖果，点缀着新年气氛。壁上挂的单条，除原来的几幅外，又加了一轴徐悲鸿的骏马。火盆里通红的炭火，驱走了寒气，整个房间暖融融的。这地方，不如工人简陋的棚户那样，叫余新江感到舒畅自由，但他也没有过多的反感。①

按如今"后革命"年代标准，甫志高家的摆设很平常，但在作品中，它却是为后来甫志高的叛变埋下的伏笔，因为甫志高似乎并不像余新江在

---

① 罗广斌、杨益言：《红岩》，中国青年出版社，2000年第3版，第3—4页。

第一章 《红岩》

内心里谅解他时想的那样,仅仅以这种讲究物质享受的生活方式作掩护,而是真的追求和享受这些,这正是他与书中真正革命者精神境界的本质分野。若对比刘思扬被"释放"回家时的一段描写,这一区分更加明显:

> 这间寝室,在这栋漂亮公馆的二楼上,正对着日夜奔流的嘉陵江。翠绿的树木和花圃,环绕着楼房。花园中的假山,假山旁的金鱼池,在花木丛中,隐约可见。这一切,豪华的公馆,漂亮的设备,对刘思扬来说,仿佛都隔得很远很远,是那样的陌生。回到了家里,却丝毫没有"家"的感觉,他的思绪还留在那遥远的充满战斗激情的渣滓洞楼七室。①

按日常理解,甫志高家客厅虽然小,怎么也比工人简陋的棚户舒服,刘思扬家的公馆与"人间地狱"渣滓洞的反差更不必说。但是,接受它意味着被物质、被肉体享受、被日常生活"俘虏",意味着失去斗志。《红岩》导向的是超越一切物质享受和日常生活的崇高境界,一种为了理想而不惜牺牲肉体生命的超凡入圣境界。这一切确实不是一般人能做到的,而《红岩》作者恰好属于与书中所写革命烈士有着同样价值追求、有着同一精神境界的人。

与其他"红色经典"小说不同,《红岩》里的主人公几乎都是烈士,即为革命而牺牲了的英雄。中华人民共和国建立初期,叙说革命历史、宣传革命英雄及其先进事迹,不仅仅是为论证新政权的合法性,更是为建立并向全国推广一种全新革命文化服务。这种革命文化秉承中国古代儒家文化中"舍生取义,杀身成仁"的传统,又将其推向极致:儒家宗师孔子尚且"食不厌精,脍不厌细",不否认物质享受和现世生活幸福,新的革命文化将物质享受视为陷阱,或堕落的诱因。这与当时具体社会形势分不开:毛泽东在中华人民共和国建立前夕的七届二中全会上号召全党发扬艰苦奋斗

---

① 罗广斌、杨益言:《红岩》,中国青年出版社,2000年第3版,第338页。

作风，提醒大家以李自成为戒，不要因为进了城就被"糖衣炮弹"和各种物质追求销蚀了革命斗志。让大家始终不要忘记还有一个建立未来理想社会的远景，全党和全民需要为这个目标而继续克制物质欲望和当前享受，甚至随时准备做出个人牺牲。现实中的英雄人物和模范人物是学习的榜样，牺牲了的英雄的说服力和感召力，又是活着的人所无法取代的。他们已经以自己的肉体牺牲演示了什么叫献身，什么叫大公无私。正是在这样的背景下，才有罗广斌们持续了十多年地各处做报告，以及革命回忆录或报告文学的不断书写。对青少年进行革命传统、革命精神教育，是中国青年出版社的办社宗旨，该社于20世纪50年代出版了一系列此类丛书。将回忆录或报告文学改写、扩写为小说，为的是进一步扩大读者面，强化传播效果。

小说《红岩》以及作者其他相关文本的政治意识形态意图毋庸讳言，作者也从未讳言。写渣滓洞、白公馆烈士的故事，罗广斌、刘德彬和杨益言是最合适人选，因为他们是狱中生活的亲历者，也是与作品所写人物原型直接打过交道的人。写为信仰而超越普通人求生、避痛的生理本能，忍受各种酷刑直至牺牲生命的特殊人物，如果没有亲身经历，写起来一是无法提供真实可信的细节，难以写得生动，二是从读者角度来说也会使可信性大打折扣。罗广斌等人的身份使得故事效果大大增强。罗广斌本人还有一个特殊身份：他出身封建地主家庭，家庭条件非常优越，父母都是国民党员，哥哥罗广文为国民党陆军中将、兵团司令。小说里人物刘思扬身上就有罗广斌自己的影子，而且他家的物质条件更胜于刘思扬。这样一个阔少爷、公子哥放弃优越物质生活而选择做地下党员、选择坐监狱而不肯屈服自首，作者本身的这种行为就是"精神重于物质""理想重于生命"价值立场的最好诠释。宣传精神重于物质、灵魂重于肉体、信仰重于生命这种类似于宗教的价值观，以已经经受过肉体考验并最终牺牲了肉体的烈士为对象，由侥幸逃脱、亲见烈士言行的"准烈士"来讲述，是最好的选择。

"红色经典"都是"源于生活，高于生活"的作品。"红色经典"的

第一章 《红岩》

"高于生活"与其他一般文艺作品的"高于生活"不同在于，它不只是"更强烈""更有集中性""更典型""更带普遍性"，而特别强调"更理想"，就是说，它所写的生活更符合大家的美好想象，它所塑造的人物比现实中的人更高大完美，可以做大家提升自己的标杆。说到底，是为社会乌托邦和文化乌托邦建设服务的。《红岩》是"高于生活"作品中最典型的一个，它的一些审美原则后来在"样板戏"中被发扬光大。

1958年开始全面推行的"革命现实主义与革命浪漫主义相结合"的创作方法，其实进入20世纪50年代之后就已经在酝酿。这种创作方法在《红岩》里得到了体现。它的主导一面是"革命浪漫主义"，即按照"革命理想"进行艺术创作，这就需要"改写"与"理想"不一致的现实体验。这种"理想"的基本要素是：

（1）正面人物特别是真正的共产党员都是大公无私、先人后己、舍己为人的。党的领导人智力和品德上又高于普通党员。党员高于群众。

（2）体现革命乐观主义精神，即最后一定要有光明的结局，或光明的暗示，否则即为"不健康"。

（3）作为主要正面人物的英雄必须始终立场坚定，不伤感，不颓废。

（4）给读者或观众看的革命者，外观形象不能丑陋，在任何情况下都要处于精神上的强势地位。

《红岩》前身《禁锢的世界》被修改增删，就是按上述原则进行的。

给作者提修改意见的人，主要是中国青年出版社的领导和编辑阚道隆、张羽、王维玲，四川老作家马识途和沙汀。大家所提意见的共同之处，是认为原稿写得过于血腥、基调低沉压抑，建议将狱中革命者的斗争写得再主动些，写出其"进攻精神"。同时，应该将狱中斗争与狱外武装斗争结合起来，将川渝形势与全国形势结合起来。说到底，就是要求从"鼓舞读者"的角度考虑修改，将原先的"暴露敌人"为主改为"歌颂先烈"为主。另外，马识途还认为："刘思扬身上的情调还要改一下（小资味是批判，不是歌颂，一会儿作诗是没有必要的）。"① 在当时，多愁善感被认为是"不健康"的性格，"小资味"则意味着对生活细节的讲究、对日常幸福的迷恋。这些被认为是销蚀斗志的因素。

修改之后，较之《禁锢的世界》，《红岩》的格调确实明朗了。按一般情况本来属于大悲剧的故事（主要正面人物全部毁灭），却被写成一个鼓舞人心、壮胜于悲的颂歌，安魂曲变成了冲锋号，而且使读者读来并不觉得虚假或生硬。之所以如此，正因为这部作品将"集体事业与信仰"置于个体生命之上的价值观念：对于许云峰、江雪琴、成岗、刘思扬和齐晓轩等人来说，个体生命虽然结束了，但集体的事业胜利了。因此，在临刑前徐鹏飞用"共产党的胜利就在眼前，可是看不见自己的胜利，这是多么令人遗憾的事"，试图从精神上折磨并击溃老对手许云峰时，许云峰的回答是：

> 我从一个普通的工人，受尽旧社会的折磨、迫害，终于选择了革命的道路，变成反动派害怕的人。回忆走过的道路，我感到自豪。我已看见了无产阶级在中国的胜利，我感到满足。……人生自古谁无死？可是一个人的生命和无产阶级永葆青春的革命事业联系在一起，那是无上的光荣！②

这样，以"现代性"标准，或按日常价值观念看，本属至高无上的个体生命，在这里置换成了"无产阶级革命事业"。个体生命有限，"革命事业"却可以"永葆青春"；个体生命消失了，"革命事业"却胜利了。"个体生命"是为"革命事业"服务的，而非相反。徐鹏飞认为如果没有了个人的生命，其他一切就没有了任何意义，他想以他的这种逻辑压倒许云峰。许云峰的逻辑却是如果没有了革命事业，个人的生命也就没有了意义，个人生命的意义完全寄托于革命事业，取决于革命事业，所以，革命事业胜

---

① 钱振文：《〈红岩〉是怎样炼成的：国家文学的生产和消费》，北京大学出版社，2011，第115页。

② 罗广斌、杨益言：《红岩》，中国青年出版社，2000年第3版，第553页。

第一章 《红岩》

利了,即使没有了个人的生命,也是没有遗憾的;而且,倘若自己的生命能直接奉献于革命事业,倒是无上光荣,是生命价值最大程度的实现,是生命意义的最大化。而徐鹏飞的"阶级"失败了,"事业"失败了,所以他活着是虽生犹死、生不如死。这样,个人悲剧便成了生命壮歌,就没有了"低沉压抑"。

在实际的历史中,重庆地下党组织遭到了几乎毁灭性的破坏,造成破坏的直接原因是地下党高层领导大面积腐败和叛变,他们出卖了他们的下级;而他们未被捕时的狱外活动,又因过于乐观估计革命形势、过低估计敌人残暴阴险而流于"左"倾盲动,例如在市中心公开散发《挺进报》等。据罗广斌《关于重庆组织破坏的经过和狱中情形的报告》,小说中烈士彭松涛的原型彭咏梧就是因"左"倾盲动而被捕被杀的。他行动之前"没有仔细研究、调查和加以全面计划,违反了'不得打得不偿失之战'的原则,他的牺牲,自己应负较多的责任"①。为了突出歌颂革命英雄、革命烈士的主题,不影响党的领导者的正面形象,《红岩》将历史事实中叛徒的数量减少为甫志高一人,并将叛徒职务降低。彭松涛的被捕也被写成是为了掩护群众。真实历史中,渣滓洞并未发生有组织的暴动越狱,白公馆的幸存者也并非借"许云峰"挖好的洞逃脱,而是由于策反了看守杨钦典,拿到了牢门钥匙。小说定稿中的艺术虚构,是为了更好地表达预定主题,避免产生歧义,而且也为使得英雄烈士们的斗争显得更积极、更主动。

这里需要辨析的是,小说如此处理是否人为夸大或拔高,是否符合事理逻辑与人物性格?笔者认为,半个多世纪以来之所以很少有人感到《红岩》虚假,是因为它的人物塑造与情节设置是合乎情理、合乎逻辑的,因而能给人以艺术的真实感。虽然党的领导者出了不少腐化分子、软弱分子,出了不少变节者,但毕竟还有罗世文、车耀先、许建业、许晓轩和江竹筠

---

① 钱振文:《〈红岩〉是怎样炼成的:国家文学的生产和消费》,北京大学出版社,2011,第225页。

这样的坚定革命者；彭咏梧虽然"左"倾盲动、做事不密，但毕竟被捕后坚贞不屈；如果不是事发突然，渣滓洞与白公馆失去联系，他们一直在准备的暴动越狱也不是不可能发生和部分成功的，而且白公馆难友不肯提前越狱，也是怕敌人迁怒于渣滓洞的同志，这本身就体现了舍己为人的精神。对江竹筠等烈士的超凡坚定意志的描写，也有史实为依据。有的研究者认为有关敌人刑讯的描写是"进行了有意识的夸张"①，理由是史实中江姐没有被钉竹签子。但是，江姐或其他女烈士所受刑罚即使不是钉竹签，其残酷程度也有过之而无不及。例如沈养斋的原型沈醉所写的《魔窟生涯》《军统内幕》中，就提到刑讯女共产党所用酷刑有"用小针插入奶头""竹签刺入指甲""藤条抽打阴户，以及剥光衣裤进行羞辱，等等"。② 说《红岩》的酷刑描写是"夸大"，本身就与意识形态有色眼镜有关。③ 经受了如此酷刑而仍不屈服，足以说明历史上真实的革命烈士具有小说中英雄人物一样的品格和意志。

编辑、老作家及批评家都要求作者避免"自然主义描写"，这其中就包括对于人的自然属性、生理欲求和生理反应细节的描写。《禁锢的世界》之所以被批评"满纸血腥"，就是由于其中对刑讯及屠杀过程中生理细节的描写，例如给江姐钉竹签时"拔出来的不是竹签，而是肉丝和碎骨，沾在小刷把似的竹签子上，一起拔了出来……血，从手背、手心和指尖喷了出来！"④ 责任编辑张羽在1961年2月8日给作者的信中，则建议"可否适当减弱诚实注射剂的生理反应的描写，更加强其以顽强的意志战胜诚实剂

---

① 钱振文：《〈红岩〉是怎样炼成的：国家文学的生产和消费》，北京大学出版社，2011，第107页。

② 沈醉：《军统内幕》，中国文史出版社，2001，第65页。

③ 当然，罗广斌这类特殊"政治犯"确实不曾受刑，一些被认为不重要的嫌疑分子所受刑罚与重要分子不同，倒是有的。

④ 钱振文：《〈红岩〉是怎样炼成的：国家文学的生产和消费》，北京大学出版社，2011，第108页。

（即美蒋特务）的描写，具体地说，就是尽量避免描写中的神秘成分"①。这里所谓的"神秘成分"，应该是指在不太了解现代科技的人看来的现代科技的奇妙作用，特别是新研制药剂对人的生理和心理的特殊作用。

《红岩》里的英雄不仅能战胜敌人的酷刑与利诱，也能战胜现代科技、战胜药物反应。此外，看罗广斌"文化大革命"期间的自我检查及自传，我们可以知道，其实罗广斌在参加革命之前和之后，也不是丝毫没有个人打算。他承认自己在说服家人不要阻挠自己工作时，说过"以后全国解放，我们还不是开国元勋？"1949年后也曾想过"衣锦荣归"，"自己参加革命的动机，主要是要求在封建家庭中求得个人和个性的解放，能够自由恋爱"。② 由于《红岩》是以歌颂烈士、歌颂政治上成熟了的英雄人物为主，似作者罗广斌自己这样"成长中的人物"便不被展开描写；与之类似的刘思扬，因为写成了烈士，初稿中他身上原有的小资情调被大大删削。于是，《红岩》中的主要正面人物便都是义无反顾、舍己为公、信仰坚定、意志无比坚强的英雄。

三、"群策群力"的创作方式

《红岩》出版后，罗广斌和杨益言在《创作的过程　学习的过程——略谈〈红岩〉的写作》一文中说：

> 《红岩》这本小说的真正作者，是那些在"中美合作所"里为革命献身的许多先烈，是那些知名的和不知名的无产阶级战士。我们只是做了一些概括、叙述的工作。如果没有烈士们的斗争；

---

① 张羽：《〈红岩〉与我》，铁风整理（非正式出版），第45页。
② 彭鑫主编《中学课本教学人物大辞典》，内蒙古教育出版社，2001，第1367页。

>如果没有党和文艺界许多领导同志的指导,这本书是不会出现的。①

17年后,杨益言再次强调:

>要不是当年重庆集中营里曾经发生过那许多惊心动魄、可歌可泣的斗争,要不是江竹筠、许建业、陈然、罗世文、许晓轩等烈士当年在前仆后继、壮怀激烈的斗争中,所创造的无数英雄事迹,他们对共产主义事业的无限忠诚和献身精神,他们斗争中的远见卓识、敢于胜利的彻底革命精神,小说《红岩》则是怎么也写不出来的。因此,我们一向认为,这部小说的真正作者不是我们,而是他们——那许多知名不知名的,解放前夕牺牲在重庆集中营里的无产阶级革命战士们。②

这并不只是谦虚,因为以真实历史人物和历史事件为原型的小说,其艺术效果确与原型本身有关,虽然我们不赞同"题材决定论"。因此,毛宗岗论《三国演义》时说"天然有此等妙事以助成此等妙文"③,"造物者可谓善于作文矣"④。正因为三国时期不同于其他历史时期,历史上三国争斗中确实出了那么多各方面的杰出人物或性格鲜明、命运独特的人物,三国历史的结局本身就很奇妙、出人意料,所以,三国故事才脍炙人口。毛宗岗说"造物者"参与了《三国演义》的创作,与杨益言说《红岩》所写烈士原型是小说的"真正作者",道理是一样的,都是基于描写对象的独特性。就《红岩》而言,最感人之处在于,里面的正面主人公都是为了信仰

---

① 罗广斌、杨益言:《创作的过程 学习的过程——略谈〈红岩〉的写作》,《中国青年报》1963年5月13日。
② 杨益言:《关于小说〈红岩〉的写作》,《新文学史料》1980年第2期。
③ 毛宗岗:《毛宗岗批评本三国演义:下》,长春出版社,2014,第451页。
④ 毛宗岗:《读三国志法》,载黄霖、韩同文选注《中国历代小说论著选(修订本)》上册,江西人民出版社,2000,第345页。

第一章 《红岩》

而经受住种种肉体难以忍受的酷刑,甚至突破生理极限,最后在群体事业胜利前夕献出个人生命,如果没有真实的革命烈士本身的行为作前提,一般读者会感觉难以置信,作品就不会产生那样的艺术效果。正如叶昼所言:"非世上先有是事,即令文人面壁九年,呕血十石,亦何能至此哉?"① 这种特殊题材是不能完全凭虚构杜撰的。

然而,说书中人物是小说的"真正作者",毕竟只是一种文学的形容,这是就特殊题材"真人真事"对作品人物情节的规约而言的。实际具体进行创作的,还是活着的人。

洪子诚《中国当代文学史》初版本说"《红岩》的作者是一群为着同一意识形态目的而协作的书写者们的组合","《红岩》约十年的成书过程,是当代文学'组织生产'获得成功的一次实践"②;第二版删除了"获得成功"四字③,耐人寻味。作者修改时大概感觉说它"获得成功"评价似乎高了,似乎承认了它的经典地位,而洪先生本意或许是要否定这一创作方式的。其实,我们说它"获得成功"没有问题,不管是否认为它有传世可能、是否认为它可以成为真正经典,起码它无愧于"流动经典"或"时代经典",既然它曾创下中国小说发行量纪录,既然它今天仍在销售、仍有人阅读。

关于1958—1976年间中国大陆文学界的"组织生产",有"领导出思想,群众出生活,作家出技巧"的"三结合"之说,以此看《红岩》的写作,可以发现,它既符合,又不尽符合。

《红岩》创作的意识形态宣传目的非常明显、非常直接,这一点毋庸讳言。直至今天,它仍然被共青团和国家教育部视为形象的意识形态教科书。意识形态的要求,从作品主题与艺术表现的各个方面体现出来。主题方面,

---

① 怀林(叶昼):《水浒传一百回文字优劣》,载黄霖、韩同文选注《中国历代小说论著选(修订本)》上册,江西人民出版社,2000,第194页。
② 洪子诚:《中国当代文学史》,北京大学出版社,1999,第113页。
③ 洪子诚:《中国当代文学史(修订版)》,北京大学出版社,2007,第101页。

简单说就是"揭露敌人,歌颂先烈",其中歌颂革命先烈是首要的。初稿阶段由于没有处理好揭露敌人罪行与歌颂先烈革命意志和气节的关系,过于突出了前者,所以写得"满纸血腥,低沉压抑",被认为是"自然主义"的描写。如果单从宣传角度看,在20世纪50年代初期突出前者也没问题,因为当时刚刚推翻国民党政府,并在进行抗美援朝战争,对于新生政权来说,使读者加深对被推翻的政府腐败罪恶一面的印象和认识,并将这些罪恶与美国的支持联系起来,是非常必要的。但是,随着1958年以后"两结合"创作方法的提出,塑造理想的正面人物、塑造革命英雄形象,以作为全民学习楷模,建立社会主义和共产主义新文化、新价值体系及新行为规范,成为更为重要的宣传任务。特别是《红岩》修改定稿的这段时间,正值国家的"三年困难时期",鼓舞全民斗志,增强战胜艰难的信心,提倡舍己为公的牺牲精神,成为重中之重。《红岩》主题的最终确定,正是肩负着这样意识形态宣传使命的结果。除此之外,意识形态还有一项要求,就是全面地、政治正确地表现中国共产党地下斗争与武装斗争的关系、狱内斗争与狱外斗争的关系,因为这涉及对中国共产党相关历史的评价,涉及对党内不同力量及其关系的评价。

意识形态的要求,并不只通过行政领导的指示体现。首先,作为作者的罗广斌、刘德彬和杨益言在写作中会自觉贯彻意识形态精神。且不说罗广斌和刘德彬是曾舍命为党工作的共产党员,当时所有"人民"都自觉接受意识形态对自己思想的改造,特别是知识分子,一切文字表述都要符合主流意识形态要求,甚至私人之间的通信和个人日记也无不带上意识形态色彩。其次,中国青年出版社领导和编辑向罗、刘、杨三人组稿,既是为了出一本影响尽可能大的好书,也是为执行宣传主流意识形态的任务。在对书稿进行编辑修改时,意识形态考虑是置于优先地位的。再次,被邀请来指导作者写作的老作家沙汀和马识途,他们对罗、刘、杨的指导并不限于艺术技巧。沙汀看小说第二稿《禁锢的世界》时,对它最不满意的一点

第一章 《红岩》

是:"把敌人写得很嚣张,几乎处处处于主动的地位,而共产党人,……却都显得被动,缺乏那种革命的进攻精神。"① 显然,沙汀也是首先着眼于"思想路线"问题。此外,沙汀所提意见还包括要求作者"放眼于当年渣滓洞以外天翻地覆的大好形势","你们要以胜利者的姿态,眉飞色舞地描写这段生活","要写出局部与整体、解放区战场和白区第二条战线的关系,把狱中斗争、重庆地下党活动和全国的革命形势联系起来"。② 马识途所提意见与沙汀类似,也是着眼于如何全面而又"政治正确"地书写革命历史:"一九四九年的政治环境以及党的迎接解放的政策要表现出来","不能离开党中央、老区党的领导","要总结地下党活动中有冒险盲动","在描写时,要立场鲜明,用语大有区别,有所爱和有所憎,不能有任何'客观'描写的自然主义倾向"。③ 他还特别指出,对知识分子出身的刘思扬必须有所批判,对他不能像对工人出身的许云峰、江雪琴和成岗那样一味歌颂。后来证明对作品可读性具有重要作用的关于双枪老太婆的传奇描写、作品所写带有谍战色彩的地下斗争的惊险情节,马识途反而建议减少或淡化,就是因为他担心这些会冲淡意识形态教化主题,会喧宾夺主。

在《红岩》的创作过程中,"领导"也不仅仅出思想。重庆市相关领导的支持为几位作者的写作提供了物质和时间的保障,时任重庆市委第一书记兼市长任白戈、市委常委兼组织部长肖泽宽,以及中青社社长兼总编朱语今、文学编辑室主任江晓天、阙道隆都在《红岩》的创作中发挥过重要作用。作为领导,他们当然向作者提出了意识形态要求,但他们也在小说艺术方面提供了非常重要的积极建议。任白戈是20世纪30年代左联执委,

---

① 钱振文:《〈红岩〉是怎样炼成的:国家文学的生产和消费》,北京大学出版社,2011,第116页。
② 钱振文:《〈红岩〉是怎样炼成的:国家文学的生产和消费》,北京大学出版社,2011,第119页。
③ 钱振文:《〈红岩〉是怎样炼成的:国家文学的生产和消费》,北京大学出版社,2011,第111-112页。

是老作家，对文学是内行；肖泽宽具体负责组织领导《红岩》创作。为写好作品中的"反面人物"，他安排作者查阅相关敌特档案，提审在押敌特分子如徐鹏飞原型徐远举、沈养斋和严醉原型沈醉等，并召集三次座谈会，让四川、重庆的老地下党员为作者提供史料和史实，给征求意见本提出参考意见。他还亲自到作者住处，饱含激情地向作者讲述他所了解的老战友许建业的英雄事迹，提供了许多细节。当有人建议将渣滓洞和白公馆合作一处描写时，他支持作者分作两处描写，提出"形式服从内容"，只要写出它们各自的特色就行。他安排作者拜沙汀为师。他所做的一切，正是利用了职务上的优势。例如，在当时情况下，查阅档案、提审在押敌特，没有相关领导支持，一般作者是做不到的。为使作者更全面地了解当年的全国形势、了解历史，沙汀建议作者去北京参观刚刚建成尚未正式开放的中国革命军事博物馆和中国革命博物馆。此建议马上就被重庆市委采纳，肖泽宽派罗广斌和杨益言赴京，中青社具体安排由王维玲陪同参观。领导和组织安排的这些活动，确实开阔了作者的视野，增加了他们的感性认识与审美体验，对小说创作有直接帮助，使之思想和艺术均上升了一个台阶。

除了意识形态要求，老作家沙汀和马识途又在写作方法和艺术技巧方面给《红岩》作者提供了一些建议。这些建议有的被采纳，例如马识途指出，不要把敌人写得愚蠢无能，要写出其阴险、狡猾、毒辣、办事积极而有效率的一面。从实际效果看，小说中徐鹏飞、严醉和沈养斋等形象没有脸谱化，是塑造得比较成功的。

我们可以设想，假设没有老作家的指导，没有领导们提供的各种方便，作者没有机会查阅珍贵档案等一手资料、没有机会采访在押战犯、没有机会参观了解当时全国形势，写出来的小说会是怎样？估计至多还是停留在"革命回忆录"及"控诉美蒋罪行材料"的水平，不会成为今天我们看到的这样一部奇书。

《红岩》作者们不仅仅为小说写作提供了"技巧"，也提供了"生活"：

第一章 《红岩》

虽然其他人为他们提供了不少史实材料和个人感性经验，扩大了他们的视野，但他们的写作始终是以个人做地下工作及在狱中的经历为主要基础的。他们之间的分工协作也井然有序，各自发挥所长。他们重点负责自己有直接生活经验和生命体验的部分，保证作品细节的实感性；同时又一起讨论，互相补充。虽然罗广斌、杨益言和刘德彬原先并非专业作家，但他们都有一定的写作能力，具备文学创作所需要的艺术想象力。特别是罗广斌，大家公认是讲故事的高手，数百次做报告使他的讲述不断接受现场听众检验、不断完善，最后达到炉火纯青的程度。三个人还有一个共同优点，就是既虚心接受别人意见，又能坚持自己的独立见解。例如，马识途提出减少惊险情节和谍战色彩，作为他"小兄弟"的罗广斌虽然非常尊敬和尊重老大哥，但出于可读性考虑，小说最后还是保留了这部分内容，保证了情节的丰富和生动。在关于日常生活细节及"闲笔"的处理上，沙汀与责编张羽有截然相反的意见：沙汀建议罗广斌、杨益言"不仅要收集革命斗争资料，对于粮秣兵役，人民的经济生活和当时的社会风尚，都得进行研究，这些都是土壤"，认为"《红岩》的缺点之一，就是对这些方面注意和表现不够"①，说到底，是要求罗、杨像"社会剖析派"那样展现社会全景，并加强日常生活细节描写。而责编张羽亲自操刀删掉的大量文字，恰恰是他认为与敌我斗争主线没有直接关系的日常生活描写，例如"介绍炮厂工人日常生活的游离主题的描写、甫志高和余新江交往中一些不必要的叙述、炮厂纵火案的大段具体描写"，这样做"为的是使主题更加集中、鲜明"②。如果按照沙汀的修改方案，《红岩》可能细节更丰富、更暗含多义性，后世读者可能能从中读解出更多原主题以外的内容，如同《红旗谱》那样；但如今读者见到的经过张羽删改的这种样子，也自有其优长。《红岩》不是以内涵丰富多义见长，而是以主题集中、艺术感染力强烈取胜，张羽的删改

---

① 王维玲：《岁月传真：我和当代作家》，首都师范大学出版社，2009，第233页。
② 张羽：《〈红岩〉与我》，铁凤整理（非正式出版），第73页。

思路有助于凸显这一特征。

《红岩》是一部前无古人、后无来者的奇书,是文学史上的一个特例。其"群策群力"取得成功的创作方式与《白毛女》有类似之处,但又有重要区别:《白毛女》题材取自传说,形式是歌剧,它对情节的夸张虚构与矛盾冲突的戏剧化处理,因为艺术样式的约定俗成以及音乐、表演等的有力辅助,容易被受众接受。《红岩》是小说,而且读者都知道是以真人真事为原型的带有半纪实性的小说,是党史题材——讲述革命历史的重大题材,如何处理好传奇性与真实感的关系、政治性与文学性的关系,是它所要面对的特殊问题。除了最后署名作者罗广斌和杨益言是书中所写主要事件的亲历者、当事人或目击者,最后未署名的刘德彬是小说重要人物江姐的战友,罗、刘都是大屠杀幸存者。参与作品酝酿、创作和修改过程的人员,包括行政领导、专业老作家和出版社领导及责编,这些人有其共同之处:都是坚定的共产主义者,都有进行实际革命工作包括地下工作的经历。其中肖泽宽在小说所写那段时间正担任川东临时工委书记、川南工委书记等职,马识途则是罗广斌参加地下革命工作的引路人,责任编辑张羽也有长期革命工作经验。这些保证了小说艺术描写的现场感与可信性,而且超越了单个人直接经验和体验的有限性。这些人的另一个共同之处是都懂文学、都有写作能力。罗、杨、刘与《高玉宝》的作者高玉宝不同,他们虽非专业作家,但文化程度在当时来说是比较高的:罗广斌早年熟读中外名著,后来就读于西南联大附中;杨益言曾考取同济大学;刘德彬高中毕业后考取四川省立教育学院。马识途和沙汀既是老革命,又是享有盛名的老作家,直接关心和支持《红岩》创作的重庆市最高领导任白戈也曾是左联作家。这些人本身的革命经历与文学修养在共同的意识形态宣传任务之下得以整合,组成了这一特殊创作团队,保证了这一特殊题材小说不仅"政治正确",而且"经验"丰富多样、艺术表达优势互补。题材的重大性和特殊性以及团队成员的政治权力资源,又保证了创作准备与写作条件的优越性。

第一章 《红岩》

四、《红岩》的接受与传播

《红岩》的接受与传播也有其独特之处,就是小说出版前,它已经以口头演讲及报告文学的方式与听众和读者见面。这几百场口头报告演讲和罗广斌、刘德彬、杨益言三人署名的报告文学《在烈火中永生》在《红岩》接受和传播中起到重要作用:形成并巩固了读者心目中"真人真事"的印象,形成对《红岩》作者的信赖感,因为三人是以事件亲历者、见证人身份进行讲述,在听众或读者心目中他们本身的经历也带有传奇色彩,他们本身也被当作英雄看待。据曾德林回忆,听众们最欢迎罗广斌的演讲,除了他口才最好、讲得最生动,还因他"哥哥是国民党的高级将领,自己则坚决加入共产党,成为不怕坐牢、绝不屈服的革命斗士;在紧急关头机智勇敢地冲出牢门而脱险;这些事迹,使广大青年把罗广斌看作是传奇式的英雄,对他表示极大的信任和尊敬"[①]。20世纪50年代初期解放战争刚刚结束不久,抗美援朝战争正在进行,一般读者普遍崇拜英雄,认为今天的和平生活都是革命烈士用鲜血和生命换来的,而这些讲述加深了普通听众或读者的这种观念。当时听报告的群众不仅高度认同报告内容,还积极配合。听众的配合不只表现为认真听讲,他们还"参与创作",比如建议演讲者修改部分内容。此前,具有讲故事才能的罗广斌在给大家讲故事时,若出现自相矛盾之处,"大家给他出主意,使他讲的故事如何自圆其说"[②]。听众的这种参与,源于其对英雄的崇拜,也不能否认有审美娱乐心理在内:他们要听着痛快、过瘾。另一方面,演讲者或作者在一次次讲述过程中不断根据本次或上次的现场听众反应而修改调整自己的讲述内容和讲述方式,

---

[①] 曾德林:《绝不许悲剧重演——悼念罗广斌同志》,载刘德彬编《〈红岩〉·罗广斌·中美合作所》,重庆出版社,1990,第70页。

[②] 马识途:《公子·革命者·作家——回忆罗广斌》,载刘德彬编《〈红岩〉·罗广斌·中美合作所》,重庆出版社,1990,第102页。

这也是受众参与创作的表现。中国古典名著《三国演义》《水浒传》等也有类似的成书及改编经历,即从口头文学到书面的小说。当代例证则是:一些观众反映央视1998年版电视剧《水浒传》中的宋江形象英雄气不足,后来拍的新版《水浒传》就在这方面有了明显改变。罗广斌等人写小说之前一遍遍的讲述活动,又有些类似于曲艺中的评书和相声及戏剧中的舞台表演——它们都是根据观众或听众的反应不断修改、调整和完善的。

除了口头讲述,在《红岩》正式出版之前,罗广斌、刘德彬和杨益言三人合写的《在烈火中得到永生》及《在烈火中永生》分别在《红旗飘飘》发表或以单行本与读者见面。它们作为回忆录或报告文学,以题材的特殊性与写法的"纪实性"(其实也有虚构与想象)而受到读者欢迎,单行本发行量超300万册。纪实文学的发表不但不影响小说传播,反而有利于后者:《在烈火中得到永生》仅为万字左右短篇,《在烈火中永生》也只是个中篇,读者被它们吸引之后,更希望读到更详尽、更生动的描写,就像如今的人看过电视剧之后还想看小说原著、看一切相关资料。纪实文学中的人物用的都是真名实姓,小说中则大多用的是读音或意义相近的姓名,例如江竹筠改叫江雪琴、许建业改叫许云峰、许晓轩改叫齐晓轩、龙光章改叫龙光华。小说虚构成分大大增加,细节和情节也有所夸张,但如前所述,因为读者知道它们都有"原型"、有"真人真事"为依据,题材本身又有特殊性,加之因文学惯例而对小说虚构和适度夸张的暗许甚至期待,所以这反而使得将"纪实"与"传奇"进行结合成为可能,并保证了读者不会对小说的"真实性"产生怀疑。

《红岩》于1961年12月签字付印,先装订出40册样书,1962年上半年起大量印行。由于是重大题材,是中青社重点图书,出版社动用所有资源,以最高调、最大力度向社会推介这部新作,包括在报刊连载或选载、在媒体发书讯、召集座谈会、组织著名评论家撰写评论文章等。选载、连载的报刊有共青团中央直接管控的《中国青年报》和《中国青年》杂志,

第一章 《红岩》

还有《中国少年报》以及《延河》等。除了上述报刊，全国影响最大的媒体《人民日报》和文艺界最权威的《文艺报》也发表评论。召开专题座谈会的有北京大学中文系和《中国青年报》。值得注意的是，《人民文学》拒绝连载或选载《红岩》。别的作品不被《人民文学》选载或连载不值得奇怪，因为这份刊物虽为月刊，但每期篇幅有限，全国每年出版的长篇小说很多；但《红岩》作为中青社重点作品已在其他报刊隆重推出，中青社专门向该刊推荐，却被拒绝，其原因就值得分析了。《人民文学》拒绝刊载的理由，目前尚无统一说法。曾任中青社文学编辑室主任的江晓天对专门向他询问此事的钱振文的解释是"《人民文学》只刊登短篇作品，没有刊登长篇小说的惯例"①，钱振文认为"这个说法是可疑的"，笔者则认为是完全站不住脚的。查阅1949—1966年间的《人民文学》，可以发现："红色经典"之"正典"中的《保卫延安》《红日》《林海雪原》《山乡巨变》《创业史》都曾在《人民文学》选载，其中《山乡巨变》1958年从第1期到第6期用半年时间连载，1959年第11期又选载该作续篇的部分章节。此外丁玲的《太阳照在桑干河上》《在严寒的日子里》，周立波的《暴风骤雨》，赵树理的《三里湾》，曲波的《山呼海啸》，吴强的《堡垒》，陆柱国的《踏平东海万顷浪》，金敬迈的《欧阳海之歌》也曾被连载或选载。在《红岩》初版的1961年，《人民文学》在第4期刚刚选载了李六如的《六十年的变迁》。杨益言在回忆文章中说，小说最后定稿之前，中青社"把稿子送给了全国几家重要的报刊，想让它们也选载一点。他们没有想到，得到的答复却是：'没有可以选用的章节'，'有的只是政治语言，没有文学语言。'"② 这里的"全国几家重要的报刊"中，肯定就包括《人民文学》。查阅相关资料，1960年11月至1962年6月间《人民文学》的主编是张天翼，

---

① 钱振文：《〈红岩〉是怎样炼成的：国家文学的生产和消费》，北京大学出版社，2011，第170页。
② 杨益言：《他，还活在我们中间……》，载刘德彬编《〈红岩〉·罗广斌·中美合作所》，重庆出版社，1990，第147页。

副主编是陈白尘，编委有艾芜、陈白尘、吴组缃、周立波、赵树理、张天翼、魏巍、谢冰心。编委会成员基本是由"左联"时期即已成名的左翼作家与解放区培养出的革命作家组成。主编、副主编都是坚持现实主义文学观念的老作家，张天翼、吴组缃和艾芜后来还被划为"社会剖析派"。社会剖析派虽然都有明确的政治立场，拥护或亲自参加革命活动，但他们不主张在作品中直接表达政治观点、显示政治立场，而讲究科学地研究社会、客观地分析和描绘现实。来自解放区的赵树理强调文学揭示具体社会现实问题，进入20世纪50年代的周立波也转向通过描述风土人情和日常生活来表达革命主题。《红岩》是直接表现意识形态冲突的作品，文本中随处可见直接表述政治主张、表现政治立场的人物对话，叙述语言也有意突出政治倾向性，这些与主要编委的美学观、艺术观有所不合，这应该是该刊拒绝刊载《红岩》的主要原因。再看1961—1962年间《人民文学》发表的作品，包括了后来被批判为"毒草"的历史小说《陶渊明写挽歌》《白发生黑丝》，包括写"中间人物"的《赖大嫂》，该刊编辑思想与用稿标准可见一斑。

《红岩》的书评包括专家评论与读者来信。责任编辑张羽化名张念苓发表于《中国青年报》1962年1月13日的《冬夜围炉话〈红岩〉》是第一篇评论文章。最早撰写评论的文学批评家主要有侯金镜、阎纲、王子野、王朝闻、马铁丁、罗荪、朱寨等。整个1962年，相关评论文章确可用"铺天盖地"来形容。从国家最权威的《人民日报》《文艺报》，到各省级、地级报纸，都开辟专栏或专版，发表介绍、评论、读后感。在媒体浪潮推动下，出现全民阅读《红岩》的奇观，各地报纸选载、连载，新华书店读者排队抢购等现象。

在首都北京：

> 书店新来到一批《红岩》，营业员刚把预先包扎好的《红岩》拿出来，读者立刻在书店门前排起长长的队伍。其中有青年学生，

第一章 《红岩》

有机关干部,有工人,还有红领巾。①

在河北定兴:

> 读《红岩》形成了高潮,成百册书,转眼便销售一空,因此书店不能不根据各方面的需求,适当地加以调整和平衡,使更多的人看到它,这部好书便是这样在农村青年和干部中深入人心。②

值得一提的是,小说中头号反面人物徐鹏飞的原型、正在战犯管理所接受改造的徐远举也被管理所要求"认真阅读"。《红岩》阅读的这种广泛性非同寻常,可以说无任何作品可比。这种阅读有党团领导机构组织的阅读,也有读者自发阅读;读者自发阅读有要求"进步"、表现"进步"的动机,也确有被作品宣传影响,被作品本身感染、打动的原因。对于个人阅读,有学者认为当时是"公共阅读"③挤压着私人阅读,文学领导、管理者和文学批评者的评价与阅读,代替了个人阅读",这很有道理;但《红岩》初版时并非"文化大革命"时期,普通读者的阅读范围虽然不含20世纪以后的西方现代主义作品,但对古今中外文学作品的选择范围还是很大的,对一部作品的关注如此强烈、如此集中,虽然有媒体宣传的作用,但不能说与作品本身的吸引力、作品价值观念与读者高度契合没有关系。

需要指出的是,当时各种评论介绍文章不仅毫不避讳作品的政治色彩和意识形态教化功能,而且特别强调这一点,唯恐读者仅仅注意作品传奇色彩和惊险情节,忘记了作品的政治性、思想性。这种文学接受现象,与新时期以后截然不同,乃至相反。这一切取决于新中国建设全新社会主义—共产主义文化价值体系的总体构想。罗贝尔·埃斯卡皮在论述文学消费与阅读时,曾讲到"文化修养的共同性",这是整合特定时期社会的文化

---

① 柏生:《书籍和读者之间——王府井新华书店见闻》,《人民日报》1962年7月27日。
② 《记一次"关于小说在农村"的调查》,《文艺报》1963年第2期。
③ 王本朝:《中国当代文学制度研究(1949—1976)》,新星出版社,2007,第181页。

因素，人文主义、马克思主义都属于"文化修养的共同性"的不同类型。他又援引奥尔德斯·赫胥黎的一个比喻：赫胥黎把文化修养比作一个家族，每个家族的成员都会追忆家谱上"有名望的人物"，例如亚里士多德、孔丘、笛卡尔、马克思等。这些"有名望的人物"对特定社会群体具有图腾般的价值。也就是说，每个整合起来的社会都有自己特定的文化图腾。"文化修养的共同性导致我们所说的认识上的共同性。"[1] 新中国国民普遍接受马克思列宁主义和毛泽东思想作为共同的"文化修养"，而《红岩》塑造了以极端方式（牺牲肉体和生命）直接而充分体现共产主义价值观的文学艺术形象，成为全民崇拜的"文化图腾"，这是该作在当时被如此大力推介、广泛接受的社会心理与文化基础。因此才会出现"主流文化所制定的阅读范式评价得到整个文学参与者们的全力奉行，对文本的认同标准上，各个层次读者与理论批评界共享同一套符码，表现出高度一致性"[2] 的现象。

《红岩》的改编及衍生文本（"解密""历史真相"之类书籍），即使不是创纪录，也应该是居于最前列。最早的改编是话剧和地方戏（川剧、豫剧、越剧、沪剧、婺剧）、曲艺（评书、快板书、相声、大鼓），连环画（上海人民美术出版社版、黑龙江美术出版社版、四川人民出版社版），电影，歌剧。进入新时期以后又有各种版本的电视剧以及京剧《江姐》《华子良》等。其中影响最大的改编本是上海版连环画《红岩》、故事片《烈火中永生》和歌剧《江姐》。它们已成为各自领域的经典之作。近年来张火丁主演的京剧《江姐》也大获成功，连演不衰。

除了删减枝蔓这类基于艺术样式本身的要求，新时期以前的各种改编有其共同之处，就是更加强化了乐观主义精神，淡化了个人感情因素。电影《烈火中永生》完全删除了刘思扬，因而也就没有了与之相关的改造尚

---

[1] 罗贝尔·埃斯卡皮：《文学社会学》，于沛选编，浙江人民出版社，1987，第78–79页。
[2] 陈由歆：《话语权力再生产：〈红岩〉的成型过程及改编研究》，辽宁大学出版社，2011，第37页。

第一章 《红岩》

不特别彻底的知识分子情调。最后的"越狱"情节较之小说更加乐观:既然将渣滓洞与白公馆合并为一处,就不存在因华子良逃跑而失去联系的顾虑,武装越狱的镜头语言告诉观众的是绝大部分难友越狱成功,杀死的敌人比牺牲的同志多得多,即使敌人使用了火焰喷射器,最后明确交代牺牲的也只有堵在大铁门前面掩护大家撤退的四位难友。歌剧《江姐》1964年10月12日给中央领导人演出后,毛泽东曾提出不要把江姐写死,还要让双枪老太婆把沈养斋抓住。① 由于熟悉小说《红岩》和回忆录《在烈火中永生》的读者和观众都知道江姐确已牺牲,这一修改建议不好直接采纳。1978年拍成舞台艺术片时采取折中措施:让双枪老太婆打进来,捉住沈养斋;不明确交代江姐生死,而让她在《红梅赞》乐曲与合唱中一步步走向高处,背景幻化为一片红梅、红霞、红旗。

电影、连环画和歌剧的成功,除了原作基础和剧本(脚本)水平,还取决于其他艺术因素。电影故事片中演员的表演非常重要,赵丹、于蓝、项堃都是当年国内顶级演员,编剧夏衍是中国电影文学奠基者和文学大家;连环画绘画者韩和平、罗盘、金奎和顾炳鑫是连坛名家,他们的画作是美术领域的精品。特别是歌剧《江姐》,对它的反复修改、精雕细琢不亚于"样板戏",它被国家与军队领导人高度关注,编剧阎肃与作曲羊鸣、姜春阳、金砂的剧本写作与音乐创作造就戏剧与音乐领域的传世经典。可以说,这些改编均借助于小说原著,同时它们各自的经典性又反过来巩固和强化了小说原作的经典性。歌剧《江姐》如今仍在上演,成为中国民族歌剧的代表作和保留剧目。

《红岩》的影响波及海外。它不仅传播到亚洲近邻越南、印度尼西亚、柬埔寨、缅甸、尼泊尔、锡兰(斯里兰卡)、日本、蒙古,也传播到欧洲瑞士、捷克斯洛伐克、英国,北美的加拿大,拉美的古巴、巴西、委内瑞拉,

---

① 空军政治部歌剧团:《伟大领袖和导师毛主席对歌剧〈江姐〉的指示》,江苏师范学院中文系编《〈江姐〉专集》,内部资料,1979,第21页。

以及澳大利亚。这当然有中国国家意识形态有意向外传播的因素，据责编张羽说，小说刚一出版，新华社对外部记者芮婉如就到中青社采访，"为的是向国外发布文化新闻，介绍《红岩》"；"有些出国的文化使节，在跨出国门时，也带上此书，作为向国际友人介绍中国文艺创作的资料"。① 但《红岩》在国外的传播又不仅仅是中国凭国家权力强行输出，外国共产党也主动推介，而读者的选择又与他们各自的精神需求有关。例如，该作在资本主义的日本广受欢迎，日本共产党中央委员会宣传教育文化部的倡导固然起重要作用，但日本共产党并非执政党，读者的选择并非行政命令所能决定。自1963年三好一翻译的日译本出版，到1964年为止的一年间，《红岩》日文版发行就达20万册以上，并且"每部书至少有五个人读过"②，也就是说日本读者超过百万人。这在国外阅读界是一个相当了不起的数字。

新时期以后，《红岩》的出版销售仍然长盛不衰。该书如今发行已超1000万册，减去"文化大革命"前的400多万册，新时期以后则有600多万册。当然，发行量、销售量与实际阅读量还不是一回事。埃斯卡皮指出：

> 我们知道，书籍的消费不能跟阅读混为一谈。常常有这样的情况：一个消费者买（或者更少见的是借）一本书，但不是专门想读它；即使读，也不过随手翻翻。
>
> 我们可以举出那种"炫耀性的"、作为财富、文化修养或风雅情趣的标志而"应当备有"某本书的现象（此为法国各书籍俱乐部最常利用的购买动机之一）。还有多种购书的情况：投资购买某一种罕见的版本，习惯性地购买某一套丛书的各个分册，出于对某一项事业或某一位（深孚众望的）人物的忠诚而购买有关书籍，还有出于对美好东西的嗜好而购买，这是一种"书籍兼艺术品"。因为书籍可以从装帧、印刷或插图等方面视作艺术品。

---

① 张羽：《〈红岩〉与我》，铁凤整理（非正式出版），第81-82页。
② 文洁若：《〈红岩〉在日本》，《文艺报》1964年第3期。

第一章 《红岩》

埃斯卡皮接下来又说这种"不阅读的消费""只是全部消费中的微不足道的一小部分"。① 那么,《红岩》的消费与阅读之间存在多大反差?"文化大革命"以前,这二者应该是基本一致的,当年全民皆熟悉《红岩》人物和故事即为证明。但是,新时期以后,《红岩》的发行量与读者实际阅读之间的数量差距,恐怕是比较大的。我们无法对全国购买者进行量化统计,但笔者根据自己的经验与观察和调查,可得出这一结论。2008年笔者应中央电视台《百家讲坛》栏目之邀,去北京试讲。当提出要讲《红岩》时,两位"70后"编导判断观众会不感兴趣。笔者问他们二位是否熟悉甫志高,他们均说不知。笔者又分别对河北大学中国现当代文学专业2016、2017、2018级三届硕士研究生进行问卷调查,问卷的问题是"你是否从头至尾完整读过一遍小说《红岩》原著",2016级20位学生18位做了回答,其中回答"没有读过全本"的16位,回答"读过全本"的2位。2017级21位学生20位做了回答,其中回答"没有读过全本"的17位,回答"读过全本"的3位。2018级20位学生全部做了回答,其中回答"没有读过全本"的17位,回答"读过全本"的3位。在进一步调查阅读动因时,学生的回答是:教育部规定的学生必读书目里有这本书,中考连续两年考了《红岩》的细节。学生都买了这本书,人手一册,但买了之后并不从头至尾读,有的辅导老师给学生划细节,让学生背诵,以应付考试。

由此可见,如今《红岩》保持的"长销"和"畅销"与读者自发阅读兴趣关系不大,而与意识形态及教育制度直接相关。那么,假如没有了教育部的规定、没有了意识形态的"规训",作为普通文学作品的长篇小说《红岩》未来的命运将如何?这是一个值得探讨的问题。

---

① 罗·埃斯卡皮:《文学社会学》,王美华、于沛译,安徽文艺出版社,1987,第144页。

五、解构尝试与传世可能

当代文学评论、文学研究和文学史著作对《红岩》的态度耐人寻味。

如前所述,《红岩》出版后好评如潮,全国各级主要媒体都发表了大量评论文章。"文化大革命"时期该书却被列为禁书。进入新时期以后,《红岩》重新出版,发行量一直很高,估计达600万册左右。但是,与巨大发行量相比,文学评论界却对之比较冷落,二者形成巨大反差。在中国知网期刊类以"《红岩》"为关键词进行搜索,从1978年至2019年3月,仅有论文276篇,其中1978年至1998年二十年间,除1978年7篇外,一般每年仅有1~3篇。1999年后相关文章渐多,也不过每年10~19篇,内容大多是关于小说人物或事件原型的介绍、作品改编与传播研究,以及文本"生产"方式的研究。在"篇名"中输入"《红岩》"搜索,结果也相差无几。简单地说,新时期以后,对发行量创纪录的《红岩》赞扬的不多,质疑批评的也不多。李杨注意到:"在80年代开始的以'重写文学史'为名的'翻烧饼'行动中,几乎所有重要的左翼文学作家和重要的文学作品都被纳入这种'打破或推翻以往中国现代文学史的模式和结论'的'重写实践',却一直没有人提到影响更大、在审美形式和精神气质上与'样板戏'更为接近的《红岩》"。他对这一现象的解释是:"批评家们觉得被他们用于批评其他作品的标准如'真实性'、'文学性'等等对于《红岩》根本就不适用,甚至连'文学不是政治'这样的清规戒律也完全失去了效果";批评家很少质疑《红岩》,"这显然不是可以以'政治禁忌'加以解释的问题","答案或许只有一个,那就是在人们的意识深处,说《红岩》是一部以历史叙事为目标的'小说',反倒不如说《红岩》是一部关于人的信仰的启示录更为准确。就如同《圣经》,在许多信徒看来,去考证圣经事迹的真实性是完全没有意义的。人们相信这些故事,不是因为这些故事是真的,而是因

第一章 《红岩》

为人们相信"。也就是说,他认为批评家们因为信仰《红岩》的价值立场和价值观念,把它当作《圣经》一样神圣的著作,才不会去质疑它。李杨还以《红岩》千万册以上的发行量为依据,并借用孟悦的话,证明它"比同时期其他'为大众'的作品更成功"①。李杨的话有道理,但是笔者不完全赞同。如前所述,笔者承认《红岩》具有很强的可读性,但认为其千万册以上发行量并非完全凭其自身魅力,读者并非仅凭文学阅读和鉴赏的内心需求而购买。特别是新时期以后,以行政制度的方式(教育部门指定该书为中学生必考内容)促成的发行量,占有很大比例。为考试而购买该书甚至可能是近些年《红岩》保持较大发行量的主要原因。而说批评家们都因为"信仰"而不质疑该书,则更不符合事实。笔者认为,《红岩》被质疑较少,主要原因有二:其一是它的主题直接表达的是国家主流意识形态核心观念,其二是它有众所周知、非常明确且可考的真人真事作依据。

文学研究界某些专家学者对《红岩》文学价值和文学史地位的真实态度,在1999年迄今的文学史书写中间接反映出来。1999年出版的洪子诚《中国当代文学史》虽然为《红岩》专列一节,但主要是介绍其"写作方式",对其文学价值未做明确断语。该书初版时尚有一句"是当代文学'组织生产'获得成功的一次实践",后来的修订版则删除"获得成功"四个字。同年出版的朱栋霖等主编的《中国现代文学史1917—1997》、陈思和主编的《中国当代文学史教程》竟只在本时期小说概述中点了一下《红岩》的名字。2005年出版的董健、丁帆、王彬彬主编的《中国当代文学史新稿》虽然在"其他长篇小说"一节中以三个小自然段论到了《红岩》,但主要强调其"强烈的政治宣传性"和"强烈的意识形态性";虽然提到它的巨大发行量和"很大反响",但紧接着又说"当多年后人们知道了一些历史实情(如重庆地下党领导人的叛变)之后,这部带有'纪实性'的小说,其可信

---

① 李杨:《50—70年代中国文学经典再解读》,山东教育出版社,2003,第178页、177页。

性就打了折扣"①。

21世纪以后的期刊中也出现过质疑文章。2004年,《炎黄春秋》第1期刊登孙曙的《党史小说〈红岩〉中的史实讹误》一文,指出《红岩》与历史事实诸多乖舛之处,主要有:①造成重庆地下党组织大破坏的原因是地下党主要领导的叛变,而非一个区委委员叛变;叛变人数是12人,而非1人。②指出磁器口大屠杀与"中美合作所"无关。③1949年9月2日朝天门大火并非国民党特务纵火,而是住户家儿童玩火引起。此外,还指出小说中关于时间、地点和事件与事实的不符之处。从今天角度看,文章所指前三项虚构确与小说的政治宣传意图相关,而后面所列一些时间地点的张冠李戴,应该是文学虚构中的正常现象。其中有些可能与作者写作时未做详细勘察调研有关,而另有些地方,考虑到作者是重庆本地人,进行张冠李戴的虚构可能是有意为之,为的是让读者意识到这是小说,不是回忆录或纪实文学,不要处处对号入座。这正如对现实中人名的改变一样。至于以真实历史为背景创作的"历史小说"哪些地方必须写实,哪些地方可以虚构,则见仁见智,作为文学上、艺术上的问题有不同看法很正常。而孙曙此文质疑《红岩》的真实性,亦有质疑其文学价值的意思。

而2002年《海南师范学院学报》所载大学生们读《红岩》的笔谈,直接反映了当前青年读者,特别是受过新时期启蒙现代性思想教育的文科大学生们读《红岩》的真实感受及对这部作品的真实看法。这与他们应付考试时为了分数而在考卷上写的答案是不同的。这些青年学生在老师组织下阅读完《红岩》后,发表了各自的读后感。参加笔谈的一共有7位学生,他们多数对《红岩》持否定态度。这组笔谈写作于洪子诚《中国当代文学史》出版3年之后,它们明显是受以洪本文学史为代表的新时期主流价值观的影响,其中有一位学生的文章直接引用了洪本文学史的相关论述。可

---

① 董健、丁帆、王彬彬主编《中国当代文学史新稿》,人民文学出版社,2005,第150–151页。

第一章 《红岩》

以说,它们是将洪本文学史只有暗示、没有明言的价值判断直接表述了出来,虽然这种表述带有 21 世纪大学生的特点,未必与教材作者内心的观点完全一致。总的来讲,这些学生大多是从肯定人的欲望、肯定人的世俗性或凡俗性的价值立场出发,从日常生活伦理出发,质疑和否定《红岩》所代表的革命伦理,从个人主义出发质疑和否定《红岩》宣扬的集体主义、英雄主义和牺牲精神。他们认为《红岩》中的英雄"缺少'对生命的热情'","丧失了'人'的精神",因为人应该"先自救然后救世","而没有了对生命的热情,也就没有了欢乐和痛苦,更没有了人之所以为'人'的全部理由和意义"。有学生甚至说《红岩》是"反人性、反现代性的乌托邦"①。有的则以巴尔扎克关于"欲望就是整个人类,没有欲望,宗教、历史、小说、艺术都是无用的了"的说法,批评"《红岩》中的英雄是一群欲望被压抑的英雄","《红岩》是缺少人文精神的"。② 有的学生从分析《红岩》的人物的角度切入,认为刘思扬既然家庭富有,"而他却至死坚持马克思主义,这就显得没有理由,使这种事件成为无因之果"。由此得出结论:"作品构造一个根本不可能的事实,正是对一种普遍社会意识的质疑:盲目的信仰(甚至个人崇拜)是时代所需要的吗?"③ 即该学生认为《红岩》对刘思扬的描写具有反讽意味。另一位学生从叛徒甫志高身上看出"良好的生活情趣和对真情的珍惜",他轻信特务郑克昌、擅自扩大书店并创办刊物的行为不应"受到刻薄的否定和指责",许云峰对他的严厉批评是"家长制作风","无视人的尊严"。④ 有位学生得出结论:"《红岩》是一本很好的革

---

① 张艳宁:《解读〈红岩〉:在英雄和信仰的透视中》,载《"探索者之夜":本科生读〈红岩〉》,《海南师范学院学报》2002 年第 6 期。
② 纪先宁:《〈红岩〉的英雄》,载《"探索者之夜":本科生读〈红岩〉》,《海南师范学院学报》2002 年第 6 期。
③ 王欢峰:《〈红岩〉:反叛的经典》,载《"探索者之夜":本科生读〈红岩〉》,《海南师范学院学报》2002 年第 6 期。
④ 薛俊芳:《贫瘠的年代——从〈红岩〉看中国的人道主义》,载《"探索者之夜":本科生读〈红岩〉》,《海南师范学院学报》2002 年第 6 期。

命教科书，但它决不是一本人生教科书。"① 关于《红岩》的文学价值和文学史地位，一位学生认为它"并没有任何形式上的实验性价值"，"当读完《在烈火中永生》后再读《红岩》，总有一种挥之不去的拒斥心理"；他认为许多读者为《红岩》感动，"没有参照阅读《在烈火中永生》是一个重要缘由"；《红岩》表达的只是"当下群体情感"，"随着历史进迁，这种当下情感必为另一种当下情感替代，使作品具有谎言性与滥情性"。②

这组笔谈发表于李杨《50—70年代中国文学经典再解读》出版的前一年，它解构了李杨关于因《红岩》是"一部关于人的信仰的启示录"、一部像《圣经》一样神圣的书，而没有人对它质疑的观点。也许李杨的说法适用于20世纪70年代之前出生的大多数读者，比如即使在1999年之后，仍然有王庆生主编的《中国当代文学史》、孟繁华和程光炜主编的《中国当代文学发展史》、黄修己主编的《20世纪中国文学史》和严家炎主编的《二十世纪中国文学史》对《红岩》给予了不同程度的肯定性评价，承认它有"震撼人心"③的力量，承认它"英雄的诗性与神性"能够让读者产生"追随感"，"《红岩》的时代已经成为过去，但《红岩》的浪漫、激情以及对革命信仰的宣谕，已经植入几代人心理意识的深层，仍然散发着巨大的思想魅力和道德感召力"。④ 但是，20世纪80年代以后出生的文科大学生进入大学之后接受的都是"启蒙现代性"意识形态教育，个人、欲望、日常生活幸福与人生而有之的本能更趋于一致，市场化时代的社会文化也支持和鼓励人的凡俗欲望追求；青年们即使追求诗性生活，也大多在爱情维度上理解它，很少与改造社会之类"宏大叙事"相联系。由于中国本就没有

---

① 自凤煜：《〈红岩〉人物模式化编码略谈》，载《"探索者之夜"：本科生读〈红岩〉》，《海南师范学院学报》2002年第6期。
② 廖述务：《从回忆录到长篇小说——浅析〈红岩〉传统叙事背后的当下群体情感性》，载《"探索者之夜"：本科生读〈红岩〉》，《海南师范学院学报》2002年第6期。
③ 黄修己主编《20世纪中国文学史》下卷，中山大学出版社，2004，第45页。
④ 孟繁华、程光炜：《中国当代文学发展史（修订版）》，北京大学出版社，2011，第156-157页。

宗教传统，现代"准宗教"也已被否定，人的"神性"被视为不可理解之物；所以，上述大学生对《红岩》感到隔膜，对其价值观念拒斥，就是自然而然之事了。

然而，当代青年读者对《红岩》的这种阅读反应，以及近20年部分文学史著作的忽略或否定，并不意味着宣判了《红岩》未来命运的死刑，正如居高不下的巨大发行量并不意味着《红岩》仍是读书界热点。《红岩》的文学价值与文学史地位，还是由其本身内在质素决定的。

首先，它的文学史价值毋庸置疑，不容抹杀。一个创了发行纪录，并且影响几代人心理意识深层的作品，即使不算作非常重要的文学现象，也是重要的文化现象。在文化研究占据主流、"纯文学"已证明为乌托邦的21世纪，无视这一重要文化现象，对之有意忽略或遮蔽的文学史著作是残缺的。

那么，"文学性""文学价值"究竟是什么？如果说它只指文本的可读性，显然过于肤浅（尽管文学区别于非文学的重要质素之一是它能深深吸引读者、对读者有强烈的感染力和情感冲击力），但即使指思想内涵的独特性，《红岩》也当之无愧：它将牺牲精神、将建立在坚定信仰基础上的个人意志品质推向极致，而且都有历史现实的真实依据，这在中外文学史上均独此一例。尊重人、尊重个体生命的独立价值、肯定人的世俗欲望，并不意味着不讲牺牲精神、英雄主义，并不意味着否定人类拥有信仰的必要性、正当性。即使在强调个人本位的西方世界，也不乏宣扬牺牲精神的文艺作品，例如好莱坞电影《泰坦尼克号》就宣扬为别人的生存而牺牲自己生命的英雄主义。西方有悠久的宗教传统，宗教讲的是信仰，而信仰凭的不是理性，不是怀疑，而是"信"，是毫不犹豫、义无反顾的"笃信"，虽然每个人、每群人"信"的内容各不相同。肯定世俗生活、肯定人的欲望、肯定个体价值与追求超越世俗、肯定超越凡俗人性的神性、肯定英雄主义，在西方文化史和文学史上是此消彼长、互相作用、互相交融的两条主脉；单独肯定其中哪一个方面而全盘否定另一方面，都会影响文化的健康发展。此外，《红岩》宣扬的牺牲精神和英雄主义，又有中国文化传统血脉的渊源。杀身成仁、舍生取义，是先秦以来儒家伦理观的重要内容，《红岩》英雄的坚强意志，使得对"关云长刮骨疗毒"推崇备至、津津乐道的中国读者感到钦佩。说《红岩》英雄不热爱生活、缺乏对生命的热情，那是阅读作品不细、理解作品不深所致。《红岩》英雄充满激情，激情正是生命的象征、热情的极致。《红岩》英雄们在狱中开新年联欢会，在禁锢中还坚持读书、增长知识，坚持锻炼身体，这样的生命热情与现代社会丧失信仰和追求的厌世者、颓废主义者不啻南北两极！实际上，不只人类，就是在动物界，也有为了群体生存而牺牲个体生命的现象。当代青年读者认为《红岩》所写富家子弟参加革命不可思议，这是对历史的无知。实际上，真实的历史中，重庆集中营关押的富家子弟并非"刘思扬"一人。富家子弟参加革命，说明在生存需要和物质欲望满足之后，精神追求、信仰生活或自我实现欲求居于主导地位。超越肉体欲望，是人性本身固有之物。

《红岩》的艺术世界确实拒斥日常生活和世俗物质欲望追求，一是文本叙事特殊性的需要，二是文本所叙之事特殊性的需要。

此处的文本叙事特殊性，是指《红岩》并非反思历史或再现日常生活、表现民风民俗之作，也并非为供后世专家研究而预设迷阵，可作无限解读之作，它是书中人与作者共同用生命书写的关于追求超越性人生价值和人生意义的小说化的诗，凸显的是信仰、意志与激情。它是政治的，毫不避讳自己的政治倾向、政治立场，还唯恐读者忽略或误读这种倾向和立场；它也是文学的，凭借自己非同寻常的内容和虔诚信仰与炽烈情感，给人以灵魂的震撼——只要不是带着固有理念，读过这本小说的，一般都会被感动、被震撼。即使是前述参加《海南师范学院学报》笔谈的7位21世纪青年学生，也并非都对《红岩》持否定态度，其中一位学生就表示："《红岩》就像真实的历史图片再现，每一幅画面都出乎我们的想象，引起我们心灵的震撼"，"作品展现了特殊环境里一幕幕'斗争'场景，用革命者的壮烈人生奏出一部宏壮的交响乐，久久回响在读者心灵的上空"。虽然它塑造的人物趋于极端化、太过神化，"《红岩》仍为一部不朽的著作，它向我们所

第一章 《红岩》

展示的不仅是一个个英雄,更向我们展示了一种作为人不能不具备的精神。在实用主义与物欲追求使理想信念黯然失色的今天,这种精神就像太阳的余辉,照遍我们的全身"①。前述那位认为《红岩》"决不是一本人生教科书"的学生,也承认书中所写英雄事迹可以让人"感动得落泪"②。至于那位认为"许多读者为《红岩》感动"是因为"没有参照阅读《在烈火中永生》"的学生,他完全不知当年《红岩》的第一批热心读者中,有许多是读过《在烈火中永生》的(该回忆录发行量也很大),有些还是听罗广斌等人一遍遍做过相关报告的人,这些人完全理解小说与回忆录两种文体的不同特点和不同要求,理解《红岩》文本叙事的特殊性。他们并不因为知道小说艺术世界与作品所据"本事"的差异,而认为《红岩》"具有谎言性与滥情性"③。

所谓文本所叙之事的特殊性,是指《红岩》所写主要正面人物都是冒着生命危险从事地下工作的共产党员,后来又都为自己的信仰献出了生命。这些烈士事迹都有真人真事做原型。当下荧屏流行"谍战剧","谍战剧"写的就是地下工作者的斗争。不论共产党还是国民党,从事地下工作都有特殊纪律,就是严格执行上级命令,个人日常生活完全服从于地下工作需要,甚至随时准备牺牲个人生命。这和普通人是完全不同的。而共产党员又都属于特殊人群,按其"初心",都是些为了远大理想而奋斗的人,克己奉公、先人后己是党员的道德律令,党章对党员的要求就有"中国共产党党员必须全心全意为人民服务,不惜牺牲个人的一切,为实现共产主义奋斗终身"一条。罗广斌《关于重庆组织破坏的经过和狱中情形的报告》指出,"从所有叛徒、烈士中加以比较,经济问题、恋爱问题、私生活这三个

---

① 杨开明:《〈红岩〉:革命精神的构造》,载《"探索者之夜":本科生读〈红岩〉》,《海南师范学院学报》2002年第6期。
② 自凤煜:《〈红岩〉人物模式化编码略谈》,载《"探索者之夜":本科生读〈红岩〉》,《海南师范学院学报》2002年第6期。
③ 廖述予:《从回忆录到长篇小说——浅析〈红岩〉传统叙事背后的当下群体情感性》,载《"探索者之夜":本科生读〈红岩〉》,《海南师范学院学报》2002年第6期。

个人问题处理得好坏，必然地决定了他的工作态度，和对革命是否忠贞。刘仲益、蒲华辅在经济问题、私生活问题上腐化倾向特别严重，而恋爱问题，是每个叛徒都有问题的"①。罗广斌等对甫志高形象的塑造，是综合了现实中好几个叛徒的特点。以普通人的标准看，甫志高是一个有一定工作能力、有家庭责任感、有同情心的还算不错的人；然而，他既然自愿入了党、参加了地下工作，对他就不能以普通人标准衡量。他不遵守地下工作纪律、过于迷恋日常家庭幸福、意志薄弱，不仅不适合做地下工作者，而且他的这些特点还给党的事业、给别的地下党员造成巨大损失，造成众多同志的被捕和牺牲，就罪不可赦了——如果他想享受日常生活幸福，他就不应该参加地下工作；自愿参加了地下工作而又迷恋日常生活幸福和物质享受，就是投机，是群体事业的巨大隐患。为甫志高辩护的青年学生完全忽略了甫志高身份的特殊性以及职业的特殊要求，才造成对作品的曲解。

除了莎士比亚戏剧及《红楼梦》这种"经典的核心"，在漫长的文学史包括文学接受史上，任何普通文学经典都不会一直保持最高热度，在不同时代、不同文化氛围中，接受上出现起伏，甚至在特定时间段内被质疑、被冷落，是正常现象。《红岩》被当下许多青年读者质疑乃至拒斥、否定，是因其价值观念与目前世俗价值观反差太大。可这未必是作品本身的问题。随着时代社会的变迁，《红岩》有些方面的内涵及价值也许会被历史淘洗掉，但它所宣扬的人的超越精神、自主自愿牺牲精神、建立在坚定信仰之上的坚强意志品质，是人类精神的宝贵财富，永远不会过时，且将对人类精神发展起到补偏救弊的作用。

---

① 钱振文：《〈红岩〉是怎样炼成的：国家文学的生产和消费》，北京大学出版社，2011，第 226–227 页。

第二章 《红旗谱》

梁斌的《红旗谱》是"红色经典"中最核心的"三红一创"之一。"三红一创"中《红日》的艺术水准与影响力稍逊,《红岩》有其题材与创作方式的特殊性,《红旗谱》与《创业史》是其中作者独立创作成就最大的作品。本章将专门探讨其艺术成就及取得成就的原因。

《红旗谱》读者面很广,发行量也很大。据中国青年出版社的不完全统计,截至2019年,第一部《红旗谱》共4版56次印刷,印数200多万册。如果加上第二部《播火记》百花文艺出版社及作家出版社的不同版本、百花文艺出版社和人民文学出版社各自的《梁斌文集》版本,以及第三部《烽烟图》,还有各种外文或少数民族语言版本,其实际发行量肯定要翻倍。这个数量虽然比不上《红岩》,但鉴于《红岩》的独特发行传播方式,全凭读者阅读兴趣而发行的"红旗谱三部曲",其发行量也是相当惊人的。这充分说明,它有着很强的艺术魅力。笔者认为,其魅力产生的根源,一是其艺术真实感和给读者的代入感;二是将传奇性与日常性结合;三是探索出了独有的融合中西古今、雅俗共赏的艺术表现方式。

一、真实书写革命与北方农民的关系

  这里所说的《红旗谱》实际上指的是"红旗谱三部曲",包括《红旗谱》《播火记》和《烽烟图》三部。三部曲的主人公是农民,是从清末到抗战初期不同历史阶段的农民,是被卷入革命洪流之中的农民。直到20世纪末,中国一直是以农民为人口主体的国家。在20世纪的中国,"革命"是影响历史走向和国民生存状态的最重大事件,中国的新民主主义革命实际上是一场农民的革命。《红旗谱》以此为题材,就决定了它的"史诗性"选择。探讨农民与革命的关系是三部曲的总主题,也使得其题材具有了非同寻常的重大性。

  在《红旗谱》之前,中国现当代小说中以农民为主人公的作品已有很多,表现农民参加革命的中长篇小说也早有前例。例如华汉《暗夜》、蒋光慈《咆哮了的土地》、王鲁彦《野火》、赵树理《李家庄的变迁》等。但是,将人物和故事置于如此宏阔的历史视野之中,通过真实细腻的日常生活与民风民俗描写、性格鲜明的人物形象,真实再现北方农民在不同历史阶段的生存状态与喜怒悲欢、他们与革命的关系,并且将乡村革命与城市斗争相结合的长篇小说,《红旗谱》应该是第一部。

  真实感和代入感是《红旗谱》艺术魅力的基础。

  虽然当年作者讲述自己的创作意图时,说小说主题是表现地主与农民的阶级斗争,这在今天看来似乎是从既定"观念"出发。但不带成见的读者阅读时并不会感到"观念、主题阐释上的坚硬、紧张"[①],因为作品将这种可以解释为"阶级斗争"的故事,当成了一个家族复仇故事来讲。从实际阅读效果来看,贯穿始终的朱、严两家与冯兰池家的冲突,是小说的主

[①] 洪子诚:《中国当代文学史》,北京大学出版社,1999,第111页。

线，而政治事件只是家族冲突的背景。这也是有研究者认为对于主人公朱老忠来说"许多历史事件并没有击中他穿透他，而只是在他身边轰隆隆地滑过"①的原因所在。从表现阶级斗争主题、表达政治观念来说，这样写是缺点；而从真实描绘生活、塑造人物形象来说，这却是使它内涵"'逸出'观念"②，一定程度上突破时代局限的奥妙。

具体分析朱老忠家与冯兰池家的矛盾，可以发现，他们之间结怨并非由于经济利益，不是地主"催租逼债"所致——朱家既非冯家长工，也非其佃户。矛盾源头是冯兰池以充公款抵赋税为由，要砸毁千里堤上的古钟，其真正目的是私占四十八村公产田。朱老忠的父亲朱老巩纯粹为"管闲事"、替四十八村的人（包括地主和农民）打抱不平，才出来阻拦。究其实质，他们之间的冲突主要是道德冲突；其中的政治冲突，也并非阶级冲突，而是社会势力冲突：冯兰池霸占公产利用的是村长和堤董职位，他侵犯的利益是四十八村人共同的利益，这利益均摊到每家每人身上，其实微不足道。四十八村四十八亩地，每村才合一亩。因此，习惯于逆来顺受、只计较个人利益的农民，才明知其私而听之任之，都不肯出头，就连与冯兰池家有矛盾的锁井镇地主冯老洪和冯老锡都保持沉默。朱老巩之所以出头，除了个人性格，还因他是乡民中有"布衣领袖"潜质的人。在前现代乡村社会：

> 有的社会学家把乡绅称之为农村的正式领袖，而把农民自己的领袖称之为"布衣领袖"，这些布衣领袖往往是在道德、能力上出类拔萃且见多识广的人物，虽说在乡村中没有什么正式的名目与身份，但却有相当的权威。在相当多的情况下，正式领袖的意

---

① 陈思和主编《中国当代文学史教程》，复旦大学出版社，1999，第78页。
② 洪子诚：《中国当代文学史》，北京大学出版社，1999，第111页。

志要通过与布衣领袖协商，甚至经过后者的疏通才得以贯彻。①

朱老巩没有做成真正的布衣领袖，因为他为大家出头时真正直接出面声援的只有好友严老祥一人，其余人都只是暗中同情。而到了朱老忠，他才成为真正让冯兰池忌惮的布衣领袖，因为他周围有严志和、朱老明、朱老星、伍老拔及其后代等一大帮铁杆拥护者，朱老忠为他们出头、为他们两肋插刀，他们也肯舍家舍命相从。朱老忠加入"组织"后，又结交了贾湘农及附近地区的绿林人李霜泗及其舅舅朱老虎等。这些人并非为了经济利益而结缘，是"义气"将他们联结在一起。这样，朱老忠集团与冯兰池家的冲突便可以被读者读成正义与邪恶、在野反对者与当权者之间的矛盾斗争。这样，不论是否赞同阶级斗争观念，有正义感的读者读起来都没有隔膜感和隔阂感，很容易被吸引、被打动。

朱老忠下关东未回乡期间，朱老明联合"下排户"与冯兰池打官司，倒是有些"阶级斗争"色彩：冯兰池利用村长职权，将村里缴纳的钱款摊派到穷人身上，朱老明不平，联合二十八家穷户和他打官司，结果失败，打得自己倾家荡产。但是小说只说欠款是冯兰池联合另一个地主冯老洪打逃兵引起，却没说冯老洪在其中具体做了些什么，而另一个地主冯老锡在朱老明、朱老星等官司失败后，还借房子给朱老星住，可见冯兰池的一切恶行来自个人品德及"村长"职位，而非"地主"身份。于是，家族冲突色彩仍然盖过阶级冲突。

《红旗谱》被认为是"对于革命'起源'的叙述"。然而，研读小说文本若不从既定观念与作者表述出发，而是从作品实际描述与文本自身逻辑出发，可以发现，《红旗谱》所写革命的发生带有偶然性，即，它没有像

---

① 张鸣：《乡土心路八十年：中国近代化过程中农民意识的变迁》，陕西人民出版社，2008，第6页。

第二章 《红旗谱》

"典范土地革命叙事"① 那样将革命发生写成农民生存濒临绝境时的唯一选择。《红旗谱》的这种描写没有从观念出发做公式化处理,合乎当年北方农村的实际状况。

"革命"概念首次进入锁井镇,起于运涛一次外出打短工的偶遇:运涛耪完自己家里的地之后,想利用空闲时间多挣一点,便去十几里地以外的村子打短工。做了两天活准备回家时,遇到下雨,他在一户人家院门下避雨。碰巧这正是地下党员贾湘农的家。贾湘农看到这位年轻人可靠,便给他讲了阶级革命的道理。有些文化的年轻人接受新思想快,加之乡村生活的寂寞,运涛初步接受了贾湘农的阶级斗争启蒙。但是,他"心惊了一会子"之后,当时愿意结交贾湘农的直接心理动机是"以后有个大事小情儿,打个官司什么的,城里有个熟人指点指点"。但是他回家对父亲严志和说了此事之后,严志和却不以为然,告诫儿子:"咱什么也别扑摸,低着脑袋过日子吧!"他又去找朱老忠,朱老忠认为这是好事情,因为他认为"扑摸到这个靠山,咱受苦人一辈子算是有前程了"②。在革命输入之前,锁井镇一带农民所过的日子虽不富裕,但尚能自足,而且不乏日常生活的乐趣。朱老忠从关外回乡,得知朱老明和冯兰池打官司导致倾家荡产,便马上掏给他十块大洋;江涛去上学,他又资助十块大洋。这些固然是由于他豪爽仗义,另一方面也说明此时他经济上并未陷于绝境。他有自己的房屋土地,还养了一头黄牛,属于自耕农。严志和家有一块肥沃的"宝地",有梨树

---

① 在20世纪40年代之前的左翼文学、以后的解放区文学、1949—1978年近30年的文学中,涉及土地革命或土地改革题材的作品存在着一个较明确的范式,其基本特征是:①充分展示贫富之间的尖锐对立,矛盾不可调和;②地主集恶霸与基层官僚于一身,流氓成性,公然违反日常伦理;③贫苦农民大多品德高尚,人穷志不穷;④农民与地主之间暴力冲突不可避免,革命暴力代表民意,大快人心。这一叙事范式的形成基本与中国共产党领导的土地革命斗争同步,并直接服务于后者。质言之,此类叙事的目的或效果预期,是宣传土地(暴力)革命的必然性和必要性,动员农民参加土地革命。它是无产阶级革命意识形态的形象化演绎,曾被有意识地作为艺术化的"典型""范本"予以逐步推广。因而,笔者将其命名为"典范土地革命叙事"。

② 梁斌:《红旗谱》,中国青年出版社,1978,第133-136页。

园，能供孩子上学。朱老忠一家刚回来时，他一度靠"从劳动里求生活"来"一家担负两家人的生活"①，说明他的家庭条件也还过得去。参加过当年高蠡暴动的曹承宗在读到《红旗谱》时，判断严志和家是"中农"②。总体来看，朱老忠、严志和家的家庭条件应该与老驴头家差不多，他们"革命性"的差异只在于性格。朱老星家也曾是中农，并且存有发财梦，他沦为贫农，只因"有点儿庄稼正义"③，参与了朱老明的打官司。与之形成对照，房无一间、地无一垄，比他们贫穷的长工老套子，却最没有革命性。江涛去给他讲革命道理：

> 老套子一听，就不同意。喷着唾沫星子说起来："看你说的！自古以来，就是这个惯例。不给利钱，算是借账？没有交情，人家不借给你！私凭文书官凭印，文书上就得盖官家的印。盖印，就得拿印钱。地是人家苦耪苦掖、少吃俭用、经心用意整来的，不给人家租钱，行吗？人家不租给你！人家贩来的盐嘛，当然要加价呀，谁不想多赚个钱儿？车船脚价，越来越高，水涨船高呗！"④

结合第二部《播火记》来看，在 20 世纪 30 年代前后，党组织的合法斗争（反割头税）效果显著，取得胜利；但华北冀中革命时机并不成熟，高蠡暴动确属"左"倾盲动，参加者仅有几百人，而这少部分人凭的是慷慨义气。绝大部分农民并未产生强烈的革命要求。起义发动者本意是要策应南方革命，同时打的又是抗日旗号。但 1932 年时，对于生活范围极其狭小、消息闭塞而又关注自身切身利益的农民来说，"抗日"还是远方的事。

---

① 梁斌：《红旗谱》，中国青年出版社，1978，第 83 页。
② 《老战士话当年——〈文艺报〉举行〈红旗谱〉座谈会记录摘要》，《文艺报》1958 年第 5 期。
③ 梁斌：《红旗谱》，中国青年出版社，1978，第 294 页。
④ 梁斌：《红旗谱》，中国青年出版社，1978，第 268 页。

所以，失败势所必然。起义的积极意义是给原本缺乏革命传统的北方农村播下了革命火种，为后来抗战时期革命力量的发展打下了一定的思想基础。梁斌钦佩革命者的勇敢与精神，其关注的焦点并不在于这场暴动的性质和意义。《红旗谱》前两部的艺术描写忠于历史真实，没有拔高革命者，如实写出了起义领导者缺乏指挥才能、参加者缺乏战斗素养，写出了失败结局以及失败后起义参加者的悲惨命运：起义不是改善了参加者的生活状况，反而使其生存状态恶化。但是，到了第三部《烽烟图》，革命者播下的火种终于被抗战催燃，变成民族战争的烽烟。"红旗谱三部曲"对历史的真实生动描写，使其除了艺术价值，还具有形象的历史文献价值。

二、以日常性为底色的传奇性故事

革命历史题材的"红色经典"小说大多具有传奇性，为的是使政治化叙事具备趣味性和可读性，产生对普通读者的吸引力。最典型的是《红岩》《林海雪原》《铁道游击队》《敌后武工队》《野火春风斗古城》。《保卫延安》《红日》因其题材是重大战役，也具有天然的传奇色彩；《青春之歌》则有和《红岩》类似的地下斗争和监狱生活，有曲折的男女恋爱故事，可凭此吸引读者。

《红旗谱》也具备一定传奇性。人物方面，朱老忠走南闯北、气度不凡，不同于普通农民；农村姑娘春兰在封建意识浓厚的中国北方农村敢于自由恋爱，敢于标榜"革命"，也非一般村姑可比。特别是生活于白洋淀的绿林好汉李霜泗父女，更是第二部《播火记》中的侠客式英雄。故事方面，朱老巩大闹柳树林、以命护钟是乡里传颂的豪杰故事，"反割头税"是历来逆来顺受的北方农民的首次集体抗争，二师学潮是流血冲突，高蠡暴动更是农民武装反抗的壮举。这些都是具有传奇色彩的事件。然而，与上述具有明显传奇性的作品不同，《红旗谱》的基调或底色却是日常性，而非传奇性——它即使写那些带有一定传奇色彩的人物和故事，也是以日常的方式去描述。说到底，它遵循的叙事逻辑是日常逻辑，而非传奇逻辑。这是其一直被研究者忽略的重要特点。

《红旗谱》的日常性首先表现在人物形象方面。主人公朱老忠在经历与性格上虽然有不同于普通农民之处，但他的"理想化"只在于为人仗义方面，以及比那些从未离开过故土的农民多一些胆识，其个人能力（智力、勇力）与行事逻辑均未超出日常。论外形，和其父朱老巩一样，他身材并不高大，属于作者所谓"小敦实个子"，比严志和矮了一头。论经历，在冀中农民中，朱老忠确实有些与众不同，可在民国时期有类似经历的北方农民也不少。走南闯北的经历使朱老忠身上洋溢着江湖侠义，但回乡后他仍是一个地道的农民。关于朱老忠的回乡动机，他的归来，更多是由于思乡，以及在异乡生活的难处，而非为了复仇。第3章写朱老忠听说严志和也要下关东：

> 他也愣了一刻，心里想起他在关东三十年，多咱一想起家乡，想起老街旧邻，想起千里堤上的白杨树，想起滹沱河里的流水，心上就象蒙上一层愁。这才一心一意要回老家，……①

第7章写朱老忠去看朱老明时，得知冯兰池仍然很霸道，他一方面说："我就是为咱这穷哥们回来的，不是的话我还不回来呢！"一方面：

> 他想："不回老家吧，死想家乡。总觉得只要回到家乡，吃糠咽菜也比流落在外乡好。可是一回到家乡呢，见到幼年时的老朋友们，过着烟心的日子，又觉得起心眼里难受。"心里说："知道是这个样子，倒不如老死关东，眼不见为净，也就算了！"转念又想到："在关东有在关东的困难，天下老鸦一般黑！闯吧，出水才

---

① 梁斌：《红旗谱》，中国青年出版社，1978，第24页。

第二章 《红旗谱》

看两腿泥！"①

内心深处的话当然比对别人说出的话更能说明行为的动机。从文本提供的信息看，虽然朱老忠一直不忘杀父之仇，但"复仇"并非他回乡的主要动机，回乡是他不得已的选择。回乡"过日子"还是"复仇"，这是日常性与传奇性的根本分野。有些读者以读传奇式复仇故事的心理期待这部小说的情节发展，便未免会有些失望，因为他回乡后并未着手策划复仇行动，反倒种地盖房子过起庄稼日子来。朱老忠"出水才看两腿泥"的韧性战斗和《水浒传》的"快意恩仇"截然不同，作者把一个有可能成为传奇的故事日常化了。第6章写朱老忠回锁井镇后初见老驴头，老驴头听说他带回一点金瓜籽儿，对他说："一听你就是有心计的人，打算回来好好种庄稼哩！"朱老忠回答："咱是正南巴北的老实庄稼人嘛！"回乡后朱老忠的日常生活，一是在朋友帮助下盖起土坯小房，一是从事田间劳作。第1部中他做的最大的事，除了步行去济南探监，就是带领乡亲武装（拿着三截鞭）抗税。但这也未超日常范围，甚至未上升到"暴力"程度（未伤一人）。论勇力，虽然书中交代他会拳脚，但并不出奇。第1部里首次正面写到他的"功夫"是在第36章：他们为准备反"割头税"而组织纠察队，他当众"闹了个骑马蹲裆式"，踢了个腿，耍了套拳。再就是第37章在集市上面对"不敢伤害请愿的群众"的保安队，举起三截鞭打落两把刺刀。第2部第29章写攻下冯家大院后他与冯老兰的直接交手，因为对方已是老年，又是孤军抵抗，显不出朱的武功高强；第41章写暴动时辛庄战场的白刃战，是三部书中唯一写朱老忠直接杀敌处，他"砍下白军半个脑袋""卸下白军半个膀子"，也只是作为参战人员中的普通一员，作品也并未写他功夫如何出众。若对比《铁道游击队》中的刘洪，《林海雪原》中的杨子荣、姜青山等，其非传奇性（日常性）一目了然。在见识与品格方面，由于朱老忠曾走南闯北，

---

① 梁斌：《红旗谱》，中国青年出版社，1978，第71页。

确比一般农民心胸开阔,比如遇到儿子被抓兵的突发事件没有暴跳如雷乱了方寸、对于被乡里人歧视的运涛和春兰的爱情,他表示"咱穷人家,不能讲那个老理",可他并无少剑波式的神机妙算,也没有许云峰和江雪琴身上的那种圣徒色彩,让人感到仍是一个普通老百姓。

在"反面人物"的塑造方面也可看出《红旗谱》艺术描写的日常性。尽管全书的第一句话就给冯老兰一个"恶霸"定性,书中朱老忠等人也屡次称他为"老霸道",但他的所作所为基本没有公开违背日常伦理道德,对乡规民约也有所忌惮。细究起来,他的恶行都是在合法外衣下做的。砸古钟,他打的幌子是砸钟卖铜顶赋税、顶公款,尽管真正动机是毁灭证据霸占官地;与朱老明等28家穷人打官司,他的胜诉也是靠对簿公堂的合法形式。"脯红鸟事件"是作者在第1部中除反"割头税"、二师学潮以外重点描写的一场冲突,但一辈子喜欢养鸟的冯老兰,开出比别的买主都高的30吊钱想买下运涛和大贵的脯红鸟(而非硬夺强占),最后却没有买到手。小说里讲冯老兰"是个老色鬼",可"从表面上看,是个'古板'的老头子"。书里写他"好色"的具体表现,除了娶了个"现在也不年轻了"的"年轻的太太"做续弦,再就是看中春兰。发现春兰和运涛恋爱,出于嫉妒,他唆使春兰的大娘宣称"春兰可招了汉子了",并招来老驴头追打。为趁机得到春兰,一贯吝啬的他还狠心要拿出一顷地、一挂大车。遭到坚决拒绝后,冯老兰"也再不敢想着她"。冯老兰看中严志和家的"宝地",却并未直接说出想要;严志和在走投无路的情况下决定以地换钱,虽然极不情愿,却是自主。他承包"割头税",则是当时农村常见的不合理现象,是民国时期苛捐杂税繁多的真实反映。总之,如作者所说:"这些素材,在乡里并不少见。冯老兰的形象性格比比皆是。"①

《红旗谱》唯一真正有明显传奇性的人物是李霜泗父女,但由于全书以

---

① 梁斌:《一个小说家的自述》,中国青年出版社,1991,第523页。

第二章 《红旗谱》

日常性为基调,小说并未写他飞檐走壁、枪法精准,他们刺杀张福奎,虽精心策划,却并未能将其杀死,而只是击伤。暴动失败后李霜泗还很轻易地落网被杀。锁井镇人物中,与一般日常性格有所区别的是朱老巩和春兰。为此,作者还思考过:"在那个时代,是不是可能产生朱老巩和春兰这样的人物呢?"结论是:"在当时是可能的。"① 这样,在日常背景上调配的这点传奇性就给作品增添了色彩,而没有影响全书的基调;严格写实的基调,又使得个别带些传奇性的人物显得真实可信。

除了人物形象,《红旗谱》中的人物关系和叙事逻辑也是日常化的。

虽然这部小说所表现的主要矛盾冲突都与阶级斗争有关,书中主要人物也可分为地主与农民两大阵营,但《红旗谱》之间的人物关系给人印象最深的却不是阶级关系,而是日常人伦关系,最打动人的也是人物之间的人伦情感,包括夫妻情、亲子情、朋友情,以及青年男女之间的爱情。作品重点表现的朱老忠与严志和以及朱老明、朱老星、伍老拔之间的感情,可以解释成"阶级情",但给人更直接的感受是"朋友情",是朋友之间的仗义。朱老巩护钟是打抱不平,严志和、朱老星、伍老拔帮着朱老明打官司也是出于义愤。如果说这种情感是"阶级情",或朴素的、自发的阶级感情,那怎么解释和他们一样贫穷甚至比他们更穷的老驴头、老套子、老栓、冯大有、冯大狗、大个头领青等人没有和他们建立这种感情呢?按书中描写透露给我们的信息,所谓阶级感情,实际上是贾湘农对于他们之间这种友情的一种意识形态解释。相近的经济地位——贫穷,只是促使他们相互接近的因素之一。没有这种仗义,即使再贫穷,也难以成为他们这个团体的核心成员。

比较而言,《红旗谱》对于青年男女爱情的描写并不是最精彩的,这可能也是受作品的日常性基调所限。春兰不嫁大贵而等待坐监狱的运涛,算

---

① 梁斌:《漫谈〈红旗谱〉的创作》,载《梁斌文集》第5卷,百花文艺出版社,1986,第238页。

是有一定传奇性的情节，但作者仍然给春兰这一浪漫行为一个比较日常性的解释："她觉得那么办了，对不起运涛。她想：久后一日，运涛还有个出狱的日子，拿什么样的脸面去见他呢？于是她暗里下定决心，宁自舍弃青年人的幸福，也不辜负运涛对她的好心。"①

二师学潮和高蠡暴动写的是农民打破日常生活的壮举，这两个非日常事件和基本不超出日常的"反割头税"一起，往往是人们提及这部作品时首先想到的。但即使对这两件非日常性事件，作者仍以日常性逻辑处理：高蠡暴动爆发前夕，书中主要人物以及锁井镇一带的居民还处于日常生活状态中，对于这种状态的突然打破，他们一方面感到兴奋，一方面感到不安，有些事还不能马上适应。小说用了整整六章的篇幅（第22~27章）表现暴动的具体准备过程。虽然仍是以写人物语言和行为为主，但这部分着重心理描写，有些对话描写其实也是意在表现人物的心理。这六章表现他们此时遇到的"日常"问题是：暴动者开拔后家属怎么办？起义者聚齐后吃穿用住怎么安排？除了写起义者家属怎么来"闹"、朱老忠等怎么安抚，作品还写了朱老忠等人到冯老锡家"起枪"、到大竹镇计取警察局的枪。这是全书少见的带有一定传奇性的、有些类似于《铁道游击队》《敌后武工队》的情节。但《红旗谱》将此写得仍是那么平易，并无血腥，也不算惊险，却真实可信，因为冯老锡只是个乡村土财主，而且对朱老星不薄，大竹镇的警察也并非穷凶极恶、训练有素的鬼子，而是和他们一样出身农家的乡村警察。不太惊险，却饶有趣味。写暴动者家的主妇支持丈夫起事，动机也很具体。贵他娘展望的未来是"扛长活的，能吃到白面；新春节下，也能吃顿过年的饺子；十冬腊月里能穿上棉衣裳；咱女人家，生孩子坐月子，也能吃套烧饼果子，喝碗红糖水了"。虽然朱老忠马上用"子子孙孙不当亡国奴"的宏大叙事"纠正"，但他的话没见出什么实际效果；他本人说

---

① 梁斌：《播火记》，中国青年出版社，1979，第26页。

服冯大狗家的女人支持丈夫闹暴动,最终也是以很实在的理由:"你等着吧,暴动起来就有大囤的粮食,大垛的衣裳,任凭你要多少就要多少。"暴动发生以后,进入短暂的战争状态,作者写锁井大队的游击队员冲击冯家大院时乱糟糟一哄而上,没有拔高新起的红军的战斗能力。这样的描写,使熟悉农村生活的读者感到,他们的邻里熟人遇到了革命或战争,大概也就如此,有非常亲切、贴近之感。

《红旗谱》的故事虽然并不神奇,但它的情节却能紧紧抓住读者,这是因它用朴实真挚的日常人伦情感打动了读者,引起其对人物命运的强烈关注。作品表现人物之间的夫妻情、亲子情等人伦情感,往往借助于离合悲欢场景的描写与情感气氛的渲染:第1部第2至9章写朱老忠与严志和等世交老友的久别重逢,第13章写大贵被抓兵、第16章写运涛出走时与亲人离别,第17~19章写运涛来信之"大喜",第21~23章写运涛入狱、老奶奶暴死、志和卖地的"大悲",都给人以强烈印象和情绪感染。对人物悲欢离合的精彩描写,一直是中外文学作品艺术魅力的重要来源。

三、融合中西古今、雅俗共赏的艺术表现方式

《红旗谱》的成功,曾被多部文学史解释为找到了政治主题与乡村风俗和传统文化的联结,认为这"多少缓和了观念、主题阐释上的坚硬、紧张的程度"①。这样说虽有一定道理,但却并不完全符合作家作品实际。首先,反"割头税"、二师学潮和高蠡暴动是确确实实发生了的历史事件,它们并非作者按照政治观念虚构出来的小说情节。其次,作者在对这些政治事件的描述中感性、情感、信仰与政治观念是融为一体的,观念并非外在于情感与生命体验,并非硬加,所以它与民风民俗和传统文化的联结自然而然,

---

① 洪子诚:《中国当代文学史》,北京大学出版社,1999,第111页。

并不生硬。实际上，如果单说"观念"，从后来"政治正确"的历史观来看，二师学潮和高蠡暴动属于"左"倾盲动，事件的发起和领导者执行的是"错误路线"。为此，梁斌在"文化大革命"中大受批判，他自己后来一直强调他歌颂赞美的是革命者为理想而勇于牺牲的斗争精神。这些描述有亲身经历和直接生命体验为基础，作者是因一直被真实的历史事件和人物所深深感动才产生将其写下来的意愿与艺术冲动的。

在"十七年"文学特别是"红色经典"长篇小说中，《红旗谱》艺术风格的独特性非常明显，给人印象深刻。除了上文所说将传奇性与日常性结合、以日常性为基调，再就是特别重视民风民俗的描写。民风民俗描写是构成其日常性的因素之一。似乎没有哪一部"红色经典"的小说像《红旗谱》这样对普通百姓的婚丧嫁娶、衣食住行、日常风习如此关注，给予这么多具体生动的艺术描述。《红岩》是反日常生活的；《林海雪原》描绘了东北深山老林的自然风光，但只为突出其神奇色彩；《铁道游击队》《敌后武工队》《野火春风斗古城》写的就是抗日传奇故事，其意也不在日常生活；《保卫延安》《红日》主要写战争；《青春之歌》整篇洋溢着理想主义激情，普通人的日常生活正是主人公要超越、要摒弃的；《山乡巨变》《三家巷》及《李自成》第一卷均留给风俗描写一定位置，但前二者毕竟不似《红旗谱》这样将日常风俗描述渗透到文中每个部分、每个细节（《播火记》初版本甚至具体描述了冯老兰的葬礼），后者毕竟以金戈铁马为主调。

梁斌认为"民俗最能透露广大人民的历史生活"，他想通过民俗描写使读者身临历史生活现场；他又将民风民俗的描绘当作加强作品地方色彩的手段，而"地方色彩浓厚，就会透露民族气魄"。"如果一本书深入地概括了一个地区的人民生活，地方色彩（当然不仅仅是地方色彩）浓厚了，民族风格、民族气魄就容易形成。"[①] 写出了这种民族风格、民族气魄，就使

---

① 梁斌：《漫谈〈红旗谱〉的创作》，载《梁斌文集》第5卷，百花文艺出版社，1986，第256页。

第二章 《红旗谱》

得作品超越了政治主题表达和时代局限,具有了某种超越时空的价值。赵树理的小说、周立波的《山乡巨变》及欧阳山的《三家巷》为人称道之处,也多在于其地方色彩与民间风习描写。梁斌认为生活气氛、生活细节的描写"叫读者看了,觉得真实,觉得亲切","再就是为了通过这些东西透露中国民族的生活风貌和精神风貌"。①

在写普通百姓的日常生活细节方面,《红旗谱》受的是中国古典名著《金瓶梅》与《红楼梦》的影响。现有文学批评和文学史书写大多注意到《红旗谱》与《水浒传》的传承关系,因为它们所歌颂的慷慨仗义的侠义精神读者一目了然。然而,《红旗谱》受《金瓶梅》《红楼梦》影响的一面,人们大多忽略了,正如只看到其传奇性,而无视其日常性基调。② 梁斌曾屡次表示过喜欢读《金瓶梅》,在晚年写成的《一个小说家的自述》中说"一读起《金瓶梅》,四壁皆空,就什么也不想了",他"一面看着《金瓶梅》,一面想着《红旗谱》,受益不浅"。③ 王蒙在论《红楼梦》时曾说:"中国的传统小说是不大写日常生活的,如果写宴会,或者是鸿门宴,或者是王婆、潘金莲与西门庆一起吃酒,总是作为忠奸、贞淫斗争的一个环节来写。像《红楼梦》这样写日常生活,写琐事平常事,写细节,是绝无仅有的。"④ 笔者觉得有道理,但认为需要纠正一小点:"写日常生活,写琐事平常事,写细节"的"中国的传统小说",并非只有《红楼梦》,起码还有《金瓶梅》和《儒林外史》。《红楼梦》中有不少游离于主干情节之外却生动摹绘出一种人生情态、表达了某种人生感悟因而耐人寻味的"闲笔"。《红旗谱》中也有许多与作者明言表述的"阶级斗争"主题无必然联系的日常生活描

---

① 梁斌:《漫谈〈红旗谱〉的创作》,载《梁斌文集》第5卷,百花文艺出版社,1986,第257页。
② 即使提到,也仅将其视为局部的或辅助的因素。或许因为核心故事题材的缘故,而未认识到日常性是更根本、更主导的一面;只注意到"写什么",而忽略了它是"怎样写"的。
③ 梁斌:《一个小说家的自述》,中国青年出版社,1991,第501-502页。
④ 王蒙:《红楼启示录》,载《王蒙文存》第18卷,人民文学出版社,2003,第48页。

写的"闲笔"。这种"闲笔"并非真的无关紧要,也并非作者不经意间所为,而与其想要真实描绘民风民俗、表达人生百味的创作动机分不开。《红旗谱》中关于饮食的描写很有特色。这里所说"食"的描写,不是指简单交代故事时间或事件过程,如"午饭后,某某……",而是指把"食"的内容具体写出,特别是还写出食物给人的味觉或嗅觉。这样的描写,《红旗谱》及其第二部《播火记》中有五十来处。这类描写有时为交代事件过程或时间推移,有时为塑造人物性格,同时形成一种生活氛围,使人如临其境,并感受到地方风俗与生活状况,具有民风民俗方面的资料价值、认识价值。

《红旗谱》的风景描写与氛围渲染有意借鉴了中国古典诗词的诗意。穿插在作品中的景物描写,地点涉及锁井镇村里村外、河边地头,时间包括了夜午晨昏、春夏秋冬,将书中的景物描写剪接起来,可以得出冀中乡村的四季全景图。例如写傍晚:

> 日头落了,夕阳的红光映在她的身上,映着千里堤,映着千里堤上的白杨树。杨树上一大群老鸦,似有千千万万,来回上下左右飞舞,越飞越多,呱呱地叫个不停。①

这段是讲朱老忠三十年后回到家乡,看到老祥大娘的情景。对朱、严两家这是喜庆事,但作者不是写喜鹊喳喳,而是写老鸦(乌鸦)。这样却并未破坏喜庆气氛,而是勾勒出日暮鸦噪的田园风景,借鉴的是杜甫"柴门鸟雀噪,归客千里至"(《羌村三首》之一)诗句的意境。虽云写实,也是抒情。文学研究者都赞美孙犁《荷花淀》的抒情氛围与优美意境,其实,梁斌《红旗谱》也不乏这类文笔。

在以民族风格为基调的前提下,《红旗谱》也借鉴了外国文学的一些写法。中国古典小说叙述为主,突出人物的对话与动作,这种写法在《红旗

---

① 梁斌:《红旗谱》,中国青年出版社,1978,第47页。

第二章 《红旗谱》

谱》里很突出。但《红旗谱》又不只写人物对话与动作，不只叙述故事，也特别重视描写。西洋小说的大段心理描写或景物描写往往使读惯中国旧小说的普通读者不适应，对此，梁斌采取的策略是，让自己的艺术描写"比西洋小说的写法略粗一些，但比中国的一般古典小说要写得细一些"①。对比赵树理的小说可以发现，《红旗谱》"洋味"更多一些，例如上述写景抒情的段落以及比较细腻的生活细节描写，在赵树理的小说里很少见到。但是，普通读者包括农村读者都能被《红旗谱》吸引，读之并不感觉沉闷，也能被其艺术描写所感染陶冶，可见梁斌在融合中西艺术手法方面分寸拿捏得比较恰当。

《红旗谱》的人物性格鲜明。读过《红旗谱》《播火记》的读者会感到朱老忠、严志和、朱老星、伍老拔、朱老明、老驴头、老套子、李霜泗、严知孝、朱大贵、严运涛、冯春兰、严江涛、严萍、张嘉庆这些人如在眼前，就像生活中真的有过这样的人。对于"反面人物"冯兰池、冯贵堂、冯焕堂、李德才、老山头、张福奎等，作者也并未将其脸谱化、漫画化，例如冯兰池虽然霸道，但他绝非黄世仁、韩老六那样的恶霸，也不会做周扒皮那样学鸡叫的荒唐事。虽然他也动过春心，想娶春兰做小老婆，但平时他给人的印象是个"古板"的老头子；春兰爱运涛，他吃醋，也只是去春兰大娘那里"告状"；老驴头父女拒绝，他也无计可施。小说中有一个不曾被读者和论者注意到的事，就是冯老兰听了冯贵堂的话把大庙拆了盖上学堂，为此还挨全村的骂。江涛接受小学教育，应当就是在这个学堂。冯老兰的行动也许是为弄个"面子工程"或为显示"政绩"，但从客观上说，也不是一点好事没干。冯贵堂上过大学，在上大学时他是个"老老实实研究学术的"；他赞成孙中山的革命，在封闭落后的乡村里鼓吹民主与科学，鼓吹男女平等、婚姻自由。他鼓动父亲把大庙拆了盖学堂，让闺女小子在

---

① 梁斌：《漫谈〈红旗谱〉的创作》，载《梁斌文集》第6卷，人民文学出版社，2005，第287页。

一块念书；他试图改良村政，劝父亲建立议事会，凡事经过民主商量，不要一个人做主；他劝父亲要行人道，不要为富不仁，少收一点租，少要一点利息，让受苦的种田人吃饱穿暖，能活得下去；他想教会老百姓用新的方法管理梨树，从保定买来水车，向乡亲们讲说水车的好处。他不主张激化与朱、严家族的冲突，在暴动前的两次冲突中他都是以和稀泥的姿态出现，消弭了可能激化的纷争。当然，在小说写作的年代，作者必然还要突出其"阶级本性"：最后他还是站在农民的对立面，成为镇压暴动的刽子手。他的弟弟冯焕堂没有读过书，与哥哥的享受现代生活不同，平时非常节俭，"舍不得吃，舍不得穿，一个棉袍子穿十年，拿麻绳头子当褡包。冬天不烧炕，夏天就是那顶破草帽子"①。即使出场一两次的次要人物，也能给人留下深刻印象，例如万顺老店的掌柜、做饭的老栓、马老将军等。

这些人物之所以栩栩如生，是因为作者描述了凸显他们性格的故事。例如写朱老星的性格，给人印象深刻的，一是他梦想发财，虽然家里只有一头牛，却买了四个牲口拉的大车，结果牛拉不动，他只好帮着拉；二是他与老婆（庆儿娘）的关系："庆儿娘越是骂他，他浑身越是觉得滋润。日子长了要是听不见这种声音，看不见这样颜色，就觉得清淡，没有意思了。"对于妻子的骂，他"并不认为是什么侮辱。相反，更觉得夫妻的和美"。

除了他们各自的行动符合人物身份、处境与个性，也因为这些人物的语言是个人化的。例如，同样是生活在乡村的老年人，江涛的奶奶与严萍的奶奶由于身份、地位和经历不同，说话的用语、语气各不相同；同是青年女子，女学生严萍与村姑春兰判然有别；虽为亲兄弟，运涛与江涛也各有秉性。《红旗谱》的叙述语言，则是以口语为基础的文学语言。用口语做

---

① 梁斌：《播火记》，中国青年出版社，1979，第89页。

基础，是为了"使有文化的农民看得懂，没有文化的农民听得懂"①；但看那些叙述抒情的语言，又非一般农民所能有，而是文学的语言。正因为叙述人语言是文学语言，所以，即使是南方读者，读来也没有障碍；细心而有品位的读者，又能体会其奥妙。《红旗谱》可谓雅俗共赏之作。

四、创作动因与动机

梁斌与孙犁、王林是抗战期间晋察冀文艺界的代表性人物，相互之间交集较多，号称"冀中三杰"。他们对文学创作雄心勃勃，中华人民共和国成立后分别创作了长篇小说《红旗谱》《风云初记》和《腹地》。但这三部长篇后来的命运却各不相同：《红旗谱》出版后立即大红大紫，后来成为"红色经典"的核心；《风云初记》新时期以前不温不火，新时期以后随着孙犁的评价走高，逐渐从边缘向中心靠拢，全文入选了《中国新文学大系1949—1976》；《腹地》出版不久即遭批判，后来修改得面目全非再度出版，仍未引起反响，直到近年才开始有人关注。笔者认为，《红旗谱》之所以能成为"红色经典"核心，一是因为它的题材是农民革命，并且写出了农民革命从起源到发展的历史过程，具有史诗性；二是因它成功塑造了革命农民的高大形象，这一形象又合乎革命意识形态对"农民"本质的期待性界定；三是其鲜明的个人风格与"民族气魄"相统一，为不同层次的读者"喜闻乐见"。梁斌这样写并非有意迎合，而是自然而然；虽然他写作中有所顾忌，意识形态要求通过编辑的意见对之也有所"规训"，但梁斌基本是从自己生命体验出发、从自己的审美理想出发，"本着内心的要求"来创作的。对梁斌的个人素养、文学抱负及《红旗谱》从酝酿到最后成书的过程，有必要予以学理分析。

---

① 梁斌：《我怎样创作了〈红旗谱〉》，载《梁斌文集》第 5 卷，百花文艺出版社，1986，第 228 页。

关于《红旗谱》的创作动因，梁斌在不同场合、不同文章中曾有不同表述。将这些表述综合起来看，起码说明其创作动因与动机并不像迄今为止一般文学史家和研究者认为的那样简单，即不只是为了讲革命起源或表现阶级斗争。

如前所述，梁斌的创作是"本着内心的要求"，是因被生活中的人物性格与命运、被亲历的重大历史事件、被某种情感所打动，而非为表达抽象理念。他首次正式谈《红旗谱》创作缘起的文章，大概要算写于《红旗谱》初版不久的1958年春的《我怎样创作了〈红旗谱〉》。这篇文章开头即说：

> 有人问我，是什么事物触动你的意念，使你想起要写《红旗谱》这样的一部书。那就是，还在我少年的时代，曾经经历了旧中国广大劳动人民所经历过的苦难。那种悲愁与辛酸，那种痛苦和折磨，在我少年的心灵上打下了深刻的烙印。此外，我受到了时代的感动，受到了很多事件的感动。①

注意：梁斌明言创作是由于"感动"，由于情感的、感性的东西。首先感动他的是"广大劳动人民所经历过的苦难"。这些来自亲身经历、切身感受，不是来自书本或会议报告、组织决议。

1. 被妇女悲剧命运所感动

那么，首先感动他的是什么呢？一些研究者可能想不到的是，梁斌这样说：

> 首先感动我的，是住在土坯小屋子里的农家妇女。她们处在旧社会的最底层，在地主的压迫和剥削下，在夫权思想的蹂躏之下，忍受着抚养孩子们的忙累，穿得破破烂烂，吃着糠糠菜菜，披头散发，常常流着眼泪。她们成日为生活操心，为丈夫操心，

---

① 梁斌：《我怎样创作了〈红旗谱〉》，载《梁斌文集》第5卷，百花文艺出版社，1986，第223页。

第二章 《红旗谱》

为儿女操心，一颗火热的心就像悬在空中发抖。她们害怕说不定在什么时候，就会有灾祸临门，就会有一只黑手将她的丈夫、儿女或者她自己夺去。①

晚年在写《一个小说家的自述》时，讲到"肃反"运动中审查到一个广西籍中年妇女，了解到她的曲折经历，梁斌又说：

她的交代，客观上给我以助力，更深刻地认识到妇女在社会中的地位。……我同情了她，决心在《红旗谱》全书中，带进妇女解放和妇女知识分子的改造。②

梁斌关注的是个体生命，是人的命运，是妇女作为一种社会性别的悲剧。前面一段虽然加了一句"在地主的压迫和剥削下"这样的阶级话语，但是不论是看梁斌本人经历，还是看《红旗谱》小说文本，读者不难感受到，妇女所受的压迫主要并不是来自地主。梁斌自述，他出生的村子，地主、富农和中农占多数，贫雇农占少数。在他出生时家庭是"不愁吃穿"的：自己家有二三十亩地，养着一头驴，出门有大车，又租佃了三十五亩地，雇了长工，应该算是富裕中农或佃富农。在这样的家庭里，梁斌的母亲也承受着农村劳动妇女同样的苦难和压迫。这苦难有命运因素：一个人生养了四个儿子、一个女儿，还抚养大了丈夫前妻生的两个儿子、三个女儿，而丈夫常对她发脾气。由此梁斌从小感到"妇女们在家庭在社会上没有说话地位，只有劳动的份儿"③。这就和阶级没有必然联系，而直接取决于社会文化了。梁斌的二姐是高级军官的夫人，但由于时代巨变，儿子去

---

① 梁斌：《我怎样创作了〈红旗谱〉》，载《梁斌文集》第5卷，百花文艺出版社，1986，第223页。

② 梁斌：《一个小说家的自述》，载《梁斌文集》第5卷，人民文学出版社，2005，第478页。

③ 梁斌：《一个小说家的自述》，载《梁斌文集》第5卷，人民文学出版社，2005，第2页。

南方参加北伐军,后来杳无音讯,她想儿子想得头发脱落,长夜不眠。《红旗谱》中运涛他娘想运涛、老祥奶奶想老伴和孙子的情节,以及运涛他娘和丈夫严志和的关系,应该就来自作者的上述经历与深刻感受。《播火记》还写到李德才的老婆(珍儿娘)之死,写到暴动前冯大狗老婆的忧虑,写到暴动失败后朱老星家的、伍老拔家的心情与处境,同样表现了对妇女命运的关注与同情。而三部曲对春兰追求自主爱情的描写,表现了梁斌对农村妇女婚姻问题的思索:

> 据我所知,那个时代的妇女,十有八九有着婚姻问题的痛苦,也十有八九渴望着自由的爱情生活。但她不敢离开她不爱的丈夫,也不敢奔向她渴爱的情人,只有低下头去在泪水中度过她的一生。①

在自述中梁斌交代,生活中的春兰原型叫绣屏,她在与男友幽会时被其大娘发现并喊"偷汉子"之后,上吊自尽了。而写这些时,我们还可推测,梁斌应该也有对自己发妻命运的反思:这位发妻与梁斌是包办婚姻,是在梁斌母亲病重时被娶进家门"冲喜"的,后来给梁斌生下子女。抗战中梁斌常年奔波在外,发妻自己在家抚养儿女,苦撑生活,还曾冒着危险带孩子去找梁斌。两人也不是没有过温馨时刻。梁斌承认,《播火记》写金华与大贵的爱情片段,就有以自己与发妻的经历和感受为依据。但是这位发妻没有文化,不能理解梁斌的事业,在家与公公和大姑姐相处不好,梁斌闻讯还曾动手打了她。中华人民共和国成立后梁斌在湖北另外找到了自己的爱情,又在北京建立了新家。但是,感情细腻敏锐的梁斌对这段纠葛不可能在心底彻底抹去。

有了这些刻骨铭心的"感动",《红旗谱》里的妇女形象才塑造得那么

---

① 梁斌:《我怎样创作了〈红旗谱〉》,载《梁斌文集》第5卷,百花文艺出版社,1986,第224页。

真实感人。

2. 被农民义气所感动

梁斌承认，在旧社会中，受传统思想束缚、逆来顺受、墨守成规的农民很多。但是，他也接触到敢于打破封建镣铐、敢说敢笑、敢打敢骂的农民。1941年冬天，他遇到一个60多岁的老人，这位老农给他的印象是"精干又智慧"，虽然三个儿子在不同革命阶段先后牺牲，只留下两个寡媳和几个没有父亲的孩子，但老人"表现得非常刚强，不给人一种悲观的印象"①。这个老人就成为《红旗谱》主人公朱老忠的原型之一。梁斌说他"很早就有一种理想，要写出所谓古老的封建社会的叛逆的性格，写出中国农民的高大的形象"②。由于他少年时（20世纪20年代后期）就参加了革命工作，而且在那个年代参加革命工作的人都是与周围大部分普通人有着不同性格的人，梁斌与这类人接触时感到其与众不同，便被深深打动：

> 在我的记忆里，在那个年代里接触的革命的农民和知识分子，性格上都带有慷慨义气的色彩，我很喜欢这样的人，这是相互团结的一个方式；这些人凑到一起，很能说到一块，大家互相关怀，互相帮助，从来不分彼此。老师在讲课的时候也说过："燕赵多慷慨悲歌之士！"我觉得很有道理。③

梁斌越与这些人接触，就越发现其性格上的美。他写《红旗谱》便突出农民的义气，突出他们之间的友情和反抗性。放眼整个北方农村，这种类型的农民应该是比较少见的，也与五四以来新文学作品塑造的农民形象、

---

① 梁斌：《漫谈〈红旗谱〉的创作》，载《梁斌文集》第5卷，百花文艺出版社，1986，第232页。
② 梁斌：《漫谈〈红旗谱〉的创作》，载《梁斌文集》第5卷，百花文艺出版社，1986，第240页。
③ 梁斌：《漫谈〈红旗谱〉的创作》，载《梁斌文集》第5卷，百花文艺出版社，1986，第230页。

农民性格相去甚远，却与中国古典文学中的"侠文化"更接近。梁斌侧重写他们，表达的是梁斌自己的道德理想与审美理想。这正暗合了高尔基《母亲》所开创的写萌芽状态的事物、塑造具有现实基础却又代表未来的"新人"形象的"社会主义现实主义"的要求，因而在当时大获成功。我们还可以推测，出身乡村、热爱农民的梁斌之所以这样写，也有想和五四启蒙文学中的农民形象塑造方式对话，对之进行反拨的意图。

3. 被亲历或亲见亲闻的重大历史事件所震撼，被英雄事迹所感动

当然，除了上述两个方面，梁斌创作《红旗谱》，还因受到他所经历的二师学潮、发生在身边的高蠡暴动的强烈震撼。二师学潮前期活动他有参加，二师学潮发生时他不在学校，正回乡养病。从逃回的同学蒋东嵋那里得知同学被杀被捕的情况时，两人相对而泣，晚年写回忆录写到此处，心还在颤抖；听到高蠡暴动失败的消息后，他一个人跑到高粱地里大哭一场。后来他回顾总结，"四·一二"事变、二师学潮、高蠡暴动是刺在他心上的三棵荆棘。这不难理解，1927 年时梁斌刚刚 13 岁，就在这年，向往革命、对革命充满理想主义想象的他先后参加了国民党和共青团。1932 年时他刚满 18 岁，正是"青春似火"的年纪。就在充满美好憧憬之时，突然遭遇革命血腥的一面：自己熟悉的同学和战友一个个献出了年轻的生命，自己幸免只因偶然。这不仅使他的理想受到严重打击，而且二师解散、个人被列为嫌疑犯，失学又失业，直接导致了生存危机。这不能不在人的心灵上留下深深的创伤。三年之后他就以牺牲的二师同学马永龄为主人公原型，写成短篇小说《夜之交流》。20 年后准备写长篇小说时，给他留下心灵创伤的这两大政治事件便自然成为他的情感动力和素材来源。作为冒着生命危险参加北方中国共产党组织活动的一名党团员，他也想将这段历史记录下来，让人们了解这些并不占革命史叙述主流的革命活动。正如小说人物原型之一的曹承宗在小说初版座谈会上所说，"也是对我们党在北方的革命历史的

尊重"①。在20世纪50年代初期，重述历史、讲述中国革命史成为最受鼓励的文艺创作题材和主题，梁斌便将自己最熟悉的这段革命历史，纳入整个中国革命史的主流中予以思考和表现。

五、症候分析："高蠡暴动"历史叙事的含混与裂隙

《红旗谱》及其第二部《播火记》所反映的主要真实历史事件有三个，即第一部中的反"割头税"和二师学潮，第二部中的高蠡暴动。其中反"割头税"基本上是合法斗争，最后取得了胜利。斗争的对象其实是官府和"割头税"承包者，并非整个地主阶级，因为"割头税"侵害的是所有养猪户的利益，其中有贫农，也有中农、富农和普通地主。说到底，这属于官民矛盾。二师学潮属于中国共产党领导下的学生爱国运动，虽然暗含颠覆国民党政权之意，高举的旗帜却是抗日救亡和护校（反对政府解散学校）。然而，作为历史事件的高蠡暴动与梁斌对这段历史的叙述（包括小说中的叙述及小说文本之外创作谈及回忆录中的叙述）却存在明显裂隙，梁斌在小说中的叙述也存在含混之处。这些症候值得具体剖析。

梁斌在提及高蠡暴动起因与目的时，多次强调"抗日"，小说《播火记》也多次借人物之口强调"抗日"。但我们看当年文献资料、历史研究学者的研究文章，以及一些当事人的回忆，有的根本没提"抗日"，有的只附带提及，并不将其作为主要内容。

我们先看当时由暴动主要领导者湘农和宋洛曙联合签发的《保属革命委员会第一号布告》的十个条款：

一、没收地主教堂及一切反革命的土地，分配给雇农、贫农及少地的中农；

---

① 《老战士话当年——〈文艺报〉举行〈红旗谱〉座谈会记录摘要》，《文艺报》1958年第5期。

二、没收地主豪绅及一切反革命的粮食财产，分给贫农、灾民；

三、废除苛捐杂税；

四、取消一切高利贷；

五、焚烧契约债据；

六、夺取地主及一切反革命的武装及武装工农；

七、人民有淋小盐、吃小盐、买卖小盐的自由；

八、取消官盐店及盐巡；

九、增加工资，减少工作时间；

十、建立苏维埃政府和红军。①

这里没有一条条款与抗日有关，而完全与南方红军的土地革命纲领一致。有研究者认为，中共河北临时省委和保定特委决定发动这次暴动，是为贯彻1931年二三月间中共中央北方局扩大会议关于创建北方苏区和红军、开展农民游击战争的指示，以及1932年6月下旬中共临时政治局召开的北方各省代表联席会议精神。这些会议执行的确实是王明"左"倾冒险主义路线。河北省委和保定特委对此积极响应，是"试图以暴动的实际行动反驳'北方落后论'"②。实际上，高蠡暴动与此前发生的完县五里岗暴动（1930年8月）、博蠡暴动（1930年10月）性质与宗旨相同，是一脉相承的，而前两次暴动发生于"九·一八"事变之前。历史研究者从客观因素方面对高蠡暴动起因的解释，则又与梁斌的自述及小说描写不尽一致：有历史研究者说起义爆发的客观原因是当时农村经济破产、手工业迅速崩溃，水旱灾害严重，阶级矛盾日趋激化③，但如前所述，梁斌曾讲他们那一带贫

---

① 张增德主编《高阳县志》，方志出版社，1999，第771－772页。
② 中共保定地委党史研究室编《保定地区农民运动（1921年7月—1937年7月）》，中共党史出版社，1991，第15页。
③ 中共保定地委党史研究室编《保定地区农民运动（1921年7月—1937年7月）》，中共党史出版社，1991，第12－14页。

第二章 《红旗谱》

雇农少，中农、富农和地主多，贫富分化没有特别严重。另有研究者专门研究过那时农村贫富状况：

> 11村调查统计表明，地主和富农的食粮消费在饮食中的比例也平均达到85％左右，也就是说，一般富户的副食水平也是不高的。……调查统计还表明，地主富农的粮食消费也是以粗粮为主，大约占70％。东顾庄最大的地主杨继平有200多亩地，平常也就和他母亲单独吃点白面，家里其他人和长工一个灶吃饭。①

这讲的是清苑县的情况，紧邻的高阳和蠡县应该相差无几。从《红旗谱》《播火记》的实际描写看，暴动那年并无天灾。《播火记》第19章还专门写到那年的气候与庄稼长势：

> 一九三二年夏天不缺雨水，时令一入秋季，庄稼长得特别出色。②

这简直像直接回答那位研究者的说法。当然，我们可以说历史学者说的水旱灾害是指个别地方，但那样也就说明不了这是暴动的主要起因。《播火记》中，在暴动之前，锁井镇农民们虽不富裕，但过得平平安安，不乏日常生活的快乐；而暴动之后，经过短暂几天的狂欢式快乐，参与暴动的家庭处境急剧恶化，有的家破人亡，有的倾家荡产。研究资料揭示，国民党政府对暴动者镇压特别残酷，暴动者所生后代如果是男孩的一律处死。总之，以今天眼光看，高蠡暴动本身确实是王明"左"倾路线错误导致的恶果。我们永远会敬仰革命烈士、赞美农民斗争精神，但也应该直面错误路线的教训。说暴动为后来的抗日战争打下了思想基础和干部基础固然也没错，但对于普通农民来说，这代价太惨痛，而且，播革命火种也不一定要以这种"左"倾盲动方式。另外，此事对后来革命的影响是双重的：它

---

① 侯建新：《民国年间冀中农民生活及消费水平研究》，《天津师大学报（社会科学版）》2000年第3期。

② 梁斌：《播火记》，中国青年出版社，1979，第201页。

一方面激起了暴动农民对国民党政府的仇恨，另一方面也使一些人对革命产生恐惧。解放战争时期刘邓大军挺进大别山，本来进的是经历过土地革命的老区，但初期工作推进并不顺利，恰恰是因为农民们担心白色恐怖重来。

当年参加领导暴动的黎彦昌晚年回忆这段经历时说："现在回忆起来，有经验，但也应该反思沉痛的教训。"① 齐章在回忆了暴动后参加暴动的家庭倾家荡产、白色恐怖笼罩全县、中共党组织遭到破坏的情况，也说："现在才知道是王明'左'倾冒险主义造成的恶果。"②

梁斌与二师学潮和高蠡暴动的关系很独特：他参与了学潮前期活动，但惨案发生时他并不在场；高蠡暴动就发生在梁斌的家乡，他有两同学在学潮后又参加了暴动，后来一个被杀、一个逃亡，但他本人和他的家庭却没有卷入暴动。从梁斌本人角度想，他的内心除了强烈震撼（就像当年茅盾经历大革命国共合作破裂后写作"蚀"三部曲的心情），或许还有错过的遗憾，又有幸免于难的后怕。这些复杂情绪他要通过文学创作宣泄出来。梁斌在《红旗谱》《播火记》里歌颂二师学潮和高蠡暴动，并非歌颂其"路线"，而是歌颂事件参加者的"精神"，表达他对牺牲者的敬仰、怀念与哀悼。"文化大革命"时期《河北日报》以40个版面批判梁斌及其作品，错就错在把作品主题曲解为歌颂"路线"——王明路线。这若非有意栽赃，就该是一个天大的误会。梁斌固然也有明显的历史意识，并且有书写史诗的志向，但梁斌的"史诗"并非茅盾式的"史诗"：茅盾擅长以强烈的理性和全局观念观照和剖析社会结构和社会事件，梁斌更多地从个人感性经验出发，以个人经验理解历史，对历史的解释始终不离自己实际接触过的人和事。梁斌曾说，他之所以写保定二师学潮，不写影响更大的北平、济南、上海、广州学生入京请愿，"主要是为了事件熟悉、情节熟悉，现成"。他

---

① 黎彦昌：《回忆高蠡暴动中的第五大队》，载中共保定地委党史研究室编《保定地区农民运动（1921年7月—1937年7月）》，中共党史出版社，1991，第52页。

② 齐章：《我见到的高蠡暴动》，载中共保定地委党史研究室编《保定地区农民运动（1921年7月—1937年7月）》，中共党史出版社，1991，第55页。

第二章 《红旗谱》

"根本没有想过要从路线斗争的角度去表现和塑造人物"①。从路线斗争的角度塑造人物,那是后来文艺的思维和创作模式。

但"文化大革命"中受到的批判,给梁斌带来强烈的辩诬情结。没有参加过党内斗争的人,体会不到"历史问题"会给当事人带来什么样的精神负担。抗日战争后期党内整风时,梁斌流亡北平时的短暂被捕经历,就曾给他带来过麻烦。因此,1979年出版的新版《播火记》,以及书后的《再版后记》,还有后来出版的《一个小说家的自述》里,增加了好多处与"抗日"有关的文字。例如,1963年初版《播火记》第19章写贾湘农告诉朱老忠要发动武装起义:

> 不等贾湘农说完,朱老忠鼓掌大笑,说:"好!我们盼了多少年,才盼到这个份上!"②

1979年新版改为:

> 不等贾湘农说完,朱老忠鼓掌大笑,说:"好!我们盼了多少年,才盼到这个份上!日本鬼子一来,更给了我们发动群众的题目。"③

类似补写还有多处。初版后记只讲创作经过与技术问题,而再版后记开头用了大量篇幅讲当时中日关系的重要事件。《一个小说家的自述》中,梁斌写自己为写《播火记》去采访玉田村的杨万轮,杨万轮说"当时布置这个大暴动的时候,说要暴动起来迎接红军北上,把小日本鬼子打出去"④。新版《播火记》中也有"迎接红军北上"字句。如今了解中共党史的都知道,1932年时中央红军正全力以赴反围剿,目标是保卫中央苏区,并无北

---

① 梁斌:《〈播火记〉再版后记》,载《梁斌文集》第5卷,百花文艺出版社,1986,第319页。
② 梁斌:《播火记》,百花文艺出版社,1963,第229页。
③ 梁斌:《播火记》,中国青年出版社,1979,第205页。
④ 梁斌:《一个小说家的自述》,载《梁斌文集》第5卷,人民文学出版社,2005,第311页。

上意图。甚至在长征开始阶段，目的地也并非陕北，更非华北和东北。梁斌晚年所写，应该是加进了后来的认识，或记忆有误。初版中贾湘农讲暴动意图，原有"把反动派在江南的'剿赤'部队，吸引一部分到华北来，减少苏区的军事压力"①，这或许倒反映了当年河北临时省委的本意之一，但修改版将这句话删除了。

高蠡暴动是否执行了王明路线、是否"左"倾，估计梁斌在开始写作《红旗谱》之前便有所考虑、有所耳闻。初版中已有与抗日相关的文字，只是不似修改版这样多。他坚持写二师学潮和高蠡暴动，是因他坚持从自己的情感、经验和直接感受出发，不从理论、理念出发的创作原则。后来加进与抗日有关的文字，应该是为了求得自己的文学书写合法存在的策略。由于梁斌在重大事件叙述上尊重历史原貌，又特别重视细节写实，所以加写文字并未影响全书总体上的文学价值和文献价值，只是给文本带来一定复杂性。

梁斌对后来被证明是"左"倾斗争的精彩而又朴实、真实的描述，将"写人""写事"与"写路线"区分开来的书写策略，正是同时期及其后诸多"革命历史小说"所不具备的。

六、反复修改，精益求精，志在传世

"红旗谱三部曲"是梁斌长期酝酿、精心构思、反复修改、精益求精而创作出的作品。如果从1935年写《夜之交流》开始算，到1983年第三部《烽烟图》正式出版，这一题材从酝酿到最终完成断断续续、反反复复、曲曲折折近50年。这一酝酿过程，首先是体裁的多次尝试：最初的《夜之交流》是短篇小说。梁斌20世纪30年代的这篇小说写法上竟类似于50年后

---

① 梁斌：《播火记》，百花文艺出版社，1963，第244页。

第二章 《红旗谱》

流行于新时期文坛的探索小说：以人物意识流动和"夜"的场景为线索，时空错乱，人物有姓无名，没有身份交代，没有贯穿的明晰情节。如果不了解背景、不看作者后来的说明，简直不知写的是什么。1960 年梁斌在创作谈中说，这篇小说是写他一个叫小马的同学"怎样在二师学潮后跑出去，参加了高蠡暴动，写了红军露夜行军，写了辛庄会战的失败，在回保定的路上，他被捕了。受到反动派严刑拷打，被押在保定行营里数月，在一个深沉的夜晚，他被拉到后院的木槿树下，秘密枪毙了"①。但是，如果单看这篇小说，是看不见"小马"的。对照梁斌后来这段说明读小说，则可理出大致的头绪。小说先写"近视眼的老牛"（估计这就是"小马"）在夜里写信，并说"他已经失去了自由"，这应该是指小马在高蠡暴动失败后回保定时被捕了；接下来写"夜的面影在另一个地域里展开"，写"大队"夜里行军、被围，"可贵的集团溃灭了"，这应该是回叙高蠡暴动及其失败；再接下来是"铁窗，极刑，拷训，转变，勾魂牌"，又回到"现在"，应该是写小马被捕后的见闻；最后是这些人夜里被杀，就是写小马的就义了。这种写法与后来的《红旗谱》《播火记》迥异，但题材上包括了二师学潮和高蠡暴动这两个书中最重大的事件。虽然后来作者自己也说这个短篇写得过于含蓄、题旨不明，但作为情绪宣泄，目的是达到了。在白色恐怖的年代里，这样"敏感"的题材也只有这样写，才可能发表。它显示出梁斌有表现这个题材的强烈冲动，也说明梁斌很早就有文体探索精神，有文学雄心和文字天赋。

1942 年，梁斌又先后写出同样以《三个布尔什维克的爸爸》为题的短篇和中篇（中篇发表时被编辑改名为《父亲》），以及五幕剧《千里堤》。如果说《夜之交流》的创作灵感来自事件触发、情绪宣泄，那么这三个作品主要来自人物触发，这一人物就是后来《红旗谱》中朱老忠的原型。之

---

① 梁斌：《漫谈〈红旗谱〉的创作》，载《梁斌文集》第 5 卷，百花文艺出版社，1986，第 231 页。

后他又写了短篇《抗日人家》、五幕剧《五谷丰收》等等,其中的人物都是后来《红旗谱》里的主要人物。这说明,这些人物已活跃于梁斌的脑海里很久。直到1953年,梁斌正式动笔写作长篇小说《红旗谱》系列。

  为写好这部书,梁斌除了调动自己已有经历和体验,还做了许多实地调研和考察,采访了许多当事人。因为他认为写大部头小说,细节真实非常重要,生活描写非常重要,这些方面写不好,不能给读者身临其境的真实感,就无法吸引其读下去及读完大部头作品。他对小说所写空间场景都特别在意,提前画出了东西锁井、大严村和小严村、滹沱河千里堤等的方位图,就像巴尔扎克描绘他的巴黎与外省、曹雪芹写他的荣宁二府一样,心中有数。小说中的所有重要人物几乎都有生活原型,作者根据自己对生活的理解和审美理想,用杂取合成法将原型熔铸为艺术形象。梁斌多次讲到,作品中所写的一些重要场景,例如千里堤、梨树园、大苇塘等,都有其原型。这些场景也渗透着梁斌童年以来的对乡土的浓浓情意。所以,读者(特别是有北方农村生活经历的读者)读来感觉特别亲切。

  语言方面梁斌也有一个不断推敲和锤炼的过程。读《夜之交流》后再读《红旗谱》,读者会感到这似乎不是同一人所写。它说明,《红旗谱》的口语化和乡土气息是经过梁斌反复试验、千锤百炼之后得来的。梁斌并非不会"洋"、不会"新文艺"腔,但他追求的是能使普通读者容易接受、容易理解,但又并不用通俗小说写法,也不袭用章回体结构方法。他把艺术个性、独特风格视为自己的艺术生命。他表示:

> 有人写过的题材尽可能不去写,有人用过的语汇尽可能不去用。这样,即使再不好,叫人看了也会知道是自己的东西。……为了要形成自己使用的一套文学语言,我作了长期的准备工作;记录过书上的好的语汇,也记录过群众的口头语言。[①]

[①] 梁斌:《漫谈〈红旗谱〉的创作》,载《梁斌文集》第5卷,百花文艺出版社,1986,第255—260页。

第二章 《红旗谱》

梁斌有政治头脑，但又是一个很有个性的性情中人。曾有人批评《红旗谱》写反面人物篇幅太多，认为这有可能成为倾向性问题，他虽然适当接受意见，减少了写冯老兰和冯贵堂等人的篇幅，但读惯"十七年"小说及"文化大革命"时期小说的读者，还是能感到他写反面人物比别的作品较多（除了《李自成》），而且对反面人物也没有刻意丑化。因为梁斌认为对反面人物"恶言恶语地骂他，不一定真正能暴露他们的丑恶性格，人物的艺术形象也难树立"①。他还表示自己在进行创作时"不想受任何束缚"②，"而要突出自己的创作个性，这一点要凭我的爱好与性格，不能迁就别人"③。这种创作心态在"十七年"时期似乎显得有些不可思议。梁斌之所以能做到，一方面是因为他革命老干部的身份；另一方面他个人的思想、情感和意识早已"革命化"，即使与主流意识形态表述不尽一致，也可"从心所欲不逾矩"。他这类话虽然在"文化大革命"期间被引用批判，批判者说"梁斌所谓'不受任何束缚'，就是要推翻历史结论"④，为王明路线翻案，但梁斌对此拒不"认罪"。

梁斌一方面追求个人风格、坚持己见；另一方面也主动征求好友意见，虚心接受有益建议。最初的计划是写四部。最初的第一部实际上是后来的第三部，以前的事都用倒叙。孙犁看了初稿后提出"倒卷帘"太长，不符合中国读者审美习惯，梁斌欣然接受，将倒叙部分独立出来，展开详写，将其作为全套书的第一部和第二部，原来的第一部变成了第三部。而这分割下来重新详写的部分，后来竟被认为是最成功的，成就超过另两部。

---

① 梁斌：《漫谈〈红旗谱〉的创作》，载《梁斌文集》第5卷，百花文艺出版社，1986，第255页。

② 梁斌：《漫谈〈红旗谱〉的创作》，载《梁斌文集》第5卷，百花文艺出版社，1986，第254页。

③ 梁斌：《一个小说家的自述》，载《梁斌文集》第5卷，人民文学出版社，2005，第465页。

④ 冀红文：《评为王明路线招魂的反动作品〈红旗谱〉〈播火记〉》，《河北日报》1970年1月21日。

萧也牧是《红旗谱》第一部的责编，是第一个发现《红旗谱》非同寻常价值的伯乐，然而，近些年研究萧也牧的一些论著，认为萧也牧在《红旗谱》写作中所起作用似有夸大之嫌。萧也牧的悲剧命运值得同情，他的文学才能和作为编辑的慧眼值得钦佩，但梁斌不同于罗广斌、杨益言，更不同于高玉宝：他虽然也是革命干部，但同时又是革命队伍中的文化人，是读过许多中外文学书籍、20多年前就有作品发表的文艺工作者。1935年发表的《夜之交流》就已显示出梁斌的文学修养和文字功底。另外，看梁斌不同时期的文章可以发现，他对小说艺术一直有自己的独特追求，对篇章结构特别是文学语言特别讲究。1952年之后，他立志专门从事文学创作，将文学看作自己安身立命之本，看作自己后半生的主要事业，这些都与当年那些半路出家的业余作者们迥然不同。

为了解责编萧也牧在《红旗谱》修改成书中所起的作用，笔者专门到中国现代文学馆查阅《红旗谱》《播火记》手稿，发现不同色泽、不同质地的稿纸上面，除了少部分梁斌请人刻版油印的字体，从原稿到修改稿上的修改文字基本都是梁斌一人字体。另外，按梁斌的执拗个性，他也必然是"以我为主"，如果不符合他自己的美学思想，他不会接受任何人的修改。关于编辑对《红旗谱》的修改意见，我们现在唯一能看到的文字，是张羽的《〈红旗谱〉审读意见》，以及张羽以中青社第二编辑室名义写给梁斌的一封1500字的长信。"意见"和长信在肯定《红旗谱》优点之后，所指出的缺点，技术方面的主要是剪裁不够、有些地方重复，有些人物性格特征需要加强；思想内容方面主要是对党的领导描写需要加强，要写出农民对土地的要求，写出地主对农民的剥削。从最后出版的定稿看，技术性的意见梁斌基本采纳，而内容方面梁斌基本仍坚持自己的写法：他忠于自己的体验，鉴于冀中实情，不想写《白毛女》"催租逼债"式的故事。而关于文字方面的修改，后来的实际情况不是编辑要求梁斌改，而是梁斌自己非要一遍一遍地改，精益求精，甚至惹得萧也牧也有些不耐烦了。《一个小说家

第二章 《红旗谱》

的自述》中有几处文字值得注意：

> 在构思的过程中，在一九五六年的春天，中国青年出版社编辑萧也牧来保定约稿，我叫他看了《红旗谱》这部书的原稿，他肯定了这部书，说："诗，这是史诗，千字十八元，三万册一个定额……"
>
> 萧也牧是一个天才的文学家，高高的个子，学生头，穿着锃亮的红色皮鞋，他两手掂着原稿，笑着说："我要带回去，出书！"他睁亮了眼睛，微笑着，等待我的同意。
>
> 我说："你出书可以，这部原稿，我还要修改！"
>
> 他皱紧眉头，说："怎么？你还要修改？"
>
> 我肯定地说："还不够味，还要修改！"
>
> 他拍拍我的肩头，说："梁斌同志，了不起呀！我们的大作家！"立刻从皮包里掏出约稿合同，叫我签字，我根据他的意见签了字，千字十八元，三万册一个定额是他自己填的。[①]
>
> 写完了《北方的风暴》，接到萧也牧的来信，催稿。我不得不把《红旗谱》一书定稿了。[②]
>
> 直到隆冬，我到萧也牧处送稿，他感到有些麻烦，说："要是早交稿，这部书也就早出了！"
>
> 我没有说什么，只是修改我的原稿，直到完成。[③]

作品已经大获成功、引起轰动之后，梁斌还反复修改。这其中固然有全书篇幅大、头绪多，难免有细节疏漏及语句欠推敲之处的缘故，但主要

[①] 梁斌：《一个小说家的自述》，载《梁斌文集》第5卷，人民文学出版社，2005，第494页。

[②] 梁斌：《一个小说家的自述》，载《梁斌文集》第5卷，人民文学出版社，2005，第504页。

[③] 梁斌：《一个小说家的自述》，载《梁斌文集》第5卷，人民文学出版社，2005，第507页。

还是因为梁斌有写出传世之作的精品意识,也就是说,他写小说不只为当代读者,更为后世读者。从20世纪30年代中期起,他就有写出这样一部书的使命意识,其间虽然因为战争环境和革命工作而断断续续,但他始终在构思这部书,总习惯于将自己看到听到的人和事、看到的场景与构想中的作品相联系,甚至在进行非常重要的实际工作时,他也暗中有体验生活、积累素材的想法。例如,抗战胜利后组织分配工作时,他要求回老家去,理由是"人熟地熟,好深入生活,蓄积材料",他后来承认这实际上是"从以后文学创作着想的,也算是个人主义思想吧"①。华北土改完成后,他"也不想工作了","想开始写《红旗谱》这部书";当发现自己"生活上好像缺了一点什么东西"②,就又拒绝到邓拓处的安排,坚决要求南下,到湖北工作;在湖北参加领导了土改,他也仍然想着是在汉江岸边写完这部书,还是回北方去写;后来在武汉创作激情使得他上班也上不下去,他便要求调回北方;到北京中央文学研究所任专职支部书记,他心里想的也是写小说,最后觉得连挂这个支部书记的名义也妨碍写作,又不顾新任所长吴伯箫不悦,提出调回河北,开始专职创作。在湖北他做官已做到厅局级,回北方后还有继续升迁的机会,但他不为所动,虽然在生活实践中他早已感受过权力和级别有多么重要。20世纪50年代文学界曾批判过丁玲的"一本书主义",其实梁斌正是有深深的"一本书主义"情结。他为创作一部精品、一部传世之作,可以说不惜一切代价,包括付出健康代价,《红旗谱》第一部出版后,他就住了院。

"文化大革命"期间《河北日报》批判《红旗谱》《播火记》的文章,说它们是梁斌"精心炮制""多年苦心经营"的"反动小说",虽然意在否定,但"精心"和"苦心"二词,却没有用错。

---

① 梁斌:《一个小说家的自述》,载《梁斌文集》第5卷,人民文学出版社,2005,第365页。

② 梁斌:《一个小说家的自述》,载《梁斌文集》第5卷,人民文学出版社,2005,第392页。

七、抢稿与寻稿:"红旗谱三部曲"的出版

《红旗谱》及其第二部《播火记》,都是经过出版社"抢稿"而出版的。

《红旗谱》第一部的责编是中国青年出版社的萧也牧。萧也牧是一位有才华的作家,曾因发表《我们夫妇之间》而受到错误的批判,后来的结局令人同情,但是,正因如此,在涉及萧也牧在《红旗谱》编辑出版中所起作用、萧也牧与梁斌最终失和的问题上,有些研究者未能实事求是,有一些不符合事实的说法,甚至以讹传讹。

首先,《红旗谱》写成后,究竟是否不被看好、无处发表出版,只有萧也牧赏识?

有学者这样说:

> 即便是看了《红旗谱》部分初稿的人,也没一个予以褒奖的,更没有哪家出版社上门来争抢这个旧皮包里的"红宝石"。①

实际的情况是,著名作家、梁斌的莫逆之交孙犁是《红旗谱》初稿的第一个读者。孙犁读完后对这部书稿高度评价,并提出重要修改意见。梁斌自述,孙犁看后非常兴奋,对他说:"行了,老梁,这是一块敲门砖!"并说为看这三十万字的书稿一夜未睡,因为被深深吸引而"放不下"。但他提出把"倒卷帘"部分"铺直了写"②。如果认为单凭梁斌自述尚不足信,那么还有"文化大革命"期间王林意在否定的交代材料为证:

> 从抗日战争时期,二人就有深交。《红旗谱》初稿,孙犁首先

---

① 石湾:《红火与悲凉:萧也牧和他的同事们》,上海锦绣文章出版社,2010,第62页。
② 梁斌:《一个小说家的自述》,载《梁斌文集》第5卷,人民文学出版社,2005,第458页。

看的，首先肯定的。因此二人的交谊更深。……梁斌的大毒草《红旗谱》的初稿是首先被孙犁肯定的。梁斌当时还不是暴发户，还是无名小卒，自己对自己也毫无信心，突然得到孙犁的肯定，而使自己有了坚持写完的勇气，……①

而萧也牧从梁斌那里拿到《红旗谱》初稿的经过，萧的中青社同事黄伊是这样说的：

> 中青社文学编辑室的编辑萧也牧和张羽，跟马烽公木是老朋友。马烽将梁斌偷偷写作的长篇小说刚刚杀青的讯息透露给他们。萧也牧就直接找到梁斌，将稿子抱回老君堂——中青社的大院。
>
> 萧也牧对梁斌的这部处女作，评价很高，认为它不仅写出了如火如荼的北方农民运动的那股气势，小说中所塑造的朱老忠、严志和、贾湘农、江涛和春兰等人物的形象，将极大地丰富我国近代文学的人物画廊。张羽也审读了该稿，和也牧有同感。②

孙犁看稿和萧也牧取稿初读的具体日期，当事人没有交代，但可以说，孙犁和萧也牧、张羽都是最早发现《红旗谱》价值的伯乐。而萧也牧拿到稿子，并非是在梁斌书稿无人识货、"卖"不出去的情况下。中青社最早得到稿子，可以说是因消息灵通、捷足先登。当时中青社文学编辑室主任江晓天在后来的回忆文章中说，萧也牧和张羽取稿子时"尚无出版社与他联系"，这句话并不意味着梁斌拿着稿子找别的出版社，别的出版社不肯要。只是其他出版社尚未得到消息而已。中青社虽然不曾和别的出版社"争抢"，却可说是"抢"先一步。这与杨沫《青春之歌》送稿给中青社被一再拖延、近乎拒绝，转给作家出版社又被冷落的情况迥然不同。这固然因为《红旗谱》当时在题材、政治上较之《青春之歌》占有优势，却也与其本身

---

① 王端阳辑录：《王林的交代：关于梁斌、孙犁》，《新文学史料》2009年第2期。
② 黄伊：《编辑的故事》，金城出版社，2003，第94页。

第二章 《红旗谱》

的文学价值密不可分：孙犁看得放不下，萧也牧看后"兴奋得了不得，给作家打电话时，激动得声音都变了"①。

其次，《红旗谱》初版之前，是无刊物肯发吗？

江晓天《"白日自留名"——怀念萧也牧同志》一文有这样一段：

> 1957年，稿子发排后，他拿着大样，找了几家刊物，想争取在出书前选登几章，听听各方面意见，付印前还可以改得更好。结果，他很失望地对我说："一个作家没有成名之前，发表作品就是难呵！算了吧，干脆咱们出书。"②

而梁斌本人回忆，他最后交稿时，萧也牧一再埋怨梁斌交晚了。梁斌回到北京的家中，这时上海《收获》季刊来人，要求先在他们的刊物上刊载。梁斌又去找萧也牧，萧也牧却"镇着脸，不说什么"，梁斌只好又告辞回去。③ 回到在保定的工作单位后，安排好河北的《蜜蜂》选载《红旗谱》第三卷，梁斌想让《北京文艺》刊载第一卷，但《北京文艺》要求选载第三卷，梁斌"很觉麻烦，干脆算了"④。《红旗谱》初版面世前在报刊实际刊载情况是：《北京日报》和《天津日报》分别于1954年7月17日和8月5日选载其中一章，《新港》于1957年第3期以《"脯红靛颏"的风波》为题选载部分章节。

再次，梁斌与萧也牧绝交的真正原因是什么？

梁斌与萧也牧最终绝交，是一件十分令人遗憾的事。按常理，梁斌为人慷慨仗义，萧也牧对工作尽职尽责，又是最早赏识梁斌创作才能的编辑，

---

① 黄伊：《编辑的故事》，金城出版社，2003，第49页。
② 江晓天：《"白日自留名"——怀念肖也牧同志》，载《江晓天近作选》，大众文艺出版社，1999，第240页。
③ 梁斌：《一个小说家的自述》，载《梁斌文集》第5卷，人民文学出版社，2005，第508页。
④ 梁斌：《一个小说家的自述》，载《梁斌文集》第5卷，人民文学出版社，2005，第512页。

两人应为终生莫逆之交才是。但他们后来确实绝交了。绝交的原因，有研究者直截了当地解释为因为稿费，更直接地说是因为梁斌嫌原先说定的千字十八元的稿费标准太低，所以当第二部《播火记》准备出版时，他不仅没有将书稿给予于他有恩的中青社出版，而且将第一部的版权也从中青社收回，给了出价更高的百花文艺出版社。如此说来，梁斌简直成了"见利忘义"之人！但是，这种解释完全不符合实际情况。

真正的原因确实与稿费有关。但不是梁斌想增加稿费，更不是梁斌因百花文艺出版社出价比中青社高而收回版权，改交百花社，而是因为中青社想违反原先约定，并且私下向河北省委告了梁斌一状，惹怒了梁斌，梁斌认为这一切与萧也牧有关。

事情的经过是：1956年春天萧也牧到保定找梁斌签订约稿合同时，确定的付酬标准是"千字十八元，三万册一个定额"，梁斌说这一标准都是萧也牧自己填上的。① 但是，中青社后来觉得这样稿费太高了，想改为千字十五元，五万册一个定额。双方两次谈判谈不拢，中青社便有人给河北省委宣传部写信，说梁斌有资产阶级思想。梁斌为此受到内部批评。因此，当萧也牧再给梁斌打电话时：

> 作家听说是他，气不打一处来："我们河北人为了朋友可以两肋插刀，你呀……"瓜搭一声把电话挂断了。作家一怒之下，不但收回《红旗谱》的版权，而且将该书的续集《播火记》，也统统交给天津百花出版社了。②

中青社文学编辑室主任江晓天为挽回局面，派两个年轻的编辑庄似旭和黄伊去找梁斌谈，最终才使《红旗谱》的版权失而复得。但是，虽然黄

---

① 梁斌：《一个小说家的自述》，载《梁斌文集》第5卷，人民文学出版社，2005，第494页。

② 黄伊：《编辑的故事》，金城出版社，2003，第96页。

第二章 《红旗谱》

伊后来撰文说百花社"同时将正在排印的《播火记》一并转让"①，但实际上1963年《播火记》最终还是由百花文艺出版社和作家出版社几乎同时出版。中青社首次出版《播火记》是1979年的事了。

《红旗谱》第一部初版稿费梁斌得了四万元，这在当时确是不菲的数额。梁斌当时和后来对自己"争稿费"的解释，一是想用稿费在保定二师建一个遇难烈士的纪念馆，二是自己有一大家子人要供养，"七个子女，自此有了生活保证"②。梁斌到天津定居后，天津的老朋友路一和远千里动员他上交稿费，梁斌不悦。1959年人民文学出版社以"选拔本"出版《红旗谱》，并且向梁斌索要第二部《播火记》原稿，此事中青社不悦。中青社继续出版《红旗谱》，继续给梁斌寄稿费。部分省市出版社也出版《红旗谱》，并给梁斌少量稿费。当时没有版权制度和版权意识，梁斌对各出版社实际印了多少册，也无从确认。他说"作为我的老朋友萧也牧，再也不见我的面了"③，这应该与梁斌不肯交给他《北方的风暴》书稿有关。梁斌的解释是因为上次他找人油印《红旗谱》书稿，印得不好，错误百出，使梁斌好几天不快。笔者推测，肯定也与千字"十八元"改为"十五元"、"三万册"定额改为"五万册"有关，只是此时尚未发生中青社向河北省委状告梁斌之事，双方冲突尚未爆发。后来在组织压力下，梁斌还是上交了三万元稿费。1962年在周扬等过问下，落实政策，稿费又退还给了梁斌。

梁斌与萧也牧绝交，一是因为误会，二是因为当时的体制和文化。说是误会，是因中青社改合同定额并非萧也牧一人做主，他很可能只是奉命行事，而告状者也未必就是萧也牧，梁斌有些迁怒了。但从梁斌角度说，自己按劳取酬、按合同契约行事，在今天法治社会来讲，完全是正当的。

---

① 黄伊：《编辑的故事》，金城出版社，2003，第98页。
② 梁斌：《一个小说家的自述》，载《梁斌文集》第5卷，人民文学出版社，2005，第518页。
③ 梁斌：《一个小说家的自述》，载《梁斌文集》第5卷，人民文学出版社，2005，第524页。

此事也充分说明，梁斌是革命队伍中一个非常有个性的作家，一个敢于据理力争、毫无畏惧的人。战争年代如此，和平年代仍然如此。另一方面，从文学史、文学体制角度说，梁斌坚持按合同争稿费，表现出与那个时代有些不协调的现代权利意识。而《红旗谱》稿费之高引人瞩目，也说明它的文学价值获得高度认可：它不是迎合市场的通俗文学，又并非《红岩》那样完全意识形态化、可以作为"教科书"以组织方式推广的作品，它的销量之高，完全凭的是本身的艺术魅力。

《红旗谱》成功之后，其第二部《播火记》继续走红。在正式成书之前，《播火记》分别于1958年、1960年、1961年在《蜜蜂》《新港》《人民文学》《解放军文艺》《北京晚报》和《黑龙江日报》连载或选载，第三部《战寇图》（即《烽烟图》）于1959年、1962年分别在《新港》和《河北文学》选载。不计百花文艺出版社版和作家出版社版、不计各种文集选集版，仅中国青年出版社1979年版，截至1995年，就一共印刷6次，印数达265 400册。① 若各种版本叠加起来，截至今天，发行量肯定达几百万册。有人说截至2000年《红旗谱》"印量前后总计有六百多万册"②，此说虽未标明统计数据依据或来源，但不会是凭空估计。

在《红旗谱》第一部稿费风波、第二部《播火记》版权争夺及梁斌与萧也牧关系问题上之所以有一些不符合实际的说法，主要是因研究者对萧也牧同情而未去认真核实事情原委，未抓住矛盾关键，为突出萧也牧所受委屈而忽略了梁斌这方面的委屈。实际上，这一切的根源是当时的版权意识与契约意识：一方面国家仍然尊重作者著作权（不像后来"文化大革命"时期那样完全无视作者权益）；另一方面又将著作权问题与道德问题乃至政治表现问题混淆。梁斌为《红旗谱》第一部先后与中青社签过两个合同：一个约稿合同，一个出版合同。约稿合同里规定的是千字十八元、三万册

---

① 朱肇本主编《55年重版书总编目》，中国青年出版社，2005，第404页。
② 王洋、田英宣：《梁斌传》，南开大学出版社，2008，第289页。

第二章 《红旗谱》

一个定额,出版合同改为千字十五元、五万册一个定额。责备梁斌的研究者忽略了第二个合同的变化,按第一个合同更高的稿酬计算,误以为梁斌对这个高稿酬还不满足,还要找别的出版社寻求更高的报酬。实际上梁斌一直按合同办事。签订第二个合同时梁斌虽内心不满,还是签了,他以后的稿酬所得实际是按这个降低了的标准执行的。遵守完了与中青社关于《红旗谱》第一部的合同,等准备出版第二部《播火记》时,梁斌由于对中青社强烈不满(改约又告状),依法收回第一部版权,第二部出版另找他家,也无可厚非。按党内纪律可以批评梁斌,说他不能发扬无私奉献精神,甚至可以批评他不服从组织安排(自述中他多次自己提到这种情况)、不热心党的工作(在文学讲习所一心创作、作为支部书记不太过问工作),但作为一个作家、一个公民,他的做法毫无问题。而且,也许没有梁斌的这种特立独行的精神,就不会有"红旗谱三部曲"的成功。

中青社特别是萧也牧对《红旗谱》的成功所起的作用也非常重要。关于萧也牧对《红旗谱》的激赏、为编辑《红旗谱》所费心血,当年同事都有深刻记忆。然而需要说明,中青社编辑《红旗谱》与编辑《红岩》《红日》情况都有所不同。《红日》交稿后未做大的改动,《红岩》的修改近乎重写,其中编辑所起作用非常大,责编张羽所写文字有数万字之多,是作者住在出版社以流水线方式与编辑一起修改的。《红旗谱》中编辑所起的作用在于"政治正确"的把关(这是"革命历史"题材图书必需的环节)、个别方言词句的推敲(如何使之既有地方特色,又为外地读者明白),以及个别细节的建议(朱老巩用铡刀还是剃刀)。具体修改完全是作者一人进行。以梁斌的性格,他写出后广泛征求意见,但别人提出意见后,他本人若不以为然,绝不违心采纳。而且,常常不是编辑要求梁斌改,而是梁斌自己要求改,一遍遍反复改,以至于改得责编不耐烦。为突出萧也牧的作用,说《播火记》《烽烟图》由于换了"文学功底和对稿件的修改加工能力比萧也牧要逊色得多"的黄伊当责编，出版后"远不如《红旗谱》的反响大"①，完全是想当然。因为"文化大革命"前出版的《播火记》责编并非黄伊，《播火记》也并不比《红旗谱》反响小多少，艺术功力也并不比第一部差多少。第一部和第二部完全是一个整体，它们分别写了重头戏反"割头税"、二师学潮和高蠡暴动。"文化大革命"时被大批判，也是《红旗谱》和《播火记》并列一起批的。

《播火记》于1963年11至12月间由百花文艺出版社和作家出版社同时出版，这也是一大景观。两家出版社同时出一部新作，这在中国当代文学小说出版史上还不多见。两家之外，还有"老东家"中国青年出版社来"抢"，可见出版界和广大读者对此书期待值之高。出版前在《蜜蜂》《新港》《人民文学》和《解放军文艺》四家文艺杂志选载，特别是在《人民文学》和《解放军文艺》这样国家顶级文艺刊物发表，影响之大可见一斑。

第三部《烽烟图》的初版时间是1983年。此时是新时期初期，虽然"拨乱反正"之潮未退，红色文化仍占重要位置，但社会文化环境和读者接受语境完全不同了。此时读者最关注的是伤痕文学、反思文学和改革文学。因此，《烽烟图》出版后的反响确实远不如前两部。但即使如此，《烽烟图》初版印数仍有34万册，这部书手稿的失而复得仍是一条社会新闻。原来，《烽烟图》（当时名《战寇图》）手稿于"文化大革命"期间丢失，此事对梁斌精神打击很大。正当他准备根据记忆重写而下笔生涩之时，新华社记者马杰于1979年1月24日在《人民日报》发表专稿，透露了此事。全国15家报刊转载，当年当兵时看过手稿的张瑞林写信给马杰提供线索，马杰与梁斌的儿子先是找到了保存手稿下册的解放军战士李向前，又在《光明日报》发表消息，凭此找到了保存上册的段文昌，手稿终于失而复得、完璧归赵。在当年背着"毒草"恶名的《烽烟图》手稿在解放军战士中传看，

---

① 石湾：《红火与悲凉：萧也牧和他的同事们》，上海锦绣文章出版社，2010，第68页。

战士们又认真保存,一是说明它本身的吸引力;二是因为前两部的巨大魅力和影响使得广大读者非常迫切地想知道后续故事。

八、《红旗谱》的传播与改编

《红旗谱》面世后,得到和《红岩》出版差不多的高规格宣传。

1. 报刊的热情宣传与权威的高度肯定

首先是《文艺报》的宣传。在当时体制下,作为全国最高、最权威的文学刊物,《文艺报》和《人民文学》在当时的态度对全国具有示范、引领和导向作用。1958年2月26日《文艺报》在中国文联大楼举行《红旗谱》座谈会,由《文艺报》副主编侯金镜主持,请来梁斌的老同学或老战友、《红旗谱》所写当年历史事件的参加者或领导者座谈。大家一致对小说给予高度评价,主持人还表示期待作者尽快写出后续各部。座谈记录摘要发表于《文艺报》1958年第5期。同一期的《文艺报》还发表评论家方明的文章《壮阔的农民革命的历史图画——读小说〈红旗谱〉》。

《人民文学》两次找梁斌约稿,1959年第6期和1960年第12期分别发表梁斌的长篇创作谈《漫谈〈红旗谱〉的创作》及以"绿林行"为题的《播火记》第15~18章,另外1959年第3期还发表署名"北京大学瞿秋白文学会"的评论义章《试论朱老忠的形象》。《人民文学》对《红旗谱》的态度与其后来对刊载《红岩》的态度形成鲜明对比。

仅在1958年一年,《人民日报》《中国青年报》《文汇报》等大报和《北京日报》《解放日报》《天津日报》《辽宁日报》《杭州日报》《西安日报》《哈尔滨日报》《新民晚报》等地方报纸,以及《中国青年》《文学青年》《北京文艺》《上海文艺》《江淮文学》《蜜蜂》《萌芽》《语文学习》等刊物,纷纷发表书讯、书评或访谈,可谓全国性地毯式的宣传攻势。

除了报刊文章,1958—1959年间有3本评论《红旗谱》的书籍出版,即，上海新文艺出版社 1958 年出版的王知伊的《谈〈红旗谱〉的故事与人物》，高等教育出版社 1959 年出版的张学新的《介绍长篇小说〈红旗谱〉》，以及《文艺报》编辑部编辑、作家出版社 1959 年出版的《革命英雄的谱系——〈红旗谱〉评论集》。

国内文艺界最权威的人物周扬、郭沫若和茅盾对《红旗谱》给予明确肯定、高度评价。在第三次全国文代会上，周扬做报告时让梁斌和王朝闻在主席台相陪，报告中用大段篇幅褒扬《红旗谱》。郭沫若亲笔为《红旗谱》《播火记》题写书名，茅盾当着田间等人的面亲口对梁斌说"《红旗谱》是里程碑的作品，《播火记》也是里程碑的作品"①。

除了文坛，陈毅、陈伯达和康生等政界人物也都读了《红旗谱》，并纷纷表示赞赏。

"文化大革命"之前《红旗谱》《播火记》受到的都是正面宣传，这些肯定性宣传与评论大大扩大了作品的影响。有作品本身的艺术魅力为前提，加上这种高规格宣传，《红旗谱》一时间成为知名度和阅读面绝不亚于古典名著《三国演义》《水浒传》《西游记》的当代名作。这为它的经典化奠定了基础。

2. 其他文艺样式的成功改编

"改编"是文学作品扩大接受面、增加影响力的重要途径。《红旗谱》出版后，曾先后被北京评剧团改编为评剧，被承德地区京剧团改编为京剧，被河北省话剧院改编为话剧，被北京电影制片厂和天津电影制片厂改编为电影故事片。其中影响最大的是话剧和电影。话剧《红旗谱》由河北省话剧院改编，鲁速、村里和亢克执笔，蔡松龄导演，鲁速主演。电影由胡苏、海默、凌子风和吴坚改编，凌子风导演，崔嵬主演。需要指出的是，小说改编为戏剧或电影，必然会精简人物和情节，使之更加集中化。这属于共

---

① 梁斌：《一个小说家的自述》，载《梁斌文集》第 5 卷，人民文学出版社，2005，第 539 页。

第二章 《红旗谱》

同规律。而在 20 世纪五六十年代之交的社会背景下,话剧和电影的改编都删除了二师学潮这一部分,更加突出了剑拔弩张的阶级斗争气氛。从小说主干情节来说,这样改是没有问题的,而且突出了主干之后,故事更加紧凑,能在两三个小时内让观众保持注意力集中。但是,这样改的另一个结果,是遮蔽了小说原著的日常性一面,将那些每每逸出"主题"的"闲笔"删除,使得作品内涵的丰富性、多义性受到严重影响。这或许也是后来一些读者和评论者忽略《红旗谱》日常性与多义性,只看重其传奇性和阶级斗争主题的原因之一。

除了戏剧和电影的改编,还出现了多种根据小说原著改编的《红旗谱》连环画。据笔者所知,主要有:

《红旗谱》,胡映西等改编,尚文绘画,上海人民美术出版社 1963 年版、2002 年版。

《红旗谱》,尚羡智改编,王怀琪绘画,河北人民出版社 1981 年 6 月版。

《播火记》,尚羡智改编,刘端绘画,河北美术出版社 1981 年 3—9 月初版,2005 年 8 月修订版。

《红旗谱》,赵继良改编,胡振宇绘画,上海人民美术出版社 2011 年版。

《红旗谱》,赵敦改编,刘端等绘画,河北美术出版社 2012 年版。

《烽烟图》,冯宝秋改编,王广林绘画,河北美术出版社 2012 年版。

《红旗谱》,晏思鉴改编,赵明钧等绘画,天津人民美术出版社 2014 年版。

《播火记》,晏思鉴改编,杨越等绘画,天津人民美术出版社 2014 年版。

《烽烟图》,晏思鉴改编,倪春培绘画,天津人民美术出版社 2014 年版。

连环画的读者主要是少年儿童，但又不限于儿童，许多成年人也看连环画，特别是文化程度不高的成年读者，在没有电视、电脑，看电影也不经常的时代，连环画扩大了儿童或识字不多的成年读者的知识范围。于是，《红旗谱》借助连环画的形式，又将接受者扩充了好多倍。

进入21世纪之后，中央电视台、中视传媒和天津电影制片厂于2003年又联合拍摄了28集电视剧《红旗谱》，编剧桂雨清，导演胡春桐、王宝坤，主演吴京安。这是一次近乎重写的改编，不仅情节重新设置，人物性格、人物关系乃至人物命运都做了很大改变。这次改编的最大特征就是加强了传奇性和戏剧性。朱老忠在原著中虽然经历与性格有些与众不同，但仍然是"正南巴北的庄稼人"，而在电视剧中，他在关外当过土匪，熟悉土匪黑话与规矩，本来只会来个"骑马蹲裆式"的他，变成了武功超群的高手，回乡便与老山头比武，并以明显优势将其打败。反面人物冯兰池由原著中"从表面上看，是个'古板'的老头子"、思想保守顽固、内在霸道的地主，变成了黄世仁、韩老六一类公然违反日常伦理的流氓无赖：原著中他看上春兰，只会暗暗盯梢、打小报告，最后提亲遭到拒绝也无计可施，不了了之，电视剧中他像黄世仁一样强霸，并试图强奸春兰。原著中冯兰池看中脯红鸟，最终却没得到，电视剧中改为冯贵堂借县府势力强行索要。原著中穿一双开了花的破鞋、常戴个破草帽、扛把锄头的冯焕堂，在电视剧中留中分头，穿呢子马裤，蹬长筒皮靴，身挎盒子炮，被改编成一个流氓式少爷。冯贵堂身上的一点点积极因素也消失殆尽。人物性格变了，故事内容肯定随之大大改变，与如今流行的"抗日神剧"非常相似。

电视剧是市场化时代最流行的文艺样式，为求收视率而做相应调整无可厚非；电视剧与电影和舞台剧不同，不要求那么紧缩集中，添枝加叶也在所难免。但是，这样改编的作品，只能是借小说原著名义和大框架重新创作的作品，而若以此改编本理解原著，会大相径庭，因为原著虽然有传奇色彩，但不离日常性基调，梁斌小说不同于同时期革命历史题材小说之处,正在于其对日常民风民俗的具体生动描述,以及艺术描写上的客观写实,不事夸张,让人觉得亲切、真实、可信。若将它完全变成传奇故事,反而没有了自己的特色。在大量传奇"神剧"充斥荧屏的今天,电视剧《红旗谱》首映后重播率很低,即可说明这一情况。

2015年,天津人民艺术剧院又重新将《红旗谱》改编为话剧,在天津、河北各地上演。编剧王晓龙、卫中,导演钟海,主演吴京安。

3.《红旗谱》在国外

《红旗谱》出版后不久,周扬出国时,就在国外谈到此书。① 这大概算是向国外传播《红旗谱》的开端。接着,中青社又以道林纸印制、布面精装,将其送莱比锡世界图书博览会。而该书真正与外国读者接触,是通过外文翻译本。迄今为止,《红旗谱》的外文译本主要有 H. 巴哈莫夫与 H. 扬诺夫斯基合译、莫斯科外国文学出版社1960年出版的俄文本;陈文迅、惠连、阮大合译,越南文化出版社1961年出版的越文译本;松井博光翻译、北海道至诚堂出版社1962年出版的日文本;杨宪益、戴乃迭翻译,(中国)外文出版社1961年初版、1964年修订再版的英文本;(中国)外文出版社1964年初版、1980年再版的法文本;路易斯·恩里克·德拉诺翻译,(中国)外文出版社1980年出版的西班牙文本。这些译本使得《红旗谱》的传播远达亚、欧、美各国,成为外国人了解中国当代文学和20世纪中国革命的一个窗口。

九、《红旗谱》的文学史地位与传世可能

从20世纪50年代末到70年代末,《红旗谱》及其续篇《播火记》一直是中国最为人熟知并广泛阅读的当代小说之一。即使在特殊的"文化大

---

① 梁斌:《一个小说家的自述》,载《梁斌文集》第5卷,人民文学出版社,2005,第516页。

革命"期间，对它大张旗鼓的大批判也客观上保证了它不被遗忘。20世纪80年代初中国当代文学开始写"史"，到今天为止，共有数百种中国当代文学史出版，这些文学史书不论用专章、专节，还是与其他作品合占章节，几乎都给予了《红旗谱》一席之地。就连1999年以新的文学史观"重写"的三种当代文学史，也没有无视《红旗谱》，在指出史家所认为的那个年代文学作品共同的"时代局限"之后，仍然从不同方面给予《红旗谱》以肯定性评价。21世纪出版的各种当代文学史也不例外。王蒙担任主编、上海文艺出版社1997年出版的《中国新文学大系1949—1976》长篇小说卷，全文收录的作品只有五部，其中第一部就是《红旗谱》。文学批评方面，新时期以前相关评论铺天盖地，新时期初期热度不减。"重写文学史"浪潮之后，《红旗谱》虽然与其他"十七年"时期作品一样逐渐被冷落，但学者们夸赞新时期文学时也还不忘拿《红旗谱》做参照，例如以《红旗谱》为参照，评价《白鹿原》以及其他"新历史小说"的文章就有许多。近年虽有个别偏激学者以激烈言辞否定《红旗谱》，但由于缺乏可靠的论据与合理的逻辑，很快被一批别的学者撰文反驳。西方理论家认为，"经典"就是指那些经常被提到、可以作为标准或参照的作品。经典有时是后世效法学习的对象，有时又是超越、突破乃至颠覆的对象，它以不同方式影响后世文学创作。以此观之，《红旗谱》的文学史地位和经典性可以有初步定论了。

《红旗谱》的经典性，首先来自于它的题材与人物。此前正面描写农民的小说不多，大部头长篇几乎没有，号称"农民革命的史诗"的《水浒传》，其主要人物其实并非农民，作品也几乎丝毫没有涉及普通农民的日常生活。不同于《水浒传》，也不同于《阿Q正传》《故乡》《社戏》《暗夜》《咆哮了的土地》《春蚕》《李有才板话》等，《红旗谱》是第一部以地地道道的农民为主要人物，正面和全面地描写北方农民的日常生活，反映农民平凡日子里的喜怒哀乐、婚丧嫁娶等民风民俗，又真实细腻地表现在革命大潮中农民的自然反应，革命带给他们的憧憬、欢乐与恐怖、哀伤及新的

第二章 《红旗谱》

期待,揭示他们的反抗性与保守性及其内在冲突的作品。它并非单为批判"国民性",或为揭示具体社会问题,日常生活描写在这部大部头长篇中所占比重很大。另一方面,它又塑造了给人印象十分深刻的既是平日里以农耕为生的农民、身上又禀赋豪侠气质的主人公朱老忠的形象。这样的农民形象,是以往的作品里不曾出现过的。在朱老忠周围,又有严志和、朱老星这样虽也有反抗性,又具有更多农民性的农民,有始终与革命保持距离的老驴头和老套子。这些形象增强了作品的真实感,而朱老忠以此为映衬,更凸显其卡里斯玛特征;与这些人物的日常交往,又使得朱老忠并非孤独的拜伦式英雄,而始终不失其泥土气息。梁斌写农民不同于城市知识分子的居高临下的远观,而类同于其他解放区出身作家的近距离"跟拍"。与其他擅长写农民的作家不同的是,梁斌将这种贴近性与超越性结合,在贴近性基础上增加了超越性想象,在日常性基调上增加了传奇性色彩,使得作品不仅"真实",而且"动人",具有很强的吸引力、感染力,使人拿得起放不下。

《红旗谱》的经典性还来自于其民族形式、民族风格的新探索。它以民族形式、民间审美与民间伦理传承为前提,又糅进西洋式艺术思维和艺术表现形式,给作品增加了明显的"现代性"思想资源。而这种结合隐而不显、自然而然,几乎了无痕迹。这也是梁斌颇为自得、自信的一个方面。

《红旗谱》应该不属于《红楼梦》那种内涵非常复杂、具有"复调性"或具有多种解读可能、阐释解读不尽的经典,而基本属于《水浒传》《三国演义》那种具有较明确的主题和价值指向、内涵相对单纯的经典。然而,这并非说它就没有题外之旨。这些题外之旨产生于作品的细节写实笔法。因为写实,因为重视细节,即使作品有明确倾向性和指向性,时过境迁之后,在不同的接受环境中,它也会透射出或许是作者始料未及的内涵。这也是作者将"《水浒》气质"与"《红楼》笔法"结合的产物。其实,即使是《水浒传》《三国演义》,由于坚持现实主义原则,它们所塑造的宋江、刘备和曹操的形象，也暗含着做不同解读的可能。例如，在语境变化了的今天，我们通读《红旗谱》和《播火记》后可以发现，二师学潮和高蠡暴动这两次政治行动，确实是外来输入的结果，按生活逻辑来说缺乏历史的必然性，当时学潮和暴动的组织者确实犯了"左"倾盲动主义错误，他们是造成人员伤亡、农民生活处境更加艰难的祸源之一。

《播火记》涉及了日常逻辑与"革命逻辑"之间的冲突。作品所写朱老忠等人第一次打破日常伦理的"革命"行为是准备以武力到破落地主冯老锡家去"起枪"时，朱老星表示反对，认为这和土匪砸明火、路劫没什么两样。朱老星是以"日常逻辑"对"革命逻辑"提出疑问。当然，在小说写作的年代，这两种声音不可能形成平等的对话关系，使作品带有真正的"复调性"。朱老忠马上用"抗日"的宏大叙事批驳了朱老星的疑问，而朱老星马上就被说服了，"走过去，笑眯虎似地对着朱老忠的脸看了看，再拍拍朱老忠的肩膀"，表示钦佩。这样，两种逻辑的冲突在文本内得到了化解。关键是小说让这种不同的声音得以发声。

《红旗谱》第一部所写朱、严两家与冯家的脯红鸟之争，并非由于利益（冯兰池要高价买鸟），纯属意气之争。大贵被抓是这个意气之争的结果。运涛与春兰的"瓜棚事件"则主要由于乡村百姓浓厚的封建意识，冯老兰在其中并不起关键作用。后面所写严家的厄运与冯家完全无关，运涛的出走也并不具有必然性。严家厄运之后双方的主要冲突，是反"割头税"。这次冲突应当说是朱严一方在外部政治势力支持下主动发起，而且取得了胜利。"割头税"虽然不合理，但它是"合法"的。反"割头税"虽然是为保护养猪户（有人说是中农以上的农户）的经济利益，但就朱对冯的斗争而言，其成果却主要是政治的而非经济的。《播火记》上部锁井镇上又发生了几次小冲突，即"牛鼻子之争""珍儿之争""短工市劳动力价格之争"，这也是暴动前朱、冯双方的所有冲突。如果没有外部政治势力的介入，而只按照这种乡村日常生活逻辑发展下去，是不会发生暴动的，因为此时锁

第二章 《红旗谱》

井镇农民面临的既不是"失期当斩"的别无选择的处境,也不是饿殍遍野、揭竿而起的时机。高蠡暴动组织者的直接动机是夺取政权、没收地主的土地财产。而在当时国民党政治军事势力占绝对优势的情况下,这样的暴动既悲壮又幼稚。就拿朱老星来说,暴动虽然给他带来了短暂的欢乐,但不久他就为这短暂的欢乐付出了生命的代价,抛下了孤儿寡妻。"英名传于后世"估计不是当初他自觉追求的。这是作品的真实描写且客观显示给读者而作者本人不曾意识到的内涵。

忠实地写实带来的另一个作者始料未及的艺术效果,是反面人物的非妖魔化。虽然《红旗谱》《播火记》对冯老兰和冯贵堂、冯焕堂父子这样的地主形象不可能做新时期以后"新历史小说"那种"人性化"的描写,但读罢这部小说读者却能感到,这父子三人却是"人"而不是"魔",这几个人物作为"艺术形象"确实"树立"起来了。小说写到冯兰池生活简朴的一面,还写到地主冯老兰与长工老套子比较和谐的主仆关系:在喜欢养牛、反对冯贵堂买大骡子大马这一点上,他们有共同语言,在赶集回来的路上他们谈起养牛经验,越说越投机。所以"说起老套子,冯老兰最是喜欢这样的人"①。当然,在当时的写作环境中,《红旗谱》还不可能写出《白鹿原》中白嘉轩和鹿三那样的主仆关系,冯老兰和老套子并非真正的朋友,主仆之别还是显然的。《红旗谱》里这种更生活化、日常化的描写,有助于后世读者领略那时日常人际关系的面貌。

冯贵堂虽然也属于作品中的反面人物,而且在第三部中成为主要反面人物,但他却是20世纪50—70年代中国小说史上非常独特的一个地主少爷形象——他既不是一个一出场便凶神恶煞的魔王,一个天生的"坏蛋",又没有成为背叛本阶级的革命者或革命同情者。他是一个凡人,一个有过自己的理想和抱负,而在现实面前改变了自己的某些看法又坚持了自己的某

---

① 梁斌:《红旗谱》,中国青年出版社,1978,第106页。

些追求的凡人。这个人身上阶级内涵之外的文化内涵，比如他思想中反封建、追求民主与科学的一面，近年已有学者指出。笔者在此着重要谈的是这一人物形象怎样被塑造得合情合理，怎样因写实而超越了观念。

在作者的自觉意识中，似乎是要把冯贵堂塑造成一个仅仅是剥削方式与其父亲不同的农村资产阶级地主形象。但是，由于冯贵堂、冯焕堂兄弟的形象都有现实中的原型，作者又重视细节的真实描写，写得特别生活化，冯贵堂这个形象就没有被写成观念符号——阶级的符号或启蒙思想的象征，而让人感到是活生生的人。虽然作者宣称"要尽量暴露他的生活的黑暗面"，作品实际上还是写出了他身上不少的"光明面"，如他赞成孙中山的革命，在封闭落后的乡村里鼓吹民主与科学、男女平等、婚姻自由；他鼓动父亲把大庙拆了盖学堂，让闺女小子在一块念书；他试图改良村政，劝父亲建立议事会；他劝父亲要行人道，不要为富不仁；他想教会老百姓用新的方法管理梨树；他不主张激化与朱、严家族的冲突……但另一方面，他毕竟又是冯老兰的儿子，并没有背叛他的家庭：当得知父亲想要脯红鸟而不得的时候，他试图"一个钱不花，白擒过他的来"，作者把他的"行人道"也描述为施小恩小惠；当冯家与朱、严一方以及进行反抗的农民们的矛盾真正激化时，他毫不犹豫地站在父亲一方，去城里告状、打官司，乃至拉起武装对抗，最后为报杀父之仇残忍地杀了朱老星等暴动者的头来祭灵。作者将他的"光明面"和"黑暗面"结合得非常自然，并不使人感到这个人物前后判若两人，因为作品屡次写到了他的心理转化过程，而且写得比较有层次感。可见，"写实"的笔法使得这部作品具有了某种程度超越特定时代意识形态局限的艺术内涵。

迄今为止的《红旗谱》解读与研究对其日常性一面重视还不够，在新的时代以新的视角对作品内涵进行发掘，仍然很有必要。进入21世纪后，《红旗谱》的接受与传播虽不会像当年那样红火，但梁斌的这三部曲作品不会也不应被文学史忽略。

第三章 《创业史》

柳青的《创业史》是"红色经典"中因为国家政策变化而在新时期"重写文学史"浪潮中最早受到质疑的作品。进入21世纪以后,学界评价当代文学史上的名作又有了新思路,例如评价视角从"写什么"和"怎样写"转向"写得怎样",特别是陕西作家、批评家对柳青的推崇,使得当代文学史研究者不得不重新思考《创业史》的评价问题。需要重新思考的问题是:若将《创业史》当作中国一段历史的记录、农民心灵心态的记录看,当作"生活故事"看,它有没有真实性和艺术感染力?如果作品所体现的作家立场与倾向被后来者认为有局限,是否就意味着该作品失去了文学价值?进一步说,《创业史》肯定的合作化本身是否毫无道理?站在21世纪的今天来看,新时期以后的"反合作化叙事"凸显了合作化进入高级社、人民公社阶段以后的弊端,而《创业史》更多强调了合作化初期阶段显示出的必要性和优越性。它们其实并不一定构成互相否定的关系。而不论写哪一方面,作品的文学价值主要还是取决于其真实感、历史深度与艺术感染力。在这方面,新时期以后的作品未必就超越了《创业史》。因此,《创业史》的再评价、再经典化已经开始。

一、宏阔的视野与深邃的笔力

农业合作化运动是20世纪中国农村继土地改革运动之后发生的最重大变革。写20世纪后半叶的中国农村，就无法回避这一巨变。它给几千年循规蹈矩、狭隘保守的中国农民所造成的精神冲击、所引发的各种道德伦理与人际关系问题前所未有，不亚于土改。当时发起农业合作化，有充分的理由——防止农村出现新的两极分化、土地向个别私有者手里集中，同时将农民改造成"现代"型国家公民，并且让农村为社会主义工业化提供物质保障。当时虽然国家领导人对合作化进度有不同意见，但都认为合作化是必要的；普通农民和基层干部中也有对实行合作化之后会出现的问题有所担忧，有个别抵触者，但总的说来对合作化是遵从的，一些积极分子还走在了时代的前列。因为一是大势所趋；二是当时共产党威信高，农民和农村干部对党有信赖感。20世纪80年代解散人民公社、农村实行联产承包责任制，其实也并非全盘否定此前的合作化，土地所有权仍然在集体，而非私有；不再以集体方式组织劳动，是因经过30多年实践后，发现这一组织形式存在不利于调动农民劳动生产积极性的一面。在当年充满革命激情、乐观昂扬的时代氛围中，大家相信可以通过思想教育和组织方式改造农民，改变其私有观念和自利本性。因此，合作化之"利"的认同，远多于其"弊"的忧虑。

当合作化运动发起之后，如何表现这一巨变，是摆在农村题材作家们面前的重要课题。

即使以今天的"后见之明"来看，柳青的《创业史》也不失其真实性。它既写出了合作化的必要性和必然性，也暗示出它可能会出现的问题——我们既看到梁生宝这样衷心拥护合作化的农村积极分子，以及出于个人实际利益考虑而跟随梁生宝的冯有万、高增福和任老四等人，也写出对合作

第三章 《创业史》

化并不热心的乡村干部郭振山、坚决反对的郭世富和姚士杰;即使在灯塔社内部,大家也并非铁板一块——王瞎子顽固地不配合,积极想加入的白占魁别有所图,梁生宝的父亲梁三老汉对儿子也很不理解,梁三大哥一家更是自私自利。按照人物的性格逻辑,按柳青这种写法写下去,假如《创业史》有机会写出第三、四部,合作化弊端一面必会凸显,尤其是写到高级社及其后的人民公社阶段之后。但已经写出的《创业史》第一部和第二部尚未到那一阶段,而且史学界和社会学界普遍认为,合作化弊端主要在高级社之后,而初级社阶段更多显示的是优越性。《创业史》高于其他合作化题材小说之处,在于它真实写出了合作化必要性和必然性一面,并且不是流水账式地记录运动过程,或停留于表层的家长里短,而是以历史视野展现这一运动,特别是对运动引起的农民心理的变化与人际关系变化进行了细腻生动的描绘和深刻的发掘。

《创业史》被称为描写农村农业合作化运动的"史诗"。柳青以宏阔的视野展现中国农村农业合作化运动发生的历程,将合作化运动置于中国当代社会变革的历史背景中来表现,重点描写土改之后成立互助合作组到农业生产初级合作社这一阶段中国农村和农民发生的深刻而复杂的变化。小说内容时间跨度非常之大,囊括了旧中国农村、新中国土地改革、互助合作和初级农业生产合作社多个历史时期,涉及活跃借贷、粮食统购统销、城市建设、工厂招工等一系列国家政治经济生活中的重大事件。《创业史》如实反映了合作化时期中国农民思想和心理演变过程的复杂性,全面展现了这一历史阶段中国各阶层农民的不同状态,正如第一部结局所写:

> 生活不断地向推动历史车轮前进的人,提出各种各样的问题——政治的、经济的和社会的问题。有些人能够凭靠自己的工人阶级觉悟,回答这些问题。有些人不能回答这些问题——不能完全回答,或者完全不能回答。在这样的时候,社会上就出现了复杂的现象。一部分具有高度工人阶级自觉和坚定正确立场的人,

奋不顾身地抗击企图阻碍历史前进的旧势力。一部分觉悟不够和观点模糊的人，就会在复杂的斗争面前迷惑蹉跎、等待观望了。当然，还有少部分觉悟很差、观点不正确的人，三摇两摆，就迷失方向了。在社会主义革命的历史时期，这本书的第一部描写的一九五三年，就是这样。①

《创业史》将合作化运动中农民的各种状态淋漓尽致地描绘出来：全力以赴积极投身于领导合作化运动的梁生宝、在土改中领先而合作化阶段落后的郭振山、从一心想个人发家到被现实说服接受合作化的梁三老汉、坚持个人发家反对合作化的郭世富、始终抵触并破坏合作化的姚士杰、顽固守旧思想愚昧拆散互助组的王瞎子等等。柳青对这些人物的刻画并非某些评论家认为的简单阶级观念的灌注，而是"社会意识的阶级特征、社会生活的职业特征和个性特征"②的相互渗透和相互交融。事实上，作品中农村各种类型的人物虽然带有其固有的阶级特征，但是每个阶级成分的人物又显示出其性格特征的差异性和行为心理的复杂性，柳青基于现实生活的认真观察对每个人物进行细致的描摹刻画，绝无趋同。

《创业史》展现合作化运动中农民复杂状态的同时，对农民放弃私有制、接受公有制的过程和方式进行了更为深刻的表现。柳青对如何使农民从根本上自觉自愿接受合作化做了更深入的思考，同时期其他合作化题材小说对农民接受合作化的过程和方式的描写很少达到《创业史》的深度。这些小说描写合作化运动大多停留在党员团员干部对合作化运动从上到下的政策宣传层面，通过开会宣传、说服教育等方式使农民接受国家政策。《山乡巨变》中邓秀梅、李月辉、刘雨生的工作方式是典型的政策宣传和说服教育，通过深入农民家庭了解实际情况，疏通人际关系和给农民算实际粮食生产收入账的方式，解除农民的心结和顾虑，说服农民入社。以盛淑

---

① 柳青：《创业史（第一部）》，中国青年出版社，1960，第476页。
② 柳青：《美学笔记》，载《柳青文集》第4卷，人民文学出版社，2005，第278页。

第三章 《创业史》

君为首的宣传队用广播筒在各村山顶喊话、写标语、编黑板报和门板报等方式做宣传。"宣传农业合作化的优越性,反复地说明小农经济经不起风吹雨打。"① 除了政策宣传、说服教育,对于王菊生、秋丝瓜等顽固分子,干部们采取一定策略,一方面团结教育,一方面挤压单干户的空间,使他们丧失独立生产的优越性,最终顽固的单干户也入社。赵树理的《三里湾》中党员干部也主要采取政策宣传、说服教育的工作方式。张永清、金生等成立了宣传小组,安排宣传计划:

> 按各人宣传的具体对象,分别说明加入农业生产合作社就是走上社会主义的光明大路;说明我们社内这二年的增产成绩、变旱地为水地的好处、水地的耕作技术和基本建设集体经营起来比个体经营容易得多;说明到了机械化的时候增产更多:让大家的脑筋活动一下。群众要有什么意见,有什么思想障碍,要随时汇报党、团支部,让支部针对具体情况想办法。……在这时候,我们要帮着群众算细账,解释群众提出来的问题。……水渠开了工,完了工,一直到明年春耕之前,个别户要想加入我们也欢迎,不过要向他们说明参加得越迟,做的工就越少,分的红自然也少。动员他们尽早参加进来。②

《创业史》中郭振山在活跃借贷工作中对中农、富农进行的政策宣传、说服教育失效,梁生宝成立农业生产互助合作组,为了解决生产问题到郭县为村民们买来了新式"百日黄"稻种,带领互助组成员进山割竹子度过春荒,采用新法育秧取得粮食大丰收,不仅解决了互助组成员的生活问题,还顺利完成了上交公粮支援城市工业建设的任务,于是农民自觉自愿拥护合作化。与郭振山的政策宣传失败相比,梁生宝用带领农民发展生产实现

---

① 周立波:《山乡巨变》,人民文学出版社,1958,第71页。
② 赵树理:《三里湾》,人民文学出版社,1958,第91页。

集体脱贫致富的实际行动成功走出了一条合作化之路，实现从土地私有制到公有制的转变。这条道路是艰辛而坚实的，柳青的思考也是独特且深刻的。

《创业史》在探讨合作化运动发生的必要性和必然性方面，达到了同时期同类小说难以企及的高度。柳青未将目光简单集中在合作化运动的过程和方式，而是深入揭示了合作化运动为什么会发生，论证其发生的合理性。小说的"题叙"广为读者称道，柳青通过叙述梁三老汉创家立业的失败，证明了旧中国农民发家致富失败的必然性，"爹！你那是个没出息的过法"①，梁生宝崭新的事业拉开了序幕。小说正文部分，梁生宝向不理解他工作，一心想自己发家的梁三老汉讲解为什么要走互助合作的道路：

"爹！打个比方，你就明白了。咱分下十亩稻地，是吧？我甭领导互助组哩！咱爷俩就像租种吕老二那十八亩稻地那样，使足了劲儿做。年年粮食有余头，有力量买地。该是这个样子吧？嗯，可老任家他们，劳力软的劳力软，娃多的娃多，离开互助组搞不好生产。他们年年得卖地。这也该是自自然然的事情吧？好！十年八年后，老任家又和没土改一样，地全到咱爷俩名下了。咱成了财东，他们得给咱做活！是不是？"②

梁生宝这段话生动形象地说明了土地私有制的弊端，实行互助合作和实现公有制的必要性。李准的短篇小说《不能走那条路》虽然也反映了土地私有制导致的贫富差距和成立互助合作组的必要，但是小说情节比较简单，所触及的问题远不及《创业史》深刻和复杂。《创业史》深入论证了私有制的弊端和公有制的合法性。"私有财产——一切罪恶的源泉！"③ 小说中姚士杰爷爷死于奇怪的"财痨"病，姚士杰的父亲因为剥削人手段残忍被

---

① 柳青：《创业史（第一部）》，中国青年出版社，1960，第13页。
② 柳青：《创业史（第一部）》，中国青年出版社，1960，第110页。
③ 柳青：《创业史（第一部）》，中国青年出版社，1960，第224页。

起外号叫"铁爪子",姚士杰家庭发家来源于其父亲在一次机遇中敲诈了一个军阀逃兵的钱财。郭世富和梁大老汉在旧社会发家也均通过不正当途径,有其偶然性。郭世富由于意外的机会租种了国民党军官的四十八亩稻地而创立了自己的家业。"豆腐客"梁大老汉则是因为替地主杨大剥皮贩运烟土而获得高额报酬买地置业的。柳青意在说明"在私有制条件下,没有一种方式能够保证农民在体面、合法、道德的条件下致富。社会主义集体致富的意义,就在于提高人民生活水平的同时,又不降低人们的道德水平"①。梁生宝从带领农民互助合作到成立灯塔农业生产合作社是合乎社会发展规律和道德标准的,是历史发展的必然趋势。尽管党的十一届三中全会之后实行了联产承包责任制,有学者据此来批判《创业史》反映合作化的合理性,但是不可否认的是,在中华人民共和国成立初期,国家采取互助合作过渡到初级农业生产合作社,将土地收归集体,是必需的也是相对合理的政策。而且家庭联产承包责任制其实产生于20世纪50年代的高级农业生产合作社时期,十一届三中全会之后是重新恢复和全面实施,合作化运动实现的土地公有制政策并未发生根本改变,不能因为新时期的农业政策变化就简单地否定新中国的农业合作化政策,更不能因此而否定《创业史》对农业合作化运动的描写。

二、允沛的创业激情与永恒的道德价值

《创业史》充溢着一种力量、一种强烈的生命力、一种充沛的激情。柳青满含着对合作化事业的关注和扎根农村生活的热情创作,将自己的全部精力和毕生心血倾注到作品之中。《创业史》的激情是建立在作者的切身感受与理性思索基础之上的一种难以抑制的情感。柳青在自己被强烈地感动

---

① 吴进:《柳青新论》,陕西师范大学出版总社,2013,第86页。

了之后试图以艺术的方式感染读者。"《创业史》的叙述人有一种难以抑制的激情，会使用一切手段在叙述过程中显示自我的存在。"① 柳青笔下的人物行为、人物心理、叙述语言充满了激情。请看柳青在小说中充满激情的语言：

  姚士杰他爹活着的时候，就是这样的。人离不开种子！

  他心中燃烧着熊熊的热火——不是恋爱的热火，而是理想的热火。年轻的庄稼人啊，一旦燃起了这种内心的热火，他们就成为不顾一切的入迷人物。除了他们的理想，他们觉得人类其他的生活简直没有趣味。为了理想，他们忘记吃饭，没有瞌睡，对女性的温存淡漠，失掉吃苦的感觉，和娘老子闹翻，甚至生命本身，也不是那么值得吝惜的了。

  人生的道路虽然漫长，但紧要处常常只有几步，特别是当人年轻的时候。

  私有财产——一切罪恶的源泉！使继父和他别扭，使这两兄不相亲，使有能力的郭振山没有积极性，使蛤蟆滩的土地不能尽量发挥作用。快！快！快！尽快地革掉这私有财产制度的命吧！共产党人是世界上最有人类自尊心的人，生宝要把这当做崇高的责任。

  庄稼人啊！当他们专心发家创业的时候，说增产，吃奶的劲都可以使出来的；说节约，肚里可以不觉得饥饿啊！②

这些语言与巴尔扎克小说中大段的直接议论抒情语言有一定的相似之处。《创业史》中这些随处可见的议论和抒情，有的是作者直接呈现的单独的段落和句子，有的是通过人物心理活动描写呈现出来的。尽管有评论者

---

① 吴进：《柳青新论》，陕西师范大学出版总社，2013，第110页。
② 柳青：《创业史（第一部）》，中国青年出版社，1960，第34页，第87页，第205页，第224页，第459页。

第三章 《创业史》

认为柳青的这种介入式抒情过多,破坏了作品情节本身的完整性;但是不可否认的是,大量的抒情确实构成了《创业史》文本的一个重要特点,充满激情的语言成为小说不可或缺的一部分。值得关注的是,"《创业史》的第一部试用了一种新的手法,即将作者的叙述与人物内心独白(心理描写)糅在一起了。内心独白未加引号,作为情节进展的行动部分;两者都力求给读者动的感觉,力戒平铺直叙、细节罗列"①。这种写作手法是柳青在经历了艰苦的艺术探索之后对小说语言的一种创新,这种写作方式可以让作者自由地跳跃在人物心理描写和故事情节的叙述之间,更有利于情感的抒发。

《创业史》的激情与浩然《艳阳天》的激情是不同的。《创业史》的激情与作品内容浑然一体,是由内而外渗透出来的;《艳阳天》的激情给读者带来的是悬浮于作品之上的感觉。《创业史》除了语言的外在直接抒情,更多的情感暗含在人物形象的行为叙述之中;而《艳阳天》除了人物本身的精神气质之外,更多的情感是通过人物语言外化彰显出来的。《艳阳天》是将日常生活传奇化之后带来的一种游离于故事人物之上的抒情,是革命话语的激情。请看萧长春的人物语言:

> "我活着,我工作,我苦干,不是为自己,也不是为我一个人的儿子;我为的是大伙儿,为的是革命,为的是社会主义。只要能够保住咱们的社会主义不丢,丢了什么,我也不怕!"
>
> "乌云遮不住太阳,真金不怕火炼,东山坞永远会是太阳当空,永远是我们人民的天下!"
>
> "这会儿敌人也逼在我们跟前。不过是变了个样儿。眼下敌人使尽手腕,就是想让咱们软下来,想让咱们不革命。我们不能软,遇到什么样的波折也不能软,我们要把革命干到底。……金钱买

---

① 柳青:《美学笔记》,载《柳青文集》第 4 卷,人民文学出版社,2005,第 302 - 303 页。

不了，刀枪吓不倒，苦难挡不住，刀搁脖子不变颜色，永远当革命的硬骨头，不干到底儿不罢休！"

"毛主席，从打我入党那天起，您就教导我：生活就是斗争，为了革命的最终胜利，要把自己的一切都交给党。我一定要斗争一辈子！我们东山坞的人，一定永远听您的话，跟着全中国的人民一道，为咱们的社会主义战斗到底！"①

萧长春的革命激情大多是通过类似的革命话语传达给读者的，内容相对单一；而梁生宝的革命激情更多的是通过带领农民进行实际的劳动生产、在埋头苦干中体现出来的，抒情之中有对党的信任、对生活的思考和对劳动的热爱。

《创业史》的激情最主要体现为创业激情。"创业"是小说《创业史》的核心词汇，柳青将小说名称由《稻地风波》更名为《创业史》即是最有力的证明。读《创业史》我们可以发现，这部书里人物众多、立场各异，但主要人物几乎都有着充沛的创业激情。梁生宝、梁三老汉、郭振山、郭世富、姚士杰、梁大老汉和儿子梁生禄、"铁人"郭庆喜是其中最突出的。柳青在小说初版的扉页写下了"创业难……"的乡谚，"题叙"部分叙述梁三老汉及其父亲为创业发家而拼命奋斗的经历，以及梁生宝早年和继父一起试图个人发家创业的奋斗过程。梁三老汉最大的人生梦想就是创立家业。梁生宝带领农民创了一场轰轰烈烈的社会主义共同富裕大业。同为党员的郭振山虽然对合作化事业不那么热心，但也是勤劳苦干发家创业的人物。甚至连二流子白占魁都不甘落后想加入梁生宝的互助组当干部。《创业史》的这种创业激情在同时期农村题材小说中非常难得。《山乡巨变》中，村干部组织开会的时候人们散漫地打牌聊天。刘雨生虽然对待工作是无私奉献，甚至因忙于工作而被迫离婚，在暴风雨中为了保护农田不顾个人安危跳入

---

① 浩然：《艳阳天（三）》，人民文学出版社，2012，第228页，第249页，第252页，第523页。

第三章 《创业史》

洪水中堵水管差点牺牲生命，但是小说中他的大部分工作状态是停留在做群众的思想工作和开会，缺乏梁生宝的创业精神。性格温和而顾家的李月辉也未涉及创家立业。"中间人物"的典型亭面糊除了生活中的日常劳动外，兴趣爱好就是跟人闲谈喝酒，经常为此而忘记正事儿，从未显示出创家立业的心思。赵树理的《三里湾》描写合作化运动中的平常家庭故事，更像是一部关于乡村家庭内部、邻里乡亲之间的伦理道德小说，王宝全、王申、王玉生、满喜等人物也未涉及创业，不似《创业史》里人物积极进取的激情澎湃。

《创业史》中与创业激情紧密联系的是对劳动的赞美，创业的激情意味着一种强大的生命意志，意味着对生活的热爱与对理想的执着，也意味着人要为此付出艰辛的体力或脑力劳动。小说中多次出现劳动场景，吃苦耐劳是被人们敬重的重要品质。梁生宝在18岁的时候就"已经对庄稼活路样样精通了"，梁三老汉勤俭节约吃苦耐劳。除了梁生宝、梁三老汉，郭振山、郭世富、姚士杰等都是劳动的一把好手，作品对"劳动"的歌颂，甚至表现出一定程度的超意识形态成分。小说几次描写郭振山兄弟劳动的场景：

> 郭振山和他兄弟郭振海，在土场南边的空地上打土坯。彪壮的郭振海脱成了赤臂膀，只穿着一件汗背心，在紧张地打土坯，他哥供模子。兄弟俩准备拆墙换炕，弄秧子粪哩。

> 郭振山和他兄弟振海，在翻身渠西岸插秧。弟兄俩把裤子卷到膝盖以上，并排站在泥水里，倒退着插。他们赤着上身，被日头烤成紫糖色的脊背上，汗水以脊梁骨为分水岭，刷刷地向两边淌着。他们劳动着，用光溜溜的胳膊揩额上的汗珠。①

尽管作者对郭振山只顾个人发家、不热心互助合作持批评态度，但对其劳动的场景仍然不乏赞美之意：

---

① 柳青：《创业史（第一部）》，中国青年出版社，1960，第70页，第459页。

> 劳动是人类永恒的崇高行为！人，不论思想有什么错，拼命劳动这件事，总是惹人喜爱，令人心疼，给人希望。①

富裕中农郭世富也是爱劳动的人，土改时郭世富精神受刺激得了重病，"一个挺爱劳动的人，不知不觉要死了——郭振山觉得怪可惜"②。富农姚士杰也是热爱劳动、精通庄稼活的：

> 姚士杰的劳力是很强的。他眨眼工夫，在后园里整出了种茄子和种辣椒的地，用小锄给韭菜松了土，给两架大葡萄浇了水。③

《创业史》中"劳动"是人们实现创家立业的主要方式，也是创社会主义大业最重要的方式。梁生宝带领互助组成员进山割竹子，所有人都认真努力地劳动，梁生宝体会到："改造农民的主要方式，恐怕就是集体劳动吧？"④ 小说中除了极少数人，几乎所有农民都是爱劳动的，二流子白占魁因为游手好闲受到人们的普遍轻视。"劳动"在《创业史》中是衡量一个农民品质的重要价值标准。

除了"劳动"，《创业史》中还有对人的"善良"和"尊严"等永恒人性道德价值的赞颂。"题叙"中，梁三老汉带回了王氏和宝娃，村民们看见母子二人可怜的样子给予的是同情，"呀呀！可怜的人呀！心疼死了！"⑤ 立婚书后王氏感动地揩眼泪，"所有的人都凄然低下了头，不忍心看她悲惨的样子"⑥。下堡村的村民们是善良的，梁生宝的家人也是善良的。梁生宝为了互助组的事业，将高增福的儿子领回家让母亲帮忙照看，生宝母亲像对待自己亲孙子一样疼爱才娃：

---

① 柳青：《创业史（第一部）》，中国青年出版社，1960，第459页。
② 柳青：《创业史（第一部）》，中国青年出版社，1960，第63页。
③ 柳青：《创业史（第一部）》，中国青年出版社，1960，第155页。
④ 柳青：《创业史（第一部）》，中国青年出版社，1960，第341页。
⑤ 柳青：《创业史（第一部）》，中国青年出版社，1960，第6页。
⑥ 柳青：《创业史（第一部）》，中国青年出版社，1960，第8页。

第三章 《创业史》

　　离开了爹的没娘娃儿怕生,寸步不离这个好奶奶,好像他的小手长在她的衣襟上一样,生宝他妈走到哪里,才娃就跟到哪里。这可怜娃委实使人心疼。生宝他妈想起互助组长这般大时的情景,对才娃更疼爱了。只要她的手里不拿东西,她准用一只手牵着才娃的小手走,好像慈爱的祖母,领着自己的小孙孙一样。①

生宝从母亲那里继承了善良和好心,凭梁生宝家里的劳力,生宝的干练机灵,他也完全可以走单干发家的路,但是生宝"胸怀里跳动着这样一颗纯良而富于同情的心","有啥法子呢?眼看见那些困难户要挨饿,心里头刀绞哩!"② 栓栓因为割竹子受伤,生宝亲自把他背下山,并主动将自己劳动所得全部让给栓栓。改霞喜欢生宝是因为"他的心地善良,他的行为正直和他做事的勇敢"③。小说中还多次写到其他人的善良,如第一部第十三章写任老四"松软的眼皮里,包着一包对高增福同情的眼泪",第一章写他到梁三家劝架时"他肚里一片好心肠在翻滚,就是嘴上不会说话";而这时"十七岁的欢喜在梁三老汉面前蹲下来,把心掏出来安慰"。第二部第二十六章:"好心肠的生茂嫂子帮助急忙的房客擀着面。"即使是郭振山,有时也不乏"好心",虽然这种"好心"往往伴随着杂念,例如对改霞母子,还有,当生宝在他面前表现出委屈时,"他带着领导人的优越感和庄稼人朴素的好心"予以劝慰。与此形成鲜明对比的,是姚士杰、郭世富、梁大老汉和梁生禄的冷酷无情。"善良"或"好心"在《创业史》中其实也是作者臧否人物的标准之一,柳青在小说中的这些描写是受了雨果《悲惨世界》的影响,柳青曾在创作谈中指出雨果的《悲惨世界》"是本写善与恶的书,Jean Valjean 的生活精神对我有很大影响"④。

---

① 柳青:《创业史(第一部)》,中国青年出版社,1960,第 305 页。
② 柳青:《创业史(第一部)》,中国青年出版社,1960,第 142-143 页。
③ 柳青:《创业史(第一部)》,中国青年出版社,1960,第 207 页。
④ 柳青:《转弯路上》,载山东大学中文系编《中国当代文学研究资料·柳青专集》,内部资料,1979,第 9 页。

《创业史》中关于永恒道德价值的另一个关键词是"尊严"。按照马斯洛关于人类需求层次的理论，人在依次满足了生理需求、安全需求、归属和爱的需求之后，进而寻求自尊需求及自我实现需求的满足。"自尊需要的满足导致一种自信的感情，使人觉得自己在这个世界上有价值、有力量、有位置、有用处和必不可少。"①《创业史》中梁生宝、郭振山、梁三老汉、郭世富，甚至白占魁，都表现出比较强烈的自尊需求。

　　郭振山的自尊需求在小说中表现得最为明显。郭振山曾经在土改中是蛤蟆滩威望最高的人物，在活跃借贷中受挫，他感觉到的是自己"威信"的降低，他决定想办法治住郭世富，但是始终没有拿出好的办法。组织的活跃借贷工作失败，使郭振山开始意识到自己过去的威望是"按党的政策办事的结果"②。当他因为把准备买地的部分粮食投资给私商韩万祥开设的砖瓦窑的事被卢支书得知并予以批评后，他一度消沉，在"威信"和"发家"之间徘徊，但最终想到：

> 你怎敢想离开党？要在党！要在党！离开了党，蛤蟆滩的庄稼人拿眼睛能把你盯死！离开党，仇人姚士杰会往你脸上撒尿呀！……一个普普通通的庄稼人，只有在执行党的政策前两年，人们才真正重视起来。离开了党，他就重新只剩下一个高大的肉体，能扛二百斤的力气，和一个庄稼人过光景的小聪明啰！……怎么能为了发家创业想离开党呢？笑话！……③

　　郭振山把"在党"看得高于一切，"在党"对于他来说就意味着保持自己的"威信"，受村里人尊敬，他可以在人们敬佩的目光里获得精神享受。他选择"在党"，首先满足了"归属和爱的需求"，最终是满足了自尊的需求。

---

① 马斯洛：《动机与人格》，许金声、程朝翔译，华夏出版社，1987，第52页。
② 柳青：《创业史（第一部）》，中国青年出版社，1960，第66页。
③ 柳青：《创业史（第一部）》，中国青年出版社，1960，第176–177页。

第三章 《创业史》

梁三老汉也有着强烈的自尊心,他一心想发家创业很大程度上是为了能让自己在村里被人看得起,可以抬起头来做人。他认为"只有像他哥梁大、郭二老汉他们一样创起业来,才能被人尊重"①。小说第一章梁三老汉在郭世富家盖房架梁的仪式上受到蔑视和戏谑,第一部结尾,儿子生宝的互助组取得巨大成功,成立了灯塔农业生产合作社,"灯塔农业社主任梁生宝他爹,穿上一套崭新的棉衣,在黄堡街上暖和而又体面!"老汉感动得落泪:"人活在世上最贵重的是什么呢?还不是人的尊严吗?"梁三老汉因为是"灯塔农业社主任梁生宝他爹"排队打油被人让行,与小说开头被人戏谑正好形成了呼应和对比。最终,老汉"庄严地走过庄稼人群。一辈子生活的奴隶,现在终于带着生活主人的神气了"②。《创业史》不正是一首人性尊严的颂歌吗?

《创业史》并非对所有人的自尊一概而论。郭振山、郭世富、姚士杰、梁大父子们的自尊与梁生宝自尊的不同,在于前者的自尊没有和善良、同情心结合在一起,而在梁生宝的身上这两者是不可分割的。梁生宝的奋斗,他互助创业之路事业选择的内在动因,在于其善良天性和自尊需要的统一。梁生宝四岁跟着母亲来到蛤蟆滩,初来乍到,他的感觉是"害怕",肯定还有自卑。成为在蛤蟆滩地位低下的穷汉梁三的养子,虽有了依靠,但并不能满足他的自尊心。在吕二财东家熬半拉子长工时,因为财东娃将一把脏土撒在碗里而受气,财东说了孩子两句,生宝的父母气平了,教育生宝:"要得不受人家气,就得创家立业。"这件事大大激发了梁生宝创业的斗志。18岁时庄稼活样样精通,从财东家买回小牛犊显示了他出众的胆识,再后来梁生宝当了民兵队长,不久就入了党。梁三老汉劝其退党,过安分守己的庄稼日子,他再次说继父"你那是没出息的过法",而且"口气比那时更大、更傲"。虽然梁生宝看上去沉稳低调,他内心深处却是要过得轰轰烈烈

---

① 柳青:《创业史(第一部)》,中国青年出版社,1960,第36页。
② 柳青:《创业史(第一部)》,中国青年出版社,1960,第494页。

的。梁生宝不是普通的农民,是农民里面少见的具有雄心壮志的杰出人物。他不满足于单干创家立业,带领互助组共同致富,除了他的好心善良,"他觉得只有这样做,才活得带劲儿,才活得有味儿!"① 梁生宝的奋斗确实取得了成功,为自己赢得了尊严,使一辈子受窝囊气的继父挺起了腰杆,使穷人任老四、高增福们得到了温饱和尊重。

"善良""尊严"正是《创业史》关于人性共同的真善美永恒价值的体现。

三、真挚的人伦情感与逼真的"生活故事"

《创业史》中与"善良""尊严"一样感动读者的,还有人与人之间真挚的情感。这里有夫妻之情、血缘亲情、继父子之间的准亲情,有邻里之情,还有同志、朋友之情。让读者印象最深刻也是被评论者提及最多的是梁生宝与其继父梁三老汉之间的父子情,《创业史》将这对父子情描写得真挚感人。梁三老汉刚带回梁生宝时热情地让生宝母亲马上给可怜的孤儿改一条棉裤,梁三"要把孤儿当做自己的亲生儿子一模一样抚养成人",梁三掩饰不住地表示对宝娃的喜爱,"一只树根一般粗糙的大巴掌,亲昵地抚摸着宝娃细长脖子上的小脑袋。他亲爹似的喜欢宝娃"②。立婚书后,梁三听生宝妈称呼他"宝娃他叔",梁三斩钉截铁地更正:"咱娃!""往后再甭'你娃''我娃'的了!他要叫我爹,不能叫我叔!就是这话!……"③ 梁生宝被抓了壮丁,梁三果断地卖掉大黄牛将生宝赎回来。在合作化运动之前,梁三与梁生宝的感情很深,关系是很和谐的。有论者指出小说设定梁生宝和梁三之间继父子的关系,是为了表现合作化运动中不同道路之间的

---

① 柳青:《创业史(第一部)》,中国青年出版社,1960,第88页。
② 柳青:《创业史(第一部)》,中国青年出版社,1960,第4-5页。
③ 柳青:《创业史(第一部)》,中国青年出版社,1960,第8页。

第三章 《创业史》

冲突。"将梁三老汉设置为梁生宝的继父,这样的安排当然是大有深意的,它切断了我们的英雄人物与传统农民的血缘联系,使他能够彻底摆脱传统伦理关系的缠绕。"① 笔者认为柳青的创作出发点未必如此,梁生宝生活中的原型王家斌与其父的关系就是非血缘关系,再者继父子的非血亲关系更加有利于凸显人与人之间的真情,柳青在此未必完全是出于政治阶级因素的考虑来专门设定人物关系的,亲生父子之间也可能会出现两条致富道路的冲突。梁生宝开始组织合作化运动时父子关系产生矛盾,梁三老汉感觉到生宝忙工作的劲头比创立家业的劲头大,内心开始焦虑,于是和生宝妈闹脾气,言语中表现出对生宝行为的不满,但实际上梁三老汉一直没有放弃父亲的角色,也没有做妨碍梁生宝事业的事情,反而替生宝担心。梁生宝进山割竹之前和父亲道别的这段描写读来尤其感人:

> 生宝要进马棚去看看爹。妈拉住他的夹袄袖子。
> "你甭去。"
> "怎?"
> "他难受。你要离家一个月,他替你担一份心。他嘱咐俺:等你回来告诉你,甭惊动他。他说:他独独在马棚里睡到天明,你已经不在家了。他说,他看见你要走,心里说不出的滋味。你就甭惹他难受吧!你忙你的事情去,俺娘俩招呼了他哩!"
> 多么令人心动的父子感情啊!生宝不听妈的话,他一定要进去看看他爹。他要对老人说些孝敬的话,说些有政治思想意义的话,使老人不要替他担心。
> 生宝强走进马棚,秀兰在马棚门口看着。
> 老人睡在小炕上,脸朝着泥墙。生宝走近小炕边,轻轻叫了两声:"爹!爹!"

---

① 李杨:《50—70年代中国文学经典再解读》,北京大学出版社,2018,第140页。

老人不做声。

"爹！爹！"生宝又叫，轻轻推了推。

老人扭过皱纹脸来，睁开眼睛。灵活的眼神表明：他并没睡觉。

"领得进山证哩？"

"领得哩。"

"啥啥都预备好哩？"

"都预备好哩。"

"那么你去，我不阻拦你。你活你的大人，我胆小庄稼人不挡路。单愿你把人手，都欢溜溜地领出山来，谢天谢地。就是这话！"

"爹！你起来，我想和你说几句家务话哩。"

"和你妈说去。我心里头烦，听不进去。就是这话！"

生宝知道他爹的执拗性子，放弃了谈话的意图，心情很愉快地退了出来。①

梁生宝要进山割竹子了，梁三老汉作为父亲，他知道山中的艰难和凶险，对互助组成员内部"心不齐"的关系也充满了担忧，对生宝的离开非常不舍，但是又无法阻止儿子的行动，老汉情绪十分复杂，于是选择避而不见。儿子进来看他，他装睡，简单的关心又带点情绪的语言将老汉的内心世界淋漓尽致地展现出来，生宝也领会了爹的心境，知道爹的性子，最后心情愉快地走了。梁三老汉尽管对儿子的工作有些意见，但是细细读来，作品中充满了对生宝的关心，最后梁生宝的事业取得了成功，梁三老汉更是发自内心地感到自豪。梁生宝出于一个儿子对父亲的深度信任也并不觉得他爹对他干工作有意见这事儿十分严重。生宝对父亲充满了感情，"谁说

---

① 柳青：《创业史（第一部）》，中国青年出版社，1960，第252-253页。

第三章 《创业史》

俺爹的坏话,我心里疼嘛"①。灯塔农业生产合作社一成立,梁生宝就赶紧给爹缝上全套新棉衣,老汉也感动得落泪。这种不是亲生父子胜似亲生父子的关系更能够感动读者,使人体会到一种超越于普通血亲关系之上的高尚情感,在剥离了意识形态的外壳之后,作品仍然具有强烈的艺术感染力。随后的"革命样板戏"《红灯记》将《创业史》中的非血缘亲情关系展现到了一个极致,李奶奶、李玉和、铁梅组成革命家庭,一家三代三口的非血缘亲情感人至深。李铁梅在刑场上对养父唱出的"十七年教养的恩深如海洋"催人泪下:在腥风血雨饥寒交迫中,含辛茹苦把一个与自己无血缘关系的未满周岁的女孩抚养成人,这是什么样的感情!而把自己养大的义父就要悲壮地永远离开,这是什么样的感受!

《创业史》中梁生宝家庭亲情关系除了生宝父子的感情,还有动人的母子之情、母女之情,以及梁三老汉和王氏的夫妻之情。除此之外,高增福与儿子才才之间的父子感情,以及他们与生宝家的邻里之情,改霞与秀兰的同学之情,生宝与有万的同志兼兄弟之情,甚至还有郭振山的妈和姚士杰的妈对儿子的爱。这些人物之间的感情都是值得读者细细体会的。柳青在小说中对人物关系情感的描写入情入理,真实感人。生宝的母亲"早年是一个贤良的婆娘,现时是一个慈心的妈妈"②,面对女儿秀兰即将离家去未来的婆家,母亲内心不舍,"妈给你梳头吧!""给秀兰梳头的时候,眼泪从她皱纹包围的眼眶里,流了出来。秀兰不是一天长成这么大闺女的啊。……秀兰从来也不曾离开过妈,现在要离开一下妈了。"③ 这种寻常人家女儿临行之时母女之间依依不舍的惜别情景,柳青进行了细腻的描摹,强大的艺术感染力使读者潸然泪下。小说中类似的生活场景俯拾皆是,给读者营造了一种真实感,使《创业史》成为一部生动鲜活的"生活故事"。

---

① 柳青:《创业史(第一部)》,中国青年出版社,1960,第236页。
② 柳青:《创业史(第一部)》,中国青年出版社,1960,第242页。
③ 柳青:《创业史(第一部)》,中国青年出版社,1960,第295页。

路遥说:"像《创业史》第二部第二十五章梁大和他儿子生禄在屋里谈话的那种场面,简直让人感到是跟着这位患哮喘病的老头,悄悄把这家人的窗户纸用舌头舐破,站在他们的屋外敛声屏气所偷看到的。"[1]《创业史》的细节极为逼真,是一部经得起细细品味的小说。

柳青对细节有详细真实的阐述:

> 细节的真实就是生活的真实,就是作品关于人与人、人与物、物与物、时间和空间的关系的描写真实,关于行动、言语、景色、音响等等客观事物在人的生理上和心理上反映的描写也真实。真实就是逼真,就是入情入理,使读者感觉到作品里所写的一切,如像现实生活里真正发生过的事情一样,令人那么愿意接受,简直找不出什么漏洞来。[2]

《创业史》确实做到了如上所述的真实感,小说中景色、人物、时间、空间都高度地融合,严丝合缝,值得读者认真揣摩。小说第一部第二十九章,白占魁想要加入梁生宝的互助合作组,梁生宝想将其纳入时遭到周围的人反对,于是梁生宝去找郭振山请示。到了田间地头:

"怎样?"郭振山的鼓眼珠子盯着生宝难受的样子,先开口笑问,"这回在山里头,捞了不少款吧?"

生宝以一个下级和晚辈应有的谦逊态度,很尊敬地说:

"挣得不少!解决了贫雇农的春荒和肥料问题儿。"

"你自己一点也没捞得啥吗?嘿嘿!全是为贫雇农吗?嘿嘿!……"

生宝觉得口气不对味儿,但他还是强笑说:

"当然,我的肥料问题儿也解决了……"

---

[1] 路遥:《柳青的遗产》,载《路遥文集》第5卷,人民文学出版社,2005,第352页。
[2] 柳青:《美学笔记》,载《柳青文集》第4卷,人民文学出版社,2005,第277页。

第三章 《创业史》

"对!这样说话好!说啥要说全面!甭把自己说成全是为了贫雇农!那么,旁人全是为自己吗?"

年轻的生宝低下了头。唉!自己说话方面太欠缺了。可他心里并没有暗射代表主任的意思啊!教训!教训!往后说话,可得注意。①

这段对话郭振山以自己头脑中已经形成的自私意识在跟梁生宝对话,并将自己摆在领导和长辈的位置。梁生宝呢?是以下级晚辈的姿态在回话,以梁生宝的善良老实他还在不断地反省自己的行为。接下来,

郭振山两只大手互相搓着手上的泥,咄咄逼人地教训说:

"小伙子!整整一春天,你可没参加一回党的会啊!"

生宝有点不安,说:"郭主任!你看,头一回,我在县里参加互助组长代表会;二回,我去郭县买稻种哩;三回,我在终南山里割扫帚去了。……"

"假也没告嘛!"

"我想不到恰恰我不在时光,党里头开会……"

"你应当想到!嗯!你应当想到!为啥呢?难道党能一春天不开会吗?入党的时候,给你说得清楚:交党费、参加党的会,是党员的义务!"

生宝没话说了。他脸上很灰,更难受了。啊呀!一个人的缺点,总是过后逐渐才被自己发现了!当他热衷于一个严重的困难事业的时候,他竟然完全忘记了正常的组织手续了。荒唐的年轻人啊!……他恨死了自己!为什么呢?为什么每一回走的时候,不去告诉党的小组长呢?这是一个明显的错误!是仅仅因为年轻吗?不是的。不能自己原谅自己!必须从思想上挖根子。……他

---

① 柳青:《创业史(第一部)》,中国青年出版社,1960,第460页。

想到这里,难受得简直要掉眼泪。他恨自己不老练!他警惕自己:万万不要大意!要注意不和郭振山把关系搞僵!……

"振山同志,我错了。"生宝的眼睛湿润了,声音很低,颤抖着。

郭振山满意地笑一笑。①

郭振山利用自己代表主任的身份拿党的威严给梁生宝施压,作为对党无比忠诚的梁生宝认识到自己的错误,内心不停地责怪自己,他却没有想到郭振山内心的阴暗面。善良单纯的梁生宝内心无比悔恨,年轻人认错了,于是郭振山的领导人的优越感得到了极大满足,内心非常得意。接下来,梁生宝向郭振山请示白占魁入互助合作组的事情,没想到郭振山毫不留情地责怪梁生宝:"你为了凑够八户,充好汉,从互助组那面给他开后门吗?"梁生宝被说得"心全凉了",似乎也觉得自己有点"前进心切",于是感激地跟郭振山表示不收了,却没想到:

郭振山见生宝非常地听话,他那股喜欢教训人的恶习,又失掉了改霞不理他以来的自制。他相当关怀地说:

"生宝同志啊!你要学稳当一点啰。站稳了一步,再跨一步。你想当劳动模范,要慢慢来嘛。甭太急!你想上省、进京,和毛主席见面吗?太年轻哩!准备上十几年。太急了办不到,还要栽跟头!咱一个村人,我好心好意才给你说这话。旁人谁给你说这话?你明白了吗……"

几句话说得服服帖帖的梁生宝,一下子怒火冲天了。②

由此,梁生宝彻底对郭振山反感了,惹得梁生宝"咬着牙,抿着嘴,两鼻孔喷火,肚里发呕,想不起来再和这位前辈庄稼人说什么话。……支支吾吾和郭振山告别了"③。之后,生宝明确感觉到:"他和郭振山之间,存

---

① 柳青:《创业史(第一部)》,中国青年出版社,1960,第461-462页。
②③ 柳青:《创业史(第一部)》,中国青年出版社,1960,第463页。

第三章 《创业史》

在着相当程度的斗争。"他想到的应对办法是"决心以互助合作的成功，促使郭振山认识自己的错误"。他想："他对郭振山毫无畏惧！迫不得已的时候，他准备着和他正面冲突。"① 接下来生宝去请示支书时"闭口不提他请示过郭振山，更不提郭振山说了什么"②。

柳青的这段描写可谓做到了入情入理、形象生动，一方面，郭振山的性格得到充分显露；另一方面，梁生宝作为年轻人相对单纯老实，但是处事又是沉稳的，对事理能清晰分辨，在悟出事情原委之后，采用的也是正当合理的方式来处理，一个经过历练成长的年轻人形象展现在读者眼前。这段情节其实是日常人际关系中常会发生的情况，非常生活化。柳青通过人物对话和心理描写充分展现了人心的微妙、人际关系的复杂性，对人性的刻画非常到位。改霞和郭振山的关系也是经历了一个微妙的变化过程。天真无邪的改霞认为郭振山是正派的，从心底里感激他对自己兄长般无私的关心和培养，直到经历了进城考工人事件，改霞才意识到自己的幼稚和对郭振山的痴迷。"啊呀呀！代表主任哪！郭振山哪！你整个春天给咱改霞灌输的崇高思想，是不是夹杂着庸俗的想法呢？"接下来柳青的议论非常到位：

> 有丰富生活经验的人，当然凭理性可以判断旁人的意见对不对，对到什么程度，或不对到什么程度。可惜改霞没有丰富的生活经验，她就只好靠感性了。由思想上的惯性产生了天真的信任，只有感觉到的事实，才能证明她值不值得那么信任郭振山！③

柳青真实地道出了现实生活中年轻人单纯的心理状态和逐渐成熟的过程。改霞由天真地信任郭振山到后来意识到郭振山不是那么无私的用心，然后选择疏离，这一过程中细节描写和心理描写非常逼真、合情合理，郭

---

① 柳青：《创业史（第一部）》，中国青年出版社，1960，第464页。
② 柳青：《创业史（第一部）》，中国青年出版社，1960，第465页。
③ 柳青：《创业史（第一部）》，中国青年出版社，1960，第375页。

振山和改霞母女的关系变化也非常自然,完全是日常生活化的描写。没有剑拔弩张的阶级矛盾冲突,没有戏剧化的你死我活的斗争,就是真实自然的"生活故事",宏大历史的潮流潜伏于日常平凡的人物和故事表面之下。这种细节的逼真和真实感来源于柳青长期对生活的认真观察、对创作技巧的不断领悟学习,以及写作中的精雕细琢、坚持不懈的艺术提升。

四、为创作而"深入生活"的极致

柳青是坚定的延安文艺思想的践行者,他的毕生心血几乎都灌注在深入生活并进行文学创作中。他是延安文艺思想成功实践的典范,柳青不仅为了创作而深入体验生活,而且对生活与创作的关系有非常透彻的领悟,形成了自己的文艺观。他将这种文艺创作思想应用到小说创作中,使作品达到了"十七年"革命现实主义文学的艺术巅峰。

柳青定居皇甫村14年实现了为创作而"深入生活"的极致。毛泽东《在延安文艺座谈会上的讲话》提出:"革命的文学家、艺术家,有出息的文学家、艺术家,必须长期地、无条件地、全心全意地到群众中去。"[①] 新中国大量的文艺工作者深入基层体验生活,创作农村农民题材的作家周立波、赵树理、孙犁等均到农村体验生活。但是柳青参与农村实践的方式,以及在皇甫村的扎根深度和参与合作化运动的程度是旁人很难达到的。从定居地点的精心选择、政治身份的明确定位,到参与领导合作化运动实践,再到各种压力环境之中的坚守,柳青将自己完全"浸泡"在了农村实践运动之中。

柳青最终确定在皇甫村中宫寺定居是经过精心选择的,选择定居地点考虑的主要因素是有利于体验生活、了解农业合作化运动、有利于创作。

---

① 柳青:《美学笔记》,载《柳青文集》第4卷,人民文学出版社,2005,第271页。

第三章 《创业史》

1952年柳青离开北京回到西安,开始选择自己创作的生活根据地。为方便深入生活又不能太过偏远,既能及时掌握国家形势发展又能避开干扰,柳青决定在西安附近落户。根据中共中央西北局领导的建议,柳青在西安附近的泾阳县、三原县、高陵县、户县等地查看,本打算落户泾阳,西北局宣传部部长张稼夫建议他去长安县,因为长安县离西安更近,到西安参加活动更方便,于是柳青最终决定将家安在长安县。柳青落户长安县后,开始住在韦曲镇长安县委大院,暂时担任县委副书记,分管互助合作工作。在这段下基层过渡时期,柳青就已经开始深入基层投入到合作化运动的实际工作中了。11月,柳青与工作组一起到王莽村,帮助建立了第一个试点初级农业生产合作社,但是不久之后由于各种复杂的原因宣告失败。与此同时,柳青得知皇甫村刚刚入党的王家斌领导的互助组近一年了,竟然很好地坚持了下来。柳青认为应该尽快参加农业改造的实际过程,他要去深究原因:为什么王家斌的互助组近一年始终没散?怀着急切的心情,柳青最终落户在了皇甫村。1953年开始暂时住在常宁宫,1955年定居中宫寺。中宫寺"是柳青为自己创造的一个生活和创作兼顾的'王国'"①。中宫寺不在村中,位于皇甫村的旁边,与皇甫村保持了一定的距离但又不是太远,一方面柳青可以随时了解村里的情况,另一方面保持距离又有利于他思考和写作。柳青和马葳一起将中宫寺打造成了一个生机勃勃的小院,准备作为后半生的安顿之处,长居于此生活和写作。

柳青在皇甫村积极热情地参与了合作化运动。他既是一个作家,又是合作化运动的领导者和指导者。柳青的作家身份意识非常清晰,参与合作化运动的根本目的是为了创作。在长安县皇甫村,柳青就是一个为创作而"深入生活"的作家。柳青表示:"我已经下了决心,长期地在下面工作和写作,和尽可能广大的群众与干部保持永久的联系","我今后作品的数量

---

① 邢小利、邢之美:《柳青年谱》,人民文学出版社,2016,第146页。

和质量,将表现我的决心是否被坚持了"。① 1952年柳青在下基层过渡时期任长安县县委副书记,后来定居皇甫村深入生活的问题得到解决,县委副书记的职务成了负担,柳青很快就辞去了县委副书记的职务。为了查看文件和到各处深入调研的方便,柳青只保留了长安县县委的名义。1953年他曾经写完一部反映老干部在新中国成立后的思想问题的长篇小说,但是一旦全国上下轰轰烈烈的合作化运动掀起,柳青就马上放弃了这部小说,重新调整写作计划,以全部的热情投入到合作化小说《创业史》的创作中。

为了写作《创业史》,柳青紧跟时代步伐,近距离地观察、描写生活。为了得到真实的写作素材,了解本地历史,柳青奔波在熟悉本地历史的老人中间。为了解饲养员情况,柳青亲自去饲养室观察,与农民打成一片。有时晚上十一点或半夜两点,柳青想起问题了,突然来到农民家里,叫醒老人问东问西,得到答案之后就走。柳青在中宫寺的家中每天上午闭门阅读写作,下午两点以后"看刚来的报纸、近期的杂志和读者来信,听区乡干部汇报情况,商量工作。不时有农民来,和他说说生产,有些家长里短、矛盾纠纷请他帮助解决,有人开玩笑说他这里是纠纷调解站"②。柳青尽可能地深入群众,实际参与合作化运动的具体工作。他亲自指导合作化运动,帮助解决合作化运动中出现的困难和问题,了解干部工作实际情况和农民的生活生产状况。为了了解统购统销工作,柳青到粮市上观察卖粮食的富裕农民,甚至装扮成粮客与牙家谈生意。柳青的实际参与和实地观察、深入合作化运动的过程,为写作《创业史》积累了丰富的素材,小说中的人物几乎都能在现实生活中找到原型。

---

① 邢小利、邢之美:《柳青年谱》,人民文学出版社,2016,第148页。
② 刘可风:《柳青传》,人民文学出版社,2016,第165页。

第三章 《创业史》

五、经典形象的双重塑造：柳青与王家斌

梁生宝是《创业史》的核心人物，柳青为这一形象的塑造投入了大量心血。众所周知，梁生宝现实生活中的原型是皇甫村的王家斌。柳青对梁生宝形象的塑造与其他人物形象塑造的不同之处在于，柳青不是简单地选取现实生活中的王家斌的事迹进行艺术拔高，而是在现实生活中对王家斌进行了指导和培养。柳青是按照合作化运动理想的领导者标准在指导王家斌的工作，以经过培养提高的王家斌形象为原型来进行进一步的艺术加工，最终完成梁生宝形象的艺术刻画。通过培养现实中的王家斌来塑造艺术形象梁生宝，这一过程其实是文学创作中罕见的经典形象的双重塑造。

梁生宝是具有典型性格的典型人物形象。柳青对典型性格和典型形象的理解是：

> 人物的社会意识的阶级特征、社会生活的职业特征和个性特征，互相渗透和互相交融，形成了某个人的性格，就是典型性格。三种特征不是混合起来，而是活生生地结合起来，成为一个活的人，就是典型。没有阶级特征不能成为典型，没有职业特征也不能成为典型，没有个性特征也不能成为典型。三种特征高度结合，就具有充分的典型性。①

按照柳青对典型性格和典型形象的阐释，我们来看梁生宝形象：梁生宝是一个互助合作化运动的党员领导者。他的政治思想是属于典型的先进共产党员思想，对党无比的忠诚和信任，"有党，咱怕啥？"梁生宝忠于党和人民，贯彻党中央的方针政策带领大家走社会主义共同致富的道路是他的职业宗旨，他的个性特征带有农民身份特点的热爱劳动和纯朴，还有属

---

① 柳青：《美学笔记》，载《柳青文集》第4卷，人民文学出版社，2005，第278页。

于他个人性情的行为正直、做事勇敢、善良好心。梁生宝这个人物形象综合了阶级特征、职业特征和个性特征三个方面，显然是超出现实之上的典型形象。对比现实生活的原型王家斌，梁生宝的很多特征是王家斌本来具备的，柳青直接取材，比如梁生宝的家庭关系直接来源于王家斌的家庭背景，梁生宝埋头踏实苦干、舍己为人的精神也来源于王家斌。但是王家斌毕竟离理想人物梁生宝还有一定的距离，所以柳青对其进行改造：一边在具体的互助组工作中对王家斌进行培养，同时在此基础上通过艺术加工对人物形象进行提升，进行着生活和艺术的双重改造。

柳青因为听说王家斌的互助合作组在周围互助组纷纷失败的情况下坚持了近一年时间，于是落户皇甫村开始了与王家斌的接触。柳青到皇甫村后经常在村里给党员、团员、村干部和积极分子讲互助合作课本，王家斌就是其中的一员听众。柳青的互助合作课对王家斌起到了重要的启发作用，王家斌每节课都到堂听，并且想请柳青帮助解决他的互助组的实际问题。当其他互助合作组都宣告失败的时候，王家斌当组长的重点互助组进行水稻密植实验丰产了，创造了全区的丰产新纪录。柳青开始对王家斌密切关注，并参与到他的互助合作组工作中，为王家斌出谋划策，进行政策指导同时帮助他解决实际困难。柳青帮助王家斌对互助组成员进行思想教育工作，王家斌互助组进山割竹子之前，柳青和干部们一起联系信用社的贷款，做进山的组织和安排。王家斌到眉县买新稻种，回来以后育秧和插秧，柳青经常到田间去，随时帮助他们解决出现的问题。王家斌的互助组发展得好，有十几户人家要加入，王家斌去请示柳青，在柳青的指导下，决定开展扩社工作。王家斌在工作中受到柳青的重要影响，甚至在听取柳青开会时的一些具有政治意义的讲话后，他也"开会讲话、批评人、和人谈话、商量事，开口闭口'政治意义'，常引起人们善意的笑"[①]。生活中，柳青

---

① 柳青：《王家斌》，载《柳青文集》第4卷，人民文学出版社，2005，第135页。

还教育王家斌当个干部有哪些要求:"不能用公家的钱……办事要公道……你处理问题一时说不通,要有耐心,把道理讲清楚,要以理服人。……做一个干部,千万不能在男女关系上有问题。……人要学个好人,要有坚强的意志……"① 柳青按照理想的农村党员干部形象要求培养王家斌,柳青教育王家斌的这些方面也恰好是小说中梁生宝的品格闪光点。

在柳青的精心指导和积极参与下,王家斌领导的胜利农业生产合作社的工作有组织、有计划地进行,第一年秋天取得了粮食生产大丰收。王家斌"在镇上赶集,有人说:'王家斌!'有人就问:'哪个是王家斌?'撵上看他,但从他的形样上什么也看不出:他只是一个平凡无奇的人"②。这仿佛就是《创业史》第一部梁生宝领导的灯塔农业生产合作社建成后,小说结尾场景的现实生活版。

王家斌接受柳青的教育和指导,从内心深处崇敬柳青,柳青也经常被王家斌的工作精神所感动。王家斌在领导胜利农业生产合作社的过程中逐渐历练成熟,他的"阶级觉悟和谦逊的性格,他的远大志气和宽宏的度量"③ 影响着柳青。1964 年"社教"运动中,王家斌受到不公正待遇,柳青对其进行保护。"文化大革命"中柳青和家人受到迫害,王家斌在春节赶到柳青家中救助其家人。1990 年 6 月 13 日,柳青《创业史》梁生宝的原型王家斌去世,与 1978 年去世的柳青同月同日。

六、不懈的艺术追求与未完成的写作

在"十七年"文学作家中,柳青的艺术功底是比较扎实的。他在写作实践中不断学习探索艺术创作规律,形成了自己的文艺观:"三个学校"(生活的学校、政治的学校、艺术的学校)、"六十年一个单元"的创作观,

---

① 刘可风:《柳青传》,人民文学出版社,2016,第 139 页。
②③ 柳青:《第一个秋天》,载《柳青文集》第 4 卷,人民文学出版社,2005,第 130 页。

生活真实和艺术真实的关系，等等。柳青的写作是建立在对生活进行深入观察和思考的基础上的，学习文学创作的同时在写作实践中探索艺术规律，不断追求艺术完美的过程。

《创业史》的创作经历了长期的艺术积累、精心构思、反复修改的过程。柳青在写作《创业史》之前已经有了较好的创作基础，早在20世纪30年代柳青就已开始文学创作和文化宣传工作，1947年出版的《地雷》是柳青刚刚踏上文坛创作的短篇小说集。1947年修改完成的第一部长篇小说《种谷记》和1951年完稿出版的长篇小说《铜墙铁壁》为《创业史》的写作打下了重要基础。《种谷记》截取一个小村庄，展示共产党和民主政府在实行减租政策之后，如何号召组织变工队发展生产，小说对这一过程中各种人物的思想和行动描写比较细致。写作《种谷记》时最大的难度是组织故事和结构情节，柳青对人物设置、章节衔接和转换做了几十次的调整。柳青对陕北农村生活的熟悉，对农民心理和性格的细致观察，已经在《种谷记》中通过真实生动、幽默风趣的细节描写展现出来。1951年，作家周而复就《种谷记》发起了一次座谈会，人们的批评多于赞扬，对小说的情节、结构、人物描写等方面提出批评，这些评论给柳青很大的触动，甚至一度怀疑自己的写作能力。巴金和叶圣陶的评论鼓舞了柳青，巴金认为："《种谷记》是作者独立处理题材，独创的结果，无论它的水平高低，都是一个好的开头。"叶圣陶说："柳青的《种谷记》就像一列没有车头的漂亮的列车。"① 叶圣陶的话让柳青懂得了自己还不会架构长篇小说，主题的确立、人物的布局、情节的发展、细节的详略等方面还需要学习提高，于是在《铜墙铁壁》中，柳青着重在这些方面下了功夫。1951年完稿的《铜墙铁壁》在文坛取得了一定的成功，小说在结构和语言方面有了提高，基本实现了以人物带动故事内容，当然在人物塑造等方面还存在一定的缺憾。

---

① 刘可风：《柳青传》，人民文学出版社，2016，第106页。

第三章 《创业史》

江青试图让柳青参与将小说改编成电影剧本《沙家店粮站》的工作，但是柳青想回陕西农村安家落户，参加农村社会主义改造的全过程，为写作《创业史》做准备。

1953 年柳青写《创业史》的想法初步形成，最初计划写四部。1954 年春开始写作，年底《创业史》第一部初稿完成。1954 年同为陕西作家的杜鹏程的长篇小说《保卫延安》的出版取得巨大成功，给柳青极大的刺激和促进。柳青分析杜鹏程写《保卫延安》成功的原因：

> 一个是杜鹏程始终生活在战斗中，小说是自己长期感受的总结和提炼，所以有激情；一个是写作时间长，改写次数多，作者一边写一边读了很多书，使写作的过程变成了提高的过程。①

柳青对杜鹏程的这两点分析正是他自己在写作《创业史》中非常注重的两点。柳青写作《创业史》第一部用了六年的时间，从头至尾写作四遍，主要是以主人公为中心，从典型化、整体结构和情节描写三方面反复修改不断提升。《创业史》第一部初稿写了二十四章，围绕互助组的成立和发展展开矛盾的主要事件都已经出现了，人物大约有 27 个，名称与后来的修改稿有所不同："梁三老汉叫杨永泰，梁大老汉叫杨永明，梁生宝叫杨生斌，欢喜叫任子广，白占魁叫薛得胜，姚士杰叫姚士林，徐改霞叫舒淑霞，梁秀兰叫杨秀兰，韩培生叫韩志杰等等。"② 这一部初稿是柳青在农村生活刻苦钻研生活和作品的结果，小说基本的主线清晰，细节真实，人物心理活动和个性丰富鲜明，与之前的《铜墙铁壁》和《种谷记》相比，显然是全新的更高层次的作品。虽然如此，但是柳青认为第一稿远未达到自己的要求。"我发现许多古典名著运用一个共同的手法，就是每个章节从一个人物的角度来发展情节和描写细节。我不会运用这种手法，虽然我从写《种谷

---

① 邢小利、邢之美：《柳青年谱》，人民文学出版社，2016，第 43 页。
② 刘可风：《柳青传》，人民文学出版社，2016，第 159 页。

记》时懂得这种手法，但是一动笔就感到我对自己所写的人物不熟悉，达不到用人物的眼光和心情感受事物的熟悉程度。"① 在阅读文学经典和文艺理论，不断钻研写作技巧的过程中，柳青对小说人物"对象化"等写作技巧有了更深的体会，写作水平不断提升。1956年写作第二稿时加入了全新的第一章，对全书的矛盾由来做了交代，就是成书后的"题叙"。第二稿人物的心理活动更加丰富，性格特征更加突出，语言方面方言土语减少，人物名称进行了更改，出现了成书后的梁生宝、徐改霞等。柳青仍然不满足于此，进一步体验生活钻研写作技巧，在经历了艰难的艺术探索之后，1958年柳青开始第三稿的写作。这一次小说在艺术方面有了全新的突破，柳青在写作时终于找到了进入人物角色的感觉，用人物来带动故事情节发展，第三稿人物鲜活起来了，与最后的成书比较接近了。经过进一步的修改，1959年4月，终于完成了第一部，起名叫《稻地风波》，在《延河》月刊上连载，8月改名为《创业史》。

随后，柳青开始了第二部的写作。柳青原计划1964年写完第二部，1965年出书，当时的"社教"运动打乱了他的写作计划，尽管如此，到1965年柳青《创业史》第二部的写作已经接近尾声。但是1966年开始的"文化大革命"使柳青被迫彻底搁置写作计划。柳青被打成"黑作家"，《创业史》成了"大毒草"，《创业史》的手稿在抄家过程中被拿走（第一部手稿被陕西师范大学拿走，第二部手稿被作协拿走，好在后来书稿失而复得），柳青被迫搬家离开皇甫村，柳青的爱人和助手马葳被迫害致死。柳青本人经历了"文化大革命"的迫害，本来带病的身体状况极其糟糕。1972年，柳青莫须有的历史问题被查清，恢复了自由身份，柳青开始考虑动笔写作《创业史》第二部未完成的部分。但是此时由于人民文学出版社来信要求他修改《铜墙铁壁》，准备再版，《创业史》第二部的写作被暂时搁置

---

① 刘可风：《柳青传》，人民文学出版社，2016，第160-161页。

第三章 《创业史》

下来。柳青一直未放弃完成《创业史》写作的心愿,希望一旦有条件就要再回到皇甫村去。终于,柳青在1974年再次搬家到离皇甫村仅十五里的地方。此时的柳青一边治病,一边开始对《创业史》第一部进行较系统的修改,后来柳青身体极其虚弱,住院治疗已经完全无法正常写作。1978年6月13日,柳青走完了62年的人生,给世人留下的是一部未完成的《创业史》。

关于柳青最终未能完成《创业史》的原因,除了上述柳青身体病痛和"文化大革命"的干扰迫害等客观现实情况之外,有评论者做了进一步分析,认为"形势的发展和变化,具体说就是农村的社会现实和农村的生活现实后来的发展和变化,完全超过了柳青关于这部作品原来的构想包括想象"①,也是《创业史》难以为继的重要原因。笔者认为这个观点有一定道理,但也未必如此。因为柳青是忠于现实的作家,第一部的结局小说直接引用了1953年中央关于合作化的文件,中央由计划的十五年过渡到社会主义迅速变成立即建设农业生产合作社,柳青对于此部分的描写是完全忠于现实的,第二部同样根据现实描写了合作社的巩固情况。如果柳青能够有时间完成四部,他将依据现实"批判合作化运动怎样走上了错误的路"②,并非是农村的社会现实变化他就无以为继。柳青对于《创业史》的写作是有总体计划的,他之所以在第一部结局保留两段1953年的政策文字,"是为我第四部留下一个'口'","我写第四部要看当时的政治环境,如果还是现在这样,我就说得隐蔽些,如果比现在放开些,我就说得明显些"③。不仅如此,柳青对后续的具体情节也有一定的安排,比如第四部郭振山和姚士杰变成了朋友,姚士杰与素芳的关系暴露,王亚梅对杨书记逐渐产生了感情等。可见,如果现实客观条件允许,以柳青执着的精神,他仍然会完成四部的《创业史》。

---

① 邢小利、邢之美:《柳青年谱》,人民文学出版社,2016,第152-153页。
②③ 刘可风:《柳青传》,人民文学出版社,2016,第397页。

七、《创业史》的出版与传播

《创业史》两部的出版都是先在期刊连载,后由中国青年出版社重点推出,其出版过程相比较《青春之歌》等其他"红色经典"的出版是非常顺利的。1959年4月,《创业史》第一部《稻地风波》在《延河》4月号连载,8月号开始小说题名改为《创业史》。《延河》一直刊载到11月号结束。《延河》杂志曾刊登过《红岩》《红日》等经典小说,在当时被雅称为"小《人民文学》"①,而柳青又曾经是《延河》的创办者和主编,所以《创业史》首先在《延河》刊载不足为奇。1959年11月《收获》第6期全文刊载《创业史》第一部。《收获》杂志的主编是靳以和巴金,在当时文坛的影响力远大于《延河》,《创业史》在《收获》的刊载说明小说受到了巴金等人的肯定,此次刊载极大地增强了《创业史》在文坛的影响力。1960年6月中国青年出版社出版了《创业史》第一部单行本,还同时出版了布面精装本和纸面精装本上、下册,第一版第一次印刷十万册。中国青年出版社是将《创业史》作为重点图书推出的,不惜工本,"专门请黄土高坡的画家蔡亮为该书作插画"②,增加读者的阅读兴趣。《创业史》第一部一经出版就供不应求,出版社每天接到好几个电话要求额外供应此书。1960年10月,《创业史》第二部上卷开始在《延河》10月号连载,12月《上海文学》刊载《创业史》第二部的片段《入党》。1961年1月,《创业史》第二部的第二、三章在《延河》1月号刊载,5月《延河》4、5月合刊刊载《创业史》第二部的第四章和第五章,第六章和第七章刊载于《延河》10月号。随后,由于政治运动和"文化大革命",《创业史》第二部的刊载和

---

① 张军:《流动的经典:对柳青及〈创业史〉接受史的考察》,山东人民出版社,2012,第10页。

② 黄伊:《编辑的故事》,金城出版社,2003,第9页。

第三章 《创业史》

出版被迫搁置，直到1977年，中国青年出版社的编辑王维玲才和病重的柳青商议出版了《创业史》第二部上、下卷。1978年2月《延河》连载《创业史》第二部下卷第十四、十五章，3月《延河》连载《创业史》第二部下卷第十六、十七章。4月，柳青在致王维玲的信中表示因为身体原因第十八章写不下去了，只好暂停。1978年6月柳青病逝，10月开始《延河》陆续发表柳青《创业史》第二部下卷的十一章一稿，每期刊发两章，至1979年第3期刊完。

柳青的《创业史》之所以能够顺利刊发和出版，与柳青当时在文坛的地位有关。柳青是中国作协的专业作家，曾经担任过《延河》的主编，《种谷记》《铜墙铁壁》等作品在新中国文坛已经具备了一定的影响力，再加上小说互助合作化运动的内容符合主流意识形态，所以《创业史》计划创作之时即得到官方支持，一旦完成就可以直接刊发和出版。当然，最根本的原因还在于《创业史》的高品质艺术水准。柳青本身就具备了深厚的文学修养，写作过程中自我要求也是非常严格，《创业史》第一部经历了长达六年的反复修改和提高，艺术境界达到了非常高的层次。因此，《创业史》一旦完成即可出版，并受到读者热烈欢迎，不存在其他"红色经典"出版难，或需要编辑参与创作和修改才能出版的情况。

《创业史》的传播路径跟大部分"红色经典"类似，也是官方认可、报刊宣传、座谈会、读者来信、评论家评论等形式。官方对《创业史》进行了高度肯定，可贵的是，盛名之下柳青始终坚守自己作家的创作身份，不追求个人名利，不主动迎合媒体宣传，采取的是超然态度。1960年，《创业史》出版后不久即在第三次文代会上被多位领导在报告中作为典范大力表扬。中宣部副部长周扬在《我国社会主义文学艺术的道路》报告中两次提及《创业史》，将《创业史》与已经成为经典的《红旗谱》《青春之歌》《红日》《林海雪原》等作品并列，称赞"《创业史》深刻地描写了农村合作化过程中激烈的阶级斗争和农村各个阶层人物的不同面貌，塑造了一个坚决走社会主义道路的青年革命农民梁生宝的真实形象"①。茅盾也在报告中多次赞扬《创业史》，指出"人物塑造的方法是体现了革命现实主义和革命浪漫主义相结合的精神的"②。文代会期间，周恩来总理专门与柳青进行了亲切交谈，询问他在皇甫村搞农业合作化运动的情况。毫无疑问，柳青及其《创业史》成了第三次文代会的焦点，他在会上做的书面发言《谈谈生活和创作的态度》分别刊载在《延河》1960年第9期和《文艺报》1960年13-14期合刊上。

《创业史》被官方确立为文学经典的同时，报纸杂志纷纷刊载《创业史》的文学评论。1959年《创业史》在《延河》和《收获》刊载时，《延河》《光明日报》《北京日报》《人民文学》等先后登载了文学短评和推介文章。1960年《创业史》在中国青年出版社出版，尤其是第三次文代会之后，全国各大报刊掀起了报道和评论《创业史》的热潮。《人民日报》《光明日报》《中国青年报》《文艺报》《文汇报》《陕西日报》《西安日报》《羊城晚报》等纷纷发表关于《创业史》的文章，甚至在全国范围发起了"学习梁生宝"的口号。在报刊口号的宣传下，全国读者受梁生宝英雄形象的强烈感染，读者来信纷至沓来。读者来信被刊登在报刊上用来宣传《创业史》的影响力和受欢迎的程度。《延河》曾经刊载过《〈创业史〉读者意见综述》和柳青的《关于〈创业史〉复读者的两封信》。报纸和杂志宣传的同时，座谈会、文学评论也同时展开。作协、期刊社、大学等机构纷纷组织座谈会，座谈会有普通读者参加学习的，也有专业性的文学批评座谈会。如1960年7月作协西安分会召开座谈会，出席会议的有郑伯奇、杜鹏程、王汶石等作家和西北大学文学评论组、报刊编辑等。1960年9月，中共长安县委宣传部、《延河》编辑部召开座谈会，会议发言记录《座谈〈创业

---

① 周扬：《我国社会主义文学艺术的道路》，《文艺报》1960年第13、14期合刊。
② 茅盾：《反映社会主义跃进的时代，推动社会主义时代的跃进！》，《人民文学》1960年第8期。

第三章 《创业史》

史〉第一部》在《延河》11月号发表,随后《人民日报》1960年11月16日以《长安人谈〈创业史〉》为标题转载。《光明日报》1960年7月24日刊登《西安地区的作家和青年作者座谈柳青的〈创业史〉》,北京大学中文系也举行了关于梁生宝形象的学术研讨会。文学评论家从专业角度对《创业史》进行阐释。《文学评论》发表了李希凡的《革命英雄典型的巡礼》、严家炎的《谈〈创业史〉中梁三老汉的形象》,《北京大学学报》发表严家炎的《〈创业史〉第一部的突出成就》、张钟的《谈〈创业史〉的艺术方法》,《山东大学学报》发表韩长经和徐文斗的《从〈种谷记〉到〈创业史〉》等等。除此之外,还出现了一部专著:《小谈〈创业史〉第一部》(周天著,上海文艺出版社1960年12月版)。

1963年到1964年期间发起了由严家炎对梁生宝形象批判引发的文艺界论争。严家炎早在1961年认为《创业史》的成就"最突出地表现在梁三老汉形象的塑造上",梁生宝"这个人物的塑造还有某些可商榷之处"①,这与邵荃麟在1960年一次编辑部会议上说的"《创业史》中梁三老汉比梁生宝写得好,概括了中国几千年来个体农民的精神负担"② 不谋而合。1963年严家炎进一步指出:"梁生宝在作品中处于思想最先进的地位,但思想上最先进并不等于艺术上最成功;人物政治上的重要性,也并不就能决定形象本身的艺术价值。""作为一个整体,还没有充分以其形象的高大丰满和内容的深厚而令人深深激动和久久不忘。跟梁三老汉甚至跟高增福相比,梁生宝的形象倒是在不少地方显出了自己的弱点和破绽的。"③ 严家炎的观点与当时主流文坛评论观点完全不同,引起了关于《创业史》讨论的热潮。柳青本人极力反对,专门撰文《提出几个问题来讨论》,针对严家炎《关于梁生宝形象》中批判梁生宝形象的具体问题来进行反驳。柳青的文章发表

---

① 严家炎:《〈创业史〉第一部的突出成就》,《北京大学学报(人文科学)》1961年第3期。
② 《关于"写中间人物"的材料》,《文艺报》1964年第8、9期合刊。
③ 严家炎:《关于梁生宝形象》,《文学评论》1963年第3期。

之后，文艺评论界纷纷撰文支持柳青的观点，肯定《创业史》的价值和梁生宝形象。关于这场论争，多年之后严家炎撰文讲述他和柳青在1967年见面时，对此事件向柳青进行了解释："在我的感觉中，《创业史》里最深厚、最丰满的形象确实是梁三老汉；梁生宝作为新英雄形象也有自己的成就，已在水平线之上，但从艺术上说，还有待更展开、更充实、更显示力度，眼前仍比不上梁三老汉，因此，不写就觉得手痒痒的。只是我那篇文章中有些措辞可能不太妥帖，斟酌得不够，直来直去，像'三多三不足'之类。"柳青了解了情况之后说："我总以为，批评梁生宝形象的那些意见不是你个人的意见，而是有人想借此来搞我，因此才在《延河》上发了那篇《提出几个问题来讨论》。"柳青表示："你谈梁三老汉那篇文章的看法，我是同意的，当时我跟《文学评论》的编辑同志也说过。"[①] 从两人的对话来看，这次论争基本停留在文艺界关于艺术形象美学评价层面上，背后未涉及更深刻的政治意识形态因素，但是在当时20世纪60年代特殊的环境之下，柳青也难免受到影响。这次论争客观上使《创业史》在全国的影响力进一步扩大。

八、新时期以来《创业史》评价的起伏

"文化大革命"结束之后，关于《创业史》的评价和研究仍然在继续，其研究成果的数量和质量在"红色经典"文学研究中是非常可观的。新时期以来，文学评论界对《创业史》的评价大体经历了一个从肯定到否定，再到重新解读的过程。新时期初期，文坛主要是对"文化大革命"进行拨乱反正，续接"十七年"文学重新肯定《创业史》的价值，同时缅怀柳青。"《创业史》等'红色经典'被蒙上了一轮金色的光环，从而变得更有意味，

---

① 严家炎：《因为〈创业史〉，我和柳青成了诤友》，《光明日报》2019年7月5日。

第三章 《创业史》

使人格外怀念。"① 在第四次文代会上，周扬的主题报告在列举长篇小说的成就时，《创业史》被排在首位，《铜墙铁壁》也被提及，周扬在报告中还将柳青的文学艺术观点作为参考。在新时期批判"文化大革命"的活动中，《创业史》经常被当作"红色经典"的典型来说明"文化大革命"文艺政策的荒谬。严云受的《漫谈十七年的长篇小说——驳"文艺黑线专政"论》和阎纲的《从〈创业史〉看"三突出"的破产》等论文主要是通过重新论述《创业史》的价值来对"文化大革命"文艺政策进行批判。新时期之初重新确定《创业史》文学经典的同时，出现了大量缅怀柳青的散文。此外，还出版了很多关于柳青研究的专集和专著。如山东大学中文系编《中国当代文学研究资料：柳青专集》，1979 年；西北大学中文系现代文学教研室编《〈创业史〉评论集》，陕西人民出版社 1980 年；阎纲著《〈创业史〉与小说艺术》，上海文艺出版社 1981 年；徐文斗、孔范今著《柳青创作论》，陕西人民出版社 1983 年；蒙万夫等编《柳青写作生涯》，百花文艺出版社 1985 年。这一时期，对《创业史》的评价大部分都是从正面肯定的。

20 世纪 80 年代中期以后，在"重写文学史"的环境下主流文学批评、文学史研究对《创业史》等"十七年"合作化题材小说的评价几乎都是持否定的态度。1988 年《上海文论》第 4 期由陈思和、王晓明主持的《重写文学史》专栏正式开栏，专栏的第一篇文章就是宋炳辉的《"柳青现象"的启示——重评长篇小说〈创业史〉》。宋炳辉以梁生宝形象和其生活原型王家斌的对照为依据，认为《创业史》虽然"合理地完成了主题的实现"，却又"钳制了生活的真正丰富多样性"。梁生宝形象的塑造"超出了把生活艺术化的一般界限，放弃了许多具有潜在意义的生活现象，而以抽象的'无产阶级先锋战士'的行为尺度作不恰当的拔高"。"以阶级分析配置人物为起点，把人物之间矛盾线索的安排建立在阶层矛盾、阶级矛盾的哲学基础

---

① 樊星主编《永远的红色经典：红色经典创作影响史话》，长江文艺出版社，2008，第 273 页。

上，使作品的情节展开，从根本上失去了偶然性和独特性。"① 宋炳辉的言论成为这一时期重评《创业史》的基调。直到1989年之后，文学评论界才出现了罗守让和江晓天对宋炳辉持批判态度的文章。罗守让指出宋炳辉的文章"贬损和否定了柳青和《创业史》，同时也贬损和歪曲了毛泽东的《讲话》"②；江晓天则认为"阶级斗争"本来就是当时的真实，"《创业史》的人物并没有'单一化''类型化'"③，柳青在人物塑造上充满了复杂性和丰富性。江晓天和罗守让对宋炳辉观点的批评是非常有意义的，细读《创业史》会发现小说在人物塑造上确实是丰富而饱满的，在展现现实生活方面是真实而复杂的。而阶级斗争在当时确实是存在的，土改之后阶层利益的不同会造成人与人之间的矛盾冲突，评价"十七年"农村题材小说不应该看是否写阶级斗争，而应看描写阶级斗争典型化的程度，看阶层矛盾展现的真实性。柳青将阶层矛盾和各阶层人物的面貌真实地反映出来，基本符合当时农业合作化运动的实际情况。而且《创业史》中其实并未直接触及地主阶级与农民阶级的矛盾，未对地主形象进行直接描写，柳青将笔墨集中于展现农民各阶层在合作化运动中的丰富复杂状态。所以笔者认为，罗守让和江晓天对宋炳辉的批判是基本合理的。宋炳辉对《创业史》的评价"看似是从'文学性'角度展开的批评，实际上背后是以政治正确与否为标准的"④。"重写文学史"思潮中对以《创业史》为代表的"红色经典"文学的批判与"十七年"和"文化大革命"时期相比，虽然结论相反，但是其按政治、政策的"正确"与否评价作品的思维方式与批评方法是一致的，均未回到文学本身的真实性和艺术性评价标准。一方面，《创业史》反映的

---

① 宋炳辉：《"柳青现象"的启示：重评长篇小说〈创业史〉》，《上海文论》1988年第4期。
② 罗守让：《为柳青和〈创业史〉一辩》，《文学评论》1991年第1期。
③ 江晓天：《也谈柳青和〈创业史〉》，《文学理论与批评》1990年第1期。
④ 萨支山：《"社会史视野"："当代文学"研究的一个切入点》，《文学评论》2015年第6期。

第三章 《创业史》

是合作化初级阶段的必要性和优越性,合作化后期进入高级社阶段并未触及,"重写文学史"思潮中强调合作化进入高级社、人民公社阶段以后的弊端,并以此来批判《创业史》,认为作品已经不符合时代要求。这种批评本身就是不合理的。另一方面,将文学与政治对立起来的评价模式也是应该被质疑的。政治、生活都应该是文学的表现内容,文学反映政治与反映生活应该被放在同等的地位来看待,不能因为文学反映了政治就一概否定作品的文学价值。"重写文学史"思潮中对《创业史》的评价貌似是用文学性标准来否定政治性评判标准,但是将文学与政治放入二元对立的格局中,用对政治评价的否定来同时否定作品的文学价值,显然具有很大的局限性。

新世纪之后,进入了对《创业史》再解读的阶段。2002年解志熙明确指出:"如果我们今天重评《创业史》这类小说,而只满足于从政治行情上贬斥它,那除了表明我们在政治上和学术上已势利到根本不配评论这样的小说之外,恐怕再也说明不了什么。"① 2005年刘纳著名的《写得怎样:关于作品的文学评价——重读〈创业史〉并以其为例》一文专门从方法论上对以往的《创业史》研究进行彻底反思,她认为:"面对一部文学作品,人们有理由从作者'写什么'去追究去阐发他所写的'什么'。而这追究这阐发与对作品的文学评价无关。"她承认,"在'怎么写'方面,柳青的《创业史》几乎无所贡献",但"'怎么写'和'写得怎样'不是一回事……在形式创新上占着优势的作品,并不一定具有很高的文学价值;而在'怎么写'方面少有贡献的作品,也并非没有可能实现其艺术成就"。刘纳提出了评判小说"写得怎样"的标准,即艺术描写的"逼真""入情入理",特别是细节描写的生动性和直感性,认为20世纪90年代以后的作品"能在艺术描写、艺术表现能力上与柳青一比高低的并不多"②。显然,刘纳是在用文

---

① 解志熙:《"别有一番滋味在心头":新小说中的旧文化情结片论》,《鲁迅研究月刊》2002年第10期。
② 刘纳:《写得怎样:关于作品的文学评价——重读〈创业史〉并以其为例》,《文学评论》2005年第4期。

学自身标准来谈论文学，对新世纪以《创业史》为代表的文学研究和文学评论产生了重要影响，文学研究者们重读《创业史》更多地开始关注作品本身的文学价值，对《创业史》的阐释也更加多元化。

中国当代文学史对《创业史》的评价也随着文学研究的发展而发生着变化，但总体来讲，《创业史》在文学史中的地位是举足轻重的。早在20世纪60年代，《创业史》已经被写进大学中文系文学史教材。1960年6月山东大学中文系编撰的《中国当代文学史》和1962年华中师范学院中国语言文学系编著的《中国当代文学史稿》均将《创业史》列入其中，并按照当时对《创业史》的经典定位来评价作品，从农业合作化运动两条道路的斗争来分析梁生宝、梁三老汉、郭振山等人物形象的塑造。1980年张钟等编著的《当代文学概观》专列一节"杰出的柳青"对其进行详细评述，本书其他章节涉及的经典作品都是只列作品标题未列作家，由此可见对柳青在文学史上特殊地位的认可。值得关注的是，同时期人民文学出版社1980年版郭志刚等编著的《中国当代文学史初稿》未涉及《创业史》。随后，在90年代和新世纪出版的比较有代表性的文学史教材中，除了陈思和的《中国当代文学史教程》未将《创业史》列入，其他的当代文学史教材几乎都将《创业史》作为重点篇目进行介绍和评论。到目前为止，《创业史》在文学史上的重要地位是毋庸置疑的。

柳青用他的人格魅力和他的文学成就在中国当代文坛创立了一座永恒的丰碑。自从他去世之后，人们的纪念缅怀活动就从未间断过。1978年6月13日，柳青带着他未能写完《创业史》的永久遗憾与世离别。柳青生前的好友、亲人、同事、师生纷纷撰文纪念和缅怀柳青，这些文章在1982年被中国青年出版社出版的《大写的人》一书收录。21世纪，纪念缅怀柳青的活动更是数不胜数，柳青文学研究会、柳青文学奖、柳青纪念馆纷纷设立，多种版本的柳青纪念文集一版再版。虽然《创业史》并未拍成电影，但是2018年纪念柳青逝世四十周年的话剧《柳青》广受欢迎。柳青的品格

第三章 《创业史》

和精神境界确实可以用"大写的人"来形容,他为文学献身的精神、与病魔抗争的毅力,将巨额稿费全部捐献的大公无私,均是常人难以达到的崇高境界。

路遥说:"柳青是这样一种人:他时刻把公民性和艺术家巨大的诗情溶解在一起。作为一个艺术家,他始终像燃烧的火焰和激荡的水流。他竭力想让人们在大合唱中清楚地听见他自己的歌喉;他处心积虑地企图使自己突出于一般人。但在日常生活中,他又严格的把自己看作是一个普通公民,尽力要求自己不丧失一个普通人的感觉。他多年像农民一样生活在农村,像一个普通基层干部那样做了许多具体工作。正因为如此,他才能在《创业史》中那么逼真地再现如此复杂多端的生活。"[1] 路遥将柳青视为自己的"文学教父",路遥写作《平凡的世界》阅读大量名著,其中唯有《创业史》他读了7遍。路遥担任《创业史》第二部的责编期间得到过柳青的亲自指导,受到柳青精神的熏陶。路遥写作《平凡的世界》的舍命精神是柳青发奋精神的遗传,《平凡的世界》的史诗性追求,结构的缜密、人物的刻画、心理的描写都体现出对《创业史》的继承和学习。路遥曾坦言:"在中国老一辈作家中,我最敬爱的是两位,一位是已故的柳青,一位是健在的秦兆阳。我曾在一篇文章中称他们为我的文学'教父'。柳青生前我接触过多次。……我细心地研究过他的著作,他的言论和他本人的一举一动。他帮助我提升了一个作家所具备的精神素质。"[2] 《创业史》中的名言"人生的道路虽然漫长,但紧要处常常只有几步,特别是当人年轻的时候。……"[3] 被路遥引用为《人生》的题记。路遥在《平凡的世界》创作艰难时期专程拜祭柳青以期许"柳青赐予特定的精神力量"[4],在获得茅盾文学奖赴京

---

[1] 路遥:《柳青的遗产》,载《路遥文集》第5卷,人民文学出版社,2005,第351页。
[2] 路遥:《早晨从中午开始》,载《路遥文集》第5卷,人民文学出版社,2005,第287-288页。
[3] 路遥:《人生》,北京十月文艺出版社,2009,第1页。
[4] 厚夫:《路遥传》,人民文学出版社,2015,第217页。

领奖前，路遥将接受电视台采访的拍摄地点选在柳青扎根的皇甫村。从某种意义上说，"《人生》和《平凡的世界》是对柳青等导师的一份恩报，一份答卷"①。另一位钟爱柳青的茅盾文学奖作家陈忠实读过9本《创业史》，他当年对《创业史》的喜爱超过了其他任何一部作品，原因就在于柳青对于陕西农民和农村生活描写的真实程度让他折服，"《创业史》的人物在任何一个村子都能找到相应的生活人物"，"截至今天，《创业史》里头的那个梁三老汉、郭世富、姚士杰、梁生宝、徐改霞，依然在我脑子里栩栩如生，作为中国乡村的典型人物，似乎还没有哪部作品能把这些人物掩盖了，更别说抵消了"。② 与路遥得到柳青的亲自指导不同，陈忠实只见过三次柳青，而且三次见面两人都没有对过话，但是这并不影响陈忠实对柳青的崇拜和学习。陈忠实从事写作的初期，小说几乎都呈现出柳青模式。以《初夏》为代表的一些作品虽然篇幅长短不一，但是在小说的情节结构模式、人物塑造方式、对农村生活的观察角度等方面与《创业史》如出一辙。当然，与路遥对以柳青为代表的传统现实主义创作的坚守不同的是，陈忠实在《白鹿原》中实现了与柳青的"剥离"。受到20世纪80年代体制政策变化的冲击和"文化热"的影响，陈忠实的小说创作方式发生了全新的转变，观照社会历史的方式从政治视角转向了文化视角，对人物的塑造由柳青的"典型性格"（阶级特征、职业特征、个性特征）发展到"对于'人物文化心理'把握"③，语言从描写语言向叙述语言过渡从而形成一种新的形象化叙述方式和语言结构形态，同时小说融入了传奇性和神秘性。尽管陈忠实实现了这一系列创作方法上的革新和"剥离"，但是其根深蒂固的"史诗情结"和对小说的"厚重"感的追求还是根植于柳青《创业史》的影响。同样获得茅盾文学奖的贾平凹坦言虽然未见过柳青，但是柳青的文学"对我

---

① 厚夫：《路遥传》，人民文学出版社，2015，第312页。
② 陈忠实：《我读〈创业史〉》，载董颖夫、邢小利、仵埂编《柳青纪念文集》，西安出版社，2016，第4-5页。
③ 陈忠实：《寻找属于自己的句子》，北京大学出版社，2011，第70页。

第三章 《创业史》

产生着重大影响","我们读《创业史》,解读出那么丰富的、浓厚的生活内容,更能读到文字之中和文字之外充盈的饱满的情感。他是为塑佛像而去的,而他变成了拜佛的虔诚人;他是去写土地和人民的,为写作终把自己变成了土地和人民的儿子,这正是《创业史》成功的原因"。[①] 虽然贾平凹的作品在创作方法上很难找到受柳青直接影响的痕迹,但是不可否认的是,作为一名陕西作家,贾平凹对社会历史的关注,尤其是注重当代社会的发展对陕西农村的影响等方面或多或少都受到柳青的影响。

经典的魅力是永恒的,《创业史》已经成为中国当代文坛的经典。宏阔的视野和深邃的笔力、充沛的激情和真挚的情感、宏大叙事和"生活故事"的相统一,作品中关于人性的真善美,关于人的尊严等人类共通性道德价值将永远熠熠生辉。柳青和他的《创业史》今后还会在文学生活中持续发生影响,《创业史》的再评价、再经典化仍将继续,柳青高尚的精神品格也将永不失色。

[①] 贾平凹:《纪念柳青》,载董颖夫、邢小利、仵埂编《柳青纪念文集》,西安出版社,2016,第6-8页。

第四章 《青春之歌》

杨沫的《青春之歌》是"十七年"少有的以知识分子题材获得巨大成功的作品，是中国当代发行量最大的小说之一，其外文译本之多在中国当代"红色经典"中也是名列前茅的。同时，它也是"十七年"文学经典中作者在初版后改写幅度最大的小说。1958年1月杨沫的《青春之歌》由作家出版社出版，同时在《北京日报》上开始连载，引起了巨大反响，随后根据小说改编的电影在1959年作为国庆十周年献礼片也引起了轰动。《青春之歌》在"十七年"拥有广大中外读者群的同时也饱受争议，杨沫对小说进行改写并于1960年由人民文学出版社再版，"文化大革命"结束后的1978年《青春之歌》重印本问世。新时期以来，学界对于《青春之歌》改写成功与否的讨论也从未间断过，在此基础上学者们对《青春之歌》做出了重新定位和评价，有评论家对其经典地位表示质疑。那么，在21世纪的今天，《青春之歌》是否仍然具有独特的魅力，是否具备作为永恒经典的潜质而继续流传下去呢？

笔者认为，从革命知识分子的角度切入以女性知识分子为主人公的"自叙传"色彩构成了小说的基本质素，从根本上决定了其能够在同时期小说中脱颖而出的独特性，这一质素也可以作为解开关于作品众多争议问题的一把钥匙。从这一基点出发，在21世纪的今天，《青春之歌》仍然呈现出其独特的魅力，小说描写一个人的青春成长经历，从青涩的少年历经磨砺到逐渐成熟这一人生历程，体现了人类共同的生命力和崇高的精神力量，这种人类共通性的表现是超越了时代、超越了民族和国家的。

一、《青春之歌》文本的独特性

尽管目前有学者认为，《青春之歌》跟同时期其他"红色经典"一样是一部在政治意识形态规约之下文化生产的产物，但不可否认的是，它能够从当时众多的文学作品中脱颖而出，在国内外均产生了巨大的影响力，成为一部"十七年"的时代经典，必然有其本身的原因。今天我们对此原因进行深入探析，仍然是有必要的。

《青春之歌》在新中国文坛脱颖而出，与其描写知识分子题材、反映革命知识分子成长经历密切相关。回归"十七年"的文学场域，"文艺为工农兵服务"是全国文艺界的总方针，在此方针的指引下，革命历史题材小说和农村题材小说成为新中国小说创作的两大支柱。革命历史题材小说中的"革命历史"主要指的是"在中国共产党领导下的革命斗争历史，三次国内革命战争和抗日战争构成了革命历史小说叙述的主要对象"[1]，因此描写革命战争中的革命英雄人物成为当时革命历史题材小说创作的主流，以知识分子为主人公的作品除了高云览的《小城春秋》和宗璞的《红豆》等少数几篇外，少之又少。然而，"就它们在'当代'的影响而言，《小城春秋》无法和《青春之歌》相提并论"[2]，宗璞的《红豆》作为"双百"方针时期的短篇小说在"十七年"文坛的短暂绽放，显然也是无法与《青春之歌》

---

[1] 王庆生、王又平主编《中国当代文学（上卷）》，华中师范大学出版社，2011，第54页。

[2] 洪子诚：《中国当代文学史（修订版）》，北京大学出版社，2007，第106页。

相媲美的。《青春之歌》属于革命历史小说的范畴，但是作者选取的是以革命知识分子的成长经历作为叙事主线，这与同时期常见的革命历史小说描写革命战争英雄主人公故事有着鲜明不同。其独特性在这个层面上就从同时期同类革命历史题材作品中凸显出来，在文坛容易引起关注。再者，小说描写的是主人公从小资产阶级知识分子如何经过现实斗争的历练，逐渐剥离自己本来的阶级特征，蜕变为一名无产阶级革命战士，这样一种叙述方式与新中国的知识分子政策是相契合的。当时国家对知识分子的政策是争取、教育、改造和培养，强调改造培养为人民服务的知识分子，知识分子要加强自我改造。知识分子的改造问题在国家知识分子工作中占据着非常重要的位置。《青春之歌》与当时被批判的萧也牧小说《我们夫妇之间》的故事模式不同，《我们夫妇之间》描写的是知识分子出身的丈夫与贫农出身的妻子两者之间的磨合改变，但它的主题不是工农兵改造知识分子，而是工农兵身份的妻子被改造得生活上具有了"小资"趣味，因此小说后来遭到严厉批判并上升到政治问题层面，作家被打成右派。《青春之歌》描写的林道静经过马列主义理论的学习和现实革命斗争的实践，从小资产阶级知识分子蜕变为无产阶级革命战士，这符合国家的知识分子改造政策，可以对广大的青年起到很好的思想教育作用，因此在"十七年"尽管有文艺争论，但根本上并未触及政治问题。同时我们还应该注意到，当时国家知识分子政策中对知识分子是进行了性质区分的。这一区分主要借用的是列宁的主张，"列宁把为富翁服务的资产阶级知识分子，与真诚愿为革命服务的真正有教养的知识分子加以区别"[①]。于是新民主主义革命时期的知识分子被区分为"具有初步共产主义思想的知识分子，小资产阶级知识分子和资产阶级知识分子"[②]，新中国的知识分子分为革命知识分子和一般知识分

---

① 伊凡诺夫：《列宁与苏维埃文学的产生》，《人民日报》1949年8月9日。
② 郭沫若：《为建设新中国的人民文艺而奋斗：在中华全国文学艺术工作者代表大会上的总报告》，《人民日报》1949年7月4日。

第四章 《青春之歌》

子，革命知识分子在知识分子改造中是作为一般知识分子的学习榜样而存在的。《青春之歌》中林道静、卢嘉川、罗大方等革命知识分子形象正是为广大青年提供了学习的模板，余永泽、白莉苹、戴愉等反面知识分子形象让广大青年引以为戒。因此，《青春之歌》这样一部描写知识分子的作品在盛行"工农兵"英雄的时代还能够占据文坛主流位置，就显得合情合理了。从读者接受来看，"十七年"小说的读者群相当大一部分是青年人，特别是青年学生，《青春之歌》中青年知识分子群像的出现无疑让广大青年耳目一新，也正好契合了他们追求"进步"的精神需求，广大青年从小说中学习如何选择自己的人生道路，学习坚强勇敢、不畏牺牲的抗争精神，从知识青年走向革命斗争的历程中受到鼓舞和教育。读者通过作品领悟到："一个人能够走上革命道路，在敌人的监狱中、酷毒的苦刑下，在万种艰险的情况里，能够坚持不屈，锻炼成为一个成熟的革命者，其基本关键和决定因素是自觉的革命要求和顽强的革命意志。"[①] 有评论家认为，通过阅读小说"我们可以得出这样的经验教训：知识分子必须改造，并且要进行自觉的自我改造，彻底肃清个人主义，全心全意为共产主义献出自己的一切，否则，就必然要成为资产阶级个人主义的俘虏，甚至在严峻考验到来的时候，背叛人民，背叛革命。……知识分子唯一光明的道路只有不断地沿着红透专深的方向前进"[②]。所以，无论是从国家意识形态的政策层面，还是从读者群体的接受层面来讲，《青春之歌》革命知识分子人生成长经历的叙述角度都与之实现了有效对接，因此促成了作品一经发表即引起巨大轰动的社会效应。

《青春之歌》描写的知识分子题材吸引了广大读者的目光，而其主人公林道静又是一位具有独特魅力的女性青年知识分子，环绕在林道静周围的

---

① 王世德：《知识分子的革命道路：评长篇小说〈青春之歌〉》，《人民日报》1958 年 4 月 17 日。

② 刘导生：《党使我们的青春发出光辉：谈〈青春之歌〉》，《文艺报》1958 年第 12 期。

还有一群充满了理想的青年革命者,这无疑点燃了读者心目中青春的火花,更能够激发读者的阅读兴趣。小说开头林道静的出场清新美丽:

> 这女学生穿着白洋布短旗袍、白线袜、白运动鞋,手里捏着一条素白的手绢,——浑身上下全是白。她没有同伴,只一个人坐在车厢一角的硬木位子上,动也不动地凝望着车厢外边。她的脸略显苍白,两只大眼睛又黑又亮。这个朴素、孤单的美丽少女,立刻引起了车上旅客们的注意,尤其男子们开始了交头接耳的议论。……她这异常的神态,异常的俊美,以及守着一堆乐器的那种异常的行止,更加引起同车人的惊讶。[1]

这样一位美丽忧郁的女学生在吸引同车人的目光的同时,当然也能调动起读者的审美愉悦,引发读者的猜想,吸引读者阅读。"书中的女主角林道静是读者喜爱的"[2],青年读者在写读后感时也频频使用"林道静是一个温柔而倔强的美丽的姑娘""林道静是一个可爱的人物,她引起了我们的同情和怜悯,也引起了我们的敬仰"[3]之类的表述方式。如果小说主人公换作青年男性知识分子的形象,恐怕是不太容易调动读者的同情怜悯之心,引发读者如此强烈的情绪反应的。接着,作者描写女性主人公绝望之下跳海自尽,青年男子余永泽将其救起。我们注意小说中的细节,余永泽对林道静讲出救她的原委:"可是,不知道你看出来没有?我早就担心你会有意外,所以常常跟在你后边。今夜里,我看见你从村公所跑出来的那个神气,我就更不放心,所以住在你对面的殿里。"[4] 我们可以设想,如果林道静不是女性、不是一位漂亮的女学生,余永泽是否会对她产生兴趣并时刻关注她尾随她呢?设置女主人公美丽的形象和独特的气质,对小说情节发展和

---

[1] 杨沫:《青春之歌》,作家出版社,1958,第3页。
[2] 丝韦:《最新的〈青春之歌〉》,《新晚报》(香港)1977年5月7日。
[3] 李奔:《青春的火花:〈青春之歌〉读后》,《文汇报》(香港)1958年。
[4] 杨沫:《青春之歌》,作家出版社,1958,第40页。

第四章 《青春之歌》

情感心理描写都起到了不可忽视的作用。林道静因为长得漂亮被后母徐凤英和校长余敬唐试图利用，被胡梦安迫害，同时，又因为美丽的外表、独特的气质使余永泽关注并营救进而发生爱情关系，到后来卢嘉川对林道静产生的爱慕，许宁、赵毓青对林道静的好感，最后与江华的结合，女主人公在小说中似乎比身边的王晓燕、徐辉等女性更加能获得男性的青睐，除了其身上自带光芒的顽强抗争精神外，多少都与其特殊的女性气质有一定关系。若将林道静换作男性，作品里面的主人公作为革命者，其精神世界和感情生活的描写可能会单调很多。林道静的形象是"十七年"文学中少有的具有女性气质和魅力的女主人公形象。在"十七年"文坛，革命历史题材小说中的革命女性形象大多如同江姐（《红岩》）、华静（《红日》）、娟子（《苦菜花》）一样，几乎是被抹去了女性性别特征的；农村题材小说中的女性形象也是被抹杀了女性特质，以李双双（《李双双》）、刘淑良（《创业史》）为代表的手脚粗大型劳动妇女是当时优秀农村妇女的标志形象。林道静独具知识分子气质和女性魅力的革命者形象无疑成为"十七年"经典文学女性形象中一抹独特的亮色。

除了林道静这一女性知识分子形象，《青春之歌》中还有环绕在林道静身边的青年革命者群像，尤其是以卢嘉川为代表的革命英雄们点燃了广大青年读者心中的激情。卢嘉川是杨沫精心塑造的完美英雄形象：

> 我和我最爱的书中角色之一的卢嘉川，已经亲密地生活在一起了。我很爱他。我集中了我所喜爱的布尔什维克的优秀品质于他一身。……一想到他，我便全心充满激动的感情，仿佛世上真有那么一个健康、俊秀、沉着而坚强的布尔什维克，在白色恐怖的危急中，矗立在我的面前。当写到他即将被捕、即将和道静永远分离的时候，我的心沉重、凄楚，几乎写不下去。我哭了，泪

水簌簌地流……①

这样一个饱含着作者激情和泪水的角色，一出场就"带着一股魅力，他可以毫不费力地把人吸在他身边"。林道静"被他那爽朗的谈吐和潇洒不羁的风姿吸引得一改平日的矜持和沉默"②与卢嘉川攀谈起来。卢嘉川年轻俊朗的外表、身上自带的蓬勃朝气，与其爱国主义情怀和不畏牺牲、顽强抗争的革命精神完美融合，成为当代文学史上一个经典的革命青年形象，受到广大青年读者的喜爱。"狱中红梅"林红的形象也是闪闪发光，有着与江姐类似的党性光辉。除此之外，坚定成熟的共产党员江华、与余永泽形成鲜明对照的罗大方、由动摇而坚定的许宁、由软弱而坚强的王晓燕等青年形象无不各具特色。杨沫在人物关系的设置方面是颇具匠心的，青年群像紧紧地围绕在女主人公林道静身边，扮演着不同的角色，起到烘托林道静的作用，这些人物之间也形成一定的关系。《青春之歌》人物众多、层次丰满的青年群像，吸引着无数的青年读者。

由这群青年形象构成的《青春之歌》蕴含着丰富的故事情节元素，程光炜曾经指出《青春之歌》的"潜文本"满足了读者的欣赏心理：

> 这里不但有主人公与旧家庭和所属阶级的冲突、对立，不但有孤身女子的走投无路以及地下党的启发教育和搭救，也有母女团圆、生离死别两眼汪汪的人间至情，有小姐落难、公子相救，有置危险、功利于不顾的同窗之谊。③

在这些众多的情节元素中，爱情叙事一直是读者、评论家们关注的热点。李杨等学者曾从情爱叙事角度解读《青春之歌》，指出"《青春之歌》在轰轰烈烈的革命斗争荫庇下开辟了一块个人化爱情的自留地，使作品增

---

① 杨沫：《杨沫文集——自白：我的日记（上）》，中国言实出版社，2015，第139页。
② 杨沫：《青春之歌》，作家出版社，1958，第51页。
③ 程光炜：《文学想像与文学国家：中国当代文学研究（1949—1976）》，河南大学出版社，2005，第137页。

第四章 《青春之歌》

添了一些个人化趣味,吸引了更多读者"①,"较充分的爱情叙事是作品能够吸引许多年轻读者争相阅读的奥妙所在"②。爱情叙事是小说吸引读者的一个重要原因,杨沫的安排也可谓独具匠心,将女主人公的爱情故事与革命经历巧妙结合起来。与同样是反映革命知识青年爱情叙事的宗璞的《红豆》相比,《青春之歌》的表现无疑要完整很多。宗璞的《红豆》通过爱情叙事反映主人公人生道路的抉择,江玫选择与资产阶级的齐虹分手,意味着走上了坚定的无产阶级革命道路。《青春之歌》描写林道静与小资产阶级青年余永泽决裂,只是女主人公成长的第一步,后面又续写了林道静对卢嘉川的守望,在革命实践中历经磨砺成长为一个无产阶级革命者,最后与江华结合。《青春之歌》不仅爱情叙事比《红豆》更加丰富完整,而且林道静的感情发展是与其人生道路的成长经历紧密交织在一起的。杨沫将个人情感与革命主题巧妙融合,林道静情感世界的变化和由此而产生的细致入微的心理描写无疑极大地丰富了读者的阅读体验。《青春之歌》将革命叙事与爱情叙事相交织,实现了对现代文学"革命+恋爱"传统叙事模式的推进发展。20世纪二三十年代,"革命+恋爱"模式的革命文学曾经风行于文坛,蒋光慈、茅盾、丁玲等作家都创作过类似情节模式的小说,茅盾先生在1935年对这一类型的小说进行过精辟的总结:这类小说由"恋爱"妨碍"革命"的"为了革命而牺牲恋爱"的公式,到"革命与恋爱"怎样"相因相成",表现为几个男性追逐一个女性,结果女性挑中了最"革命"的男性,即"革命决定了恋爱"模式,再到第三类的"革命产生了恋爱"③。按照茅盾先生的这一总结,《青春之歌》实现了对这三种写作模式的超越,林

---

① 樊星主编《永远的红色经典:红色经典创作影响史话》,长江文艺出版社,2008,第227页。
② 王庆生、王又平主编《中国当代文学(上卷)》,华中师范大学出版社,2011,第112页。
③ 茅盾:《"革命"与"恋爱"的公式》,载《茅盾全集》第20卷,人民文学出版社,1990,第337-338页。

道静的爱情经历与走向革命的人生历程是紧密结合在一起的。如果说《红豆》中江玫与齐虹的分手还是"为了革命而牺牲恋爱",林道静与余永泽、卢嘉川、江华的感情经历,读者已无法将主人公的人生成长与革命和爱情相互剥离。从这一点上来看,《青春之歌》无疑是成功的。小说之所以能达到这种效果,跟作家的创作理念有着直接的关系。按照杨沫所说,她创作林道静形象是"符合生活本身的逻辑的",是"真实的"①。杨沫也确实是从自己亲身经历的人和事出发来构思小说的。

女主人公林道静的故事与女性作家杨沫的人生经历在某种程度上形成了相互呼应的关系,小说的这种"自叙传"色彩给读者带来了独特的阅读体验,调动了读者的阅读兴趣。杨沫在塑造林道静时是将其作为自己的化身来构思的,林道静的人生经历与杨沫早年的人生经历有着高度的相似性,这种高度的一致让读者纷纷猜测小说中哪些人物和情节是来源于现实生活中的真实情况,甚至余永泽的原型张中行在现实生活中因为小说中的反面形象定位,在"文化大革命"中受到牵连,遭到迫害。据杨沫日记记载,1958年《北京晚报》的丁浪在向杨沫约稿做专访时,"她说想根据读者提出的问题——林道静是不是作者本人这个问题来发问"。杨沫也记载了她当时的回答:"林道静不是作者,但有作者的生活(如走投无路、想自杀、当过日本人的家庭教师、店员、小学教员等),怎么闯也闯不出道路来。"②"文化大革命"结束后,青年读者继续就这一问题发问:"《青春之歌》一书是否以真人真事为基础创作的?林道静、卢嘉川、江华等是否有模特儿?"③"您在《青春之歌》中塑造的林道静这个人物形象,在当时的实际生活中是否有这个人物的原型?"④ 杨沫的回答是:"就以林道静这个人物来说,她身

---

① 杨沫:《谈谈林道静的形象》,《文艺论丛》1978年第2期。
② 杨沫:《杨沫文集——自白:我的日记(上)》,中国言实出版社,2015,第274页。
③ 杨沫:《关于〈青春之歌〉的通信》,《北京文艺》1977年8月号。
④ 苏怡灵:《为什么要分析〈青春之歌〉的主要人物:附给杨沫的信》,沈阳师范学院中文系编《中国当代文学研究资料·杨沫专集》,内部资料,1979,第478页。

第四章 《青春之歌》

上是有我自己的一些生活经历和生活感受,但她并不是我。"①"我曾有过林道静式的生活道路;有过她那样的思想情感。"②"林道静革命前的生活经历基本上是我的经历,她革命后的经历,是概括了许多革命者的共同经历。"③关于《青春之歌》的"自叙传"色彩,评论家们也谈论颇多。洪子诚指出:"这部长篇带有'自叙传'色彩,可以看到以作者30年代的生活作为写作重要素材的明显依据。"④王庆生也在文学史中认为《青春之歌》"是一部具有'自叙传'性质的小说"⑤。程光炜指出"《青春之歌》被看作一部'自叙传'小说"⑥。读杨沫自传和老鬼的《母亲杨沫》可知,《青春之歌》第一部中主人公林道静的经历基本与作者杨沫一致,作者只是在生活原型的基础上根据艺术本身及当下意识形态的需要,对有关人物进行了少许美化(林道静)或丑化(余永泽),根据一个或几个原型,加上作者的理想化想象,塑造了卢嘉川、林红的形象,虚构了一些情节、细节以使生活经历、生命体验小说化。说《青春之歌》带有"自叙传"色彩,就第一部而言这没有问题。

关于小说中哪些情节与现实生活具有一致性,林道静的人生经历与作者杨沫在多大程度上保持了一致,在这里不是笔者讨论的重点,笔者关注的是:《青春之歌》的这种"自叙传"色彩对读者的阅读心理究竟产生了什么样的影响,又是如何调动读者的阅读兴趣的?如前所述,小说中林道静的人生成长经历,包括她的爱情故事,是以作者自身早年真实经历为基础创作的。林道静从刚刚叛离家庭踏入社会时的懵懂幼稚,因无法抵抗社会

---

① 杨沫:《关于〈青春之歌〉的通信》,《北京文艺》1977年8月号。
② 杨沫:《有关〈青春之歌〉》,《北京文学》1981年第11期。
③ 杨沫:《什么力量鼓舞我写〈青春之歌〉》,《中国青年报》1958年5月3日。
④ 洪子诚:《中国当代文学史(修订版)》,北京大学出版社,2007,第106页。
⑤ 王庆生、王又平主编《中国当代文学(上卷)》,华中师范大学出版社,2011,第110页。
⑥ 程光炜:《文学想像与文学国家:中国当代文学研究(1949—1976)》,河南大学出版社,2005,第131页。

的黑暗而陷入绝望,到后来接受马列主义思想参加革命斗争,经历一系列挫折和考验,最后加入中国共产党实现人生理想,在精神上走向成熟,这一条精彩的成长线索是杨沫按照自己早年的人生经历来定制的。小说中这种虚拟情节构成的内在化情境与作家自身的一段真实经历相吻合,外在虚拟人物在现实中也能够找到对应的原型:余永泽—张中行、卢嘉川—贾汇川/路扬、江华—马建民、许宁—许晴、戴愉—高欣仁。在模拟现实的基础上,作者通过艺术加工写得比现实更加丰富多彩。于是读者在阅读中被小说故事情节吸引的同时,心理产生了奇妙的变化,会不由自主地去寻找情节背后的现实真实,探寻小说人物在现实生活中的原型。而当他们一步步接近真相,发现小说中竟然有如此多的情节和人物在现实中真实存在时,是何等的欣喜若狂!"自叙传"色彩的小说《青春之歌》于是就通过这种隐晦暴露作者自己真实的方式成功地与读者拉近了距离。杨沫自认为写作经验缺乏,对素材的掌控力不足,采用这样一种以自己早年的生活经历和最熟悉的人物来架构小说的方式,正好收获了她意想不到的效果。正如杨沫在日记中所写:"《青春之歌》受到欢迎,这是我意外的收获。我一直认为自己连个短篇小说都写不好,长篇能有多大作为呢?说来,还是我心中澎湃着的人物出世了,他们才使这本书活跳起来了。"[①] 小说反映的是作者自己青年时期的生活,描绘的是青年知识分子的人生经历,当然最能够引发青年的阅读兴趣;同时,《青春之歌》对于当时的中年革命干部们也具有极大的吸引力,因为很大一部分人与杨沫有着类似的成长经历,阅读小说能够让他们同杨沫一样追忆往昔。杨沫采用这样一种以自己早年经历的人和事来架构小说的写作方式无疑不同于传统意义上的纯虚构小说,也不同于纪实性自传,不经意间使小说《青春之歌》搭建在真实与虚构之间,为读者提供了更多的分析素材和更大的想象阐释空间。当然,这种"自叙传"

---

① 杨沫:《杨沫文集——自白:我的日记(上)》,中国言实出版社,2015,第273–274页。

第四章 《青春之歌》

的写作方式也带来了一系列的问题：如作家杨沫为什么选择"自叙传"这样一种创作方式，她创作《青春之歌》的动机何在？

二、创作动机与"改写"

关于《青春之歌》的创作动机，学界说法不一。有学者认为《青春之歌》是杨沫在"困厄中一次悲壮的抗争"[1]，笔者曾提出"作者的原初创作动机是倾诉，是对于自己'幼年和青年'时期'感念'的倾诉，要表达的是切身的、刻骨铭心的生命感受"，"可要说20世纪'50年代政治外力作用'对杨沫创作《青春之歌》全然没有影响，恐怕也不合实际"。[2] 任茹文的《论〈青春之歌〉的创作心理》一文将"落寞中年的追忆青春心理、死亡与疾病威胁下的价值观停滞、外倾气质与自我实现欲"[3] 三个方面作为杨沫创作《青春之歌》的心理要素，周春霞则将杨沫写作《青春之歌》的动机概括为"表现自我"（基于自身经历而生发的讲述"自我"的个人动机）、"符合主流"（按照主流意识形态的要求，写一部描写革命英雄人物的作品）和"自我实现"（因身体疾病而不能工作的焦虑，自我实现的渴望与自我怀疑的犹疑同时涌现）三个方面。[4] 任茹文和周春霞的观点都涉及讲述"自我"、实现自我等方面，看似有很大的一致性，但实则不同：任茹文侧重从作家自身特点出发进行分析，认为"写'成长小说'应是杨沫写《青春之歌》的心理基点"，"写作是自发愉快的，全然不见我们想象中的50年代政治外力作用下的被动与痛苦"，强调的是杨沫对主流的适应；周春霞则

---

[1] 张志忠：《"红色经典"的发生学探微》，《湖北大学学报（哲学社会科学版）》2007年第4期。
[2] 阎浩岗：《"红色经典"的文学价值》，人民出版社，2009，第184、190页。
[3] 任茹文：《论〈青春之歌〉的创作心理》，《文学评论》2007年第5期。
[4] 周春霞：《解读红色经典：〈青春之歌〉的文本张力与生产机制》，中国广播电视出版社，2009，第20-21页。

侧重三重动机之间的内部矛盾、碰撞冲突导致的文本裂痕，强调政治外力与作家创作之间的不和谐。两者的分析都有一定道理，但也有其各自的局限性。杨沫既不是已经完全适应主流，也没有与主流存在过分的不和谐，她实则处于主流中的边缘地位。笔者认为：《青春之歌》众多的创作动机中，最主要的动因是杨沫自我定位是革命干部，在现实中却因生病而被边缘化，渴望被纳入主流集体构架中，于是通过小说创作来完成自我价值的实现。渴望改变被边缘化的地位、融入主流集体实现自我价值的欲求是诸多动因的基点，对青春进行追忆写"成长小说"只是完成这一动机的外在表现方式和实现途径。从"自叙传"小说作家的创作特点出发进行分析，作家由于人际关系的非人格化，渴望通过写作来重构自己的身份，通过出版或阅读来与他人建立直接联系，"自叙传"写作是一种个人感到需要成为某一世界中心，渴望被纳入集体构架中的一种表达方式。杨沫在战争年代长期从事妇女和宣传工作，作为老党员的她自我定位是革命干部，现实中却因为生病无法正常工作而遭受冷眼和非正常待遇，内心异常苦闷焦虑，于是想积极地争取工作机会，在经过了一些尝试之后最终选择了写作《青春之歌》这种方式来重新获得主流的认可，实现人生价值。阅读杨沫的日记会发现，在《青春之歌》漫长的酝酿过程中杨沫是苦闷的，苦闷的主要原因是因为身体的病痛、孩子家务琐事而不能参加工作。工作是杨沫情绪的主导，在杨沫的生命中占据着最重要的位置。"即使儿女之情，夫妻之爱，人间再猛烈的火焰山，在我的事业面前，都应是微不足道的尘埃……"[1]"孩子累赘，自己不能专心工作，脾气变得坏得很。"[2]"已经快一年半了，离开了工作，离开了人生最快乐的源泉，整日呻吟于半死不活的病中。"[3]"我却总是痛苦——不仅是肉体，而且加上不能工作的精神痛

---

[1] 杨沫：《杨沫文集——自白：我的日记（上）》，中国言实出版社，2015，第29页。
[2] 杨沫：《杨沫文集——自白：我的日记（上）》，中国言实出版社，2015，第46页。
[3] 杨沫：《杨沫文集——自白：我的日记（上）》，中国言实出版社，2015，第123页。

苦。"① 日记中类似的语句比比皆是。不能工作对于杨沫来说就意味着自己的落后,"周围的人都在奋勇前进,而我却无所作为地停滞下来。这种内心的痛苦,对于健康工作的人,是不易理解的"②。"这几天我的心情焦灼、烦闷。……真正的原因是因为别人都去了北平,而我——我不能冷静地等待着去北平,于是脾气变得粗暴了。"③ 在写给爱人马建民的信中,杨沫也在剖析自己苦恼的原因:"身体总是不好,不能多做工作,严重影响了自己的进步……"④ 无法工作是杨沫最无法忍受的,这种状态的形成除了与当时国家的社会氛围有关外,与杨沫自身的性格也有很大的关系。童年缺少父母的关爱导致杨沫有强烈的自尊,特别在意别人对她的看法,"凡是和我接触的人,我总怕别人不愉快、不喜欢我"⑤,她极其需要外在的认可,需要通过有所作为来获得自我的存在感和价值感。同时,作为革命者的杨沫接受的是保尔·柯察金式的人生价值观,人生应该有所作为,应该发出光和热,经历了革命年代的峥嵘岁月,一直走在时代前列的她在现实中是无法接受"落后"的。所以,从日记中可以看到她只有在工作中才是快乐的。只要能工作她就感到充实,可以暂时忘记病痛,即使不是写作,去农村体验生活、做统购统销工作她也是非常开心的。工作就意味着她是融入集体的,意味着她不落伍,意味着她是被主流社会认可的。获得社会认可、确立自我的价值感在杨沫的性格中占据了非常重要的地位,而写作对于爱好文学和不能正常参加工作的她来说是一种最好的实现方式。在杨沫的日记中,作品被认可和能够发表给她带来的成就感清晰可见:"退回的稿子,我放了起来,再不愿意看见它,它好像是自己不成器的孩子被我冷漠着。但如果登出来了呢?——其实也不见得一定是好作品。我也许就会对这个孩子另眼

---

① 杨沫:《杨沫文集——自白:我的日记(上)》,中国言实出版社,2015,第125页。
② 杨沫:《杨沫文集——自白:我的日记(上)》,中国言实出版社,2015,第62页。
③ 杨沫:《杨沫文集——自白:我的日记(上)》,中国言实出版社,2015,第68页。
④ 杨沫:《杨沫文集——自白:我的日记(上)》,中国言实出版社,2015,第69页。
⑤ 杨沫:《杨沫文集——自白:我的日记(上)》,中国言实出版社,2015,第31页。

相待。这心理怪有意思的。"① 所以杨沫在困境中仍然没有放下"这支笨拙的笔",直到《苇塘纪事》的出版奠定了她走上文学道路的基础,最终使杨沫坚定了从事文艺创作的信心。

从坚定文艺创作的信心到开始动笔写作《青春之歌》,杨沫又经历了一个漫长的构思酝酿过程。1950年9月20日日记:

> 总想写些东西。心头酝酿着那些我认识的英雄人物的生与死。但是,总又拖拉着没有写。许多意念、感觉常是稍纵即逝的。②

1950年10月7日日记:

> 我被某种说不出的创作欲望推动着,每日每时都想写——一些杂乱的个人经历,革命人物的命运,各种情感的漂浮,总缭绕在脑际,冲动在心头。可是又不知从何处写起好(又怕身体"神经"受不住)。于是,徘徊、苦闷,真像一个快要临盆的大肚妇女,累赘而沉重。③

杨沫生病在家,因身体病痛、无法工作而心理落寞,于是经常回忆起往昔革命年代的人和事,革命年代的辉煌岁月能够唤起现实中苦闷的杨沫内心深处的激情。在回忆幻想中,杨沫可以找到一种自我的成就感和价值感并以此来实现心理补偿,于是常常不由自主地回忆和幻想,脑海里不时地浮现"自我"、革命人物形象,这种艺术幻觉逐渐促发并填补她强烈的创作欲望。

1950年10月13日日记:

> 近来萦绕心头的、创作中的人物又在眼前浮动起来了——我想写一部以自己为中心(但不全是自己)的长篇小说,把我的经

---

① 杨沫:《杨沫文集——自白:我的日记(上)》,中国言实出版社,2015,第66页。
② 杨沫:《杨沫文集——自白:我的日记(上)》,中国言实出版社,2015,第85页。
③ 杨沫:《杨沫文集——自白:我的日记(上)》,中国言实出版社,2015,第88-89页。

第四章 《青春之歌》

历、生活、斗争组织成一篇东西。但是究竟怎样写,我仍没想好。起码的准备工作还没做好,可是一桩桩事迹、一个个人物已经常常浮上心头。我多么想赶快动笔啊!可是身体把我紧紧缠住了……这就是我不能高兴、快乐,而又时常烦闷、苦恼的主要原因。①

此时杨沫正在进行小说创作的初步构思,想写革命英雄人物、个人经历,决定以自我的早年经历为中心,同时表现革命人物事迹。对杨沫的这种创作心理,周春霞阐释为:"杨沫陷入了一种内心矛盾:既想以自己为主人公,又不能完全以自己为原型。写'革命人物'还是写'知识分子自我'这一问题并未完全解决。杨沫对写一部以'自我'即'知识分子'为题材的小说,从某种程度上来说,是怀着犹豫的心情的。"② 笔者则认为,杨沫此时是在进行创作构思,即如何将革命人物编织进以自我为主线的情节中,烦闷、苦恼的主要原因如杨沫所说是病痛缠住了无法专心动笔写作。对到底是写"自我"还是写"革命人物",这两者其实在杨沫这里是合为一体不存在冲突的。在1950年10月14日的日记中,杨沫进一步表示了她苦闷烦恼的原因:

> 一些面影和生活画面也在脑际翻腾着。我腹中的胎儿真的快要临盆了!可是苦恼又随即压上来了:何时才能写出来呢?我有这等才华、能力可以写成长篇小说吗?我的脑子还能支持这繁重的劳动吗?想着想着,我又怅然、茫然了③。

由此可以更进一步清晰地看到,杨沫苦恼的原因是不够自信,担心自己能力不足写不好,加上身体病痛不知道能否支撑"这繁重的劳动",而不

---

① 杨沫:《杨沫文集——自白:我的日记(上)》,中国言实出版社,2015,第91页。
② 周春霞:《解读红色经典:〈青春之歌〉的文本张力与生产机制》,中国广播电视出版社,2009,第17-18页。
③ 杨沫:《杨沫文集——自白:我的日记(上)》,中国言实出版社,2015,第91-92页。

是纠结于到底以"自我"为主人公还是写"革命人物"。在 1953 年 9 月 22 日的日记中,杨沫这样记载:

> 有的关心我的朋友知道我在写以知识分子为主人公的小说,担心地劝告我说:
>
> "小资产阶级知识分子——你在写?而且当主人公?这会不会——有点危险?……"
>
> 我胸有成竹地说:
>
> "小资产阶级知识分子怎么不可以写?以知识分子当主人公,我认为并非不可。我们的许多领导同志不都是知识分子出身的吗?……而且,毛主席《在延安文艺座谈会上的讲话》也说可以写农民和知识分子,写他们的转变。我就想写知识分子在党的领导下是怎样转变的。"
>
> 那位同志笑笑,见我态度坚决,不再说什么。我呢,不为所动。①

在杨沫的日记中,杨沫对写以知识分子"自我"为主人公是没有犹豫过的。《青春之歌》的创作动机"表现自我"(基于自我经历而生发的讲述"自我"个人的动机)与"符合主流"(按照主流意识形态的要求,写一部描写革命英雄人物的作品)之间的矛盾冲突关系在杨沫的创作过程中是不存在的,杨沫通过"自叙传"小说的叙述方式将这两者实现了很好的融合。以知识分子"自我"的人生成长经历为主线,同时描写其他革命英雄人物,这两方面在《青春之歌》中巧妙地结合在了一起。周春霞将写"革命人物"与写"知识分子"之间放在"矛盾"的关系基础上,对于这一问题的解决,论文进一步解释为:"在小说创作之前,杨沫收到了曾与之有过一段恋情的路扬的一封信。'九月一日,忽接 D 来信,使我又高兴又惊奇。我们已间断

---

① 杨沫:《杨沫文集——自白:我的日记(上)》,中国言实出版社,2015,第 163 页。

第四章 《青春之歌》

消息快两年,现在他忽然从朝鲜战场给我写来信。'……正是路扬的来信,使得杨沫找到了解决写'革命人物'与写'知识分子'之间的矛盾,使得创作打开了局面。"① 笔者认为这一解释仍然存在问题,周春霞在阐述这一观点时引用的是1951年9月11日杨沫日记中记载的路扬9月1日来信的事,但是请看1951年8月18日的杨沫日记:

> 我又时常想那些要写的人物了。主人公是女性,一个失学失业的知识分子,她因家庭的败落,父母的不和,爱情的折磨……在种种坎坷的遭遇中生活。后来却在革命朋友、在党的影响下,一天天成长起来……我要刻画这个人,就要调动我心中许许多多的情愫——快活与哀伤、希望与失望……女主人公,你快像《画中人》一样,从画中走出来吧,走到人间来吧,快点来吧!②

由此可以看出,小说的基本情节框架模式这时已经在作者的心中初步成型了,而不是因为路扬9月1日的来信解决了杨沫所谓的"革命人物"与"知识分子"的写作矛盾。随后,路扬的来信确实对杨沫的创作起到了很大的促进作用,但是这种作用主要是使杨沫心目中关于革命英雄形象应该如何塑造越来越清晰。在9月11日日记中杨沫清晰地记载了路扬来信对她的这一影响:"我突然想,我应当在未来的小说中,写出这个人物,写出他高尚的革命品质;写出他出生入死的事迹;也写出他对我经受了考验的感情(也许只是一种幻想的感情)"③,因此小说中卢嘉川的形象带有了路扬的影子。随后,杨沫动笔创作的决心也越来越强烈:

---

① 周春霞:《解读红色经典:〈青春之歌〉的文本张力与生产机制》,中国广播电视出版社,2009,第18-19页。
② 杨沫:《杨沫文集——自白:我的日记(上)》,中国言实出版社,2015,第127-128页。
③ 杨沫:《杨沫文集——自白:我的日记(上)》,中国言实出版社,2015,第139页。

1951年9月22日日记：

今天闲中翻阅《钢铁是怎样炼成的》，保尔·柯察金的自述，又刺激我想起久已想写的那本书来。我想还是大胆地写吧！等准备充足再写，是没日子的。只要起了头，全部精神都被吸引进去，那么病呀，一切不顺心的事呀，便都迎刃而解或者忘了。大胆，大胆地写起来吧！①

1951年9月25日日记：

真的，保尔鼓舞着我，我真的开始写这篇自传式的小说了。②

通过对杨沫日记的分析，可以清晰地看出从她产生创作动机，开始酝酿《青春之歌》到动笔写作的这一过程。杨沫由于生病无法工作被边缘化而焦虑，渴望参加工作融入主流集体中，而由于身体病痛不断又无法正常工作，后来通过不断尝试，根据自己的兴趣爱好找到了写作小说这种最适合自己的方式。在杨沫进行小说创作构思时，中年痛苦落寞的她渴望找回过去的激情岁月，革命战争年代自己的经历和英雄人物经常浮现出来，杨沫的写作欲望越来越强烈，脑海里反复构想，于是小说内容逐渐成型，确定写一部以"自我"为中心的"自叙传"小说。在写作构思中因为病痛而迟迟未动笔写作，保尔·柯察金给了她很大的精神鼓舞，最终促使她开始动笔。杨沫之所以选择"自叙传"这种创作方式，一方面与她酝酿小说时潜意识是通过追忆革命年代来获得自我的存在感有很大的关系，也就是说杨沫想通过"自叙传"写作这种方式达到一种精神治疗的效果；另一方面，追忆战争辉煌岁月、写革命战争年代的事迹也是"十七年"文艺创作的主流，作为积极追随主流步伐的杨沫也会受到当时文艺创作环境的影响；再者，笔者猜测可能与杨沫自己对文学创作的不自信也有一定关系，杨沫一

---

①② 杨沫：《杨沫文集——自白：我的日记（上）》，中国言实出版社，2015，第132页。

第四章 《青春之歌》

直自认为写作经验缺乏，对素材的掌控力不足，以自己早年的生活经历和最熟悉的人物来架构小说也是最容易的。毫无疑问，以"自叙传"的方式追忆革命年代的青春岁月，表现知识分子成长经历和塑造革命英雄形象正是作者选择的最合适的构思方式。《青春之歌》的主要创作动机是杨沫通过小说创作使自己融入主流集体中，进而被主流认可实现自我的人生价值。从这一基点出发，后来作家对小说一次次的改写行为也可以得到一些合理的解释。

杨沫对《青春之歌》的修改从小说出版前一直持续到小说出版后相当长一段时间，改写幅度之大是"红色经典"中罕见的。小说出版前杨沫主要是根据审稿意见进行反复修改，1958年《青春之歌》出版后杨沫综合读者、评论家等各方面的意见对小说文本进行了一次大规模修改，1960年呈现出的再版本是改写幅度最大的一次，1978年的重印版仍然在少数地方进行了修改。如此之大的改写幅度当然也引起了学界的关注。纵观整个改写过程，可以发现杨沫对《青春之歌》的修改大体上是一个作家将读者、编辑、评论家的意见逐渐融入小说，压缩小说文本中的个人化叙事空间，尽量向国家文艺政策靠拢，追随主流意识形态的过程。这种改写一方面与杨沫对自己的写作不自信有关；另一方面与作家处在"政治标准第一，艺术标准第二"的文艺批评环境中，希望在主流集体架构中保持自己中心位置的心态也有着重要关系。

关于《青春之歌》改写的研究，目前学界一般建立在对1960年再版本与1958年初版本的比较基础之上，主要原因是这两个文本之间变化非常之大且具有研究价值，再者对这两个文本进行比较容易获得确凿的文本材料作为直接依据。关于小说出版前的改写，杨沫《初版后记》说"经历了六七次的重写、修改"[①]，但是目前因为研究资料不足而无法做确切的研究。

[①] 杨沫：《〈青春之歌〉初版后记》，载沈阳师范学院中文系编《中国当代文学研究资料·杨沫专集》，内部资料，1979，第38页。

据杨沫日记记载，杨沫从 1950 年开始创作到 1955 年 4 月完成约 35 万字的初稿《烧不尽的野火》（即《青春之歌》）。中国青年出版社文学编辑室张羽和吴小武（即萧也牧）通过作家柳溪了解到杨沫正在写作这部小说，于是与杨沫联系，随后杨沫通过柳溪将草稿转交到了中青社。中青社张羽在看了初稿后给出审稿意见，原本请阳翰笙外审，但是阳翰笙一直很忙没有时间，后来转交欧阳凡海审阅。欧阳凡海在审阅后写了一篇六七千字的《对于〈青春之歌〉的初稿意见》。中青社张羽带着欧阳凡海的审稿意见拜访杨沫告诉她要修改小说，改好了就出。"可以说，《青春之歌》在中青社期间，两份审读意见直接影响了它在中青社的命运：一份是中青社编辑张羽的审稿意见；另一份是欧阳凡海作为'外审'的审稿意见。"① 这两份审稿意见也成为杨沫在《青春之歌》出版前进行修改的重要依据。在觉得按照中青社的审稿意见修改难度比较大，又觉得出版希望不大的情况下，杨沫将稿件送给了秦兆阳，秦兆阳觉得小说很好，无大毛病，立即推荐给人民文学出版社出版。关于为什么小说在中国青年出版社难以出版而在人民文学出版社能够立即决定出版，这与两社领导层面的办社宗旨以及当时两社出版运作实际情况有很大的关系，相关学者已经进行了详细论述，笔者就不过多展开。1956 年 5 月在人民文学出版社决定出版小说后，杨沫主要根据欧阳凡海的意见向编辑任大心提出了一个修改方案，对小说进行了一次较大幅度的修改，修改于 6 月 20 日完成。这次修改增加了三四万字，全书约有 40 万字，书名由之前《烧不尽的野火》更改确定为《青春之歌》，由此可见杨沫在出版前的这次改写幅度应该是非常大的。笔者试着将小说出版前欧阳凡海的《对于〈青春之歌〉的初稿意见》与 1958 年 1 月版的《青春之歌》进行比照，以期能够在一定程度上还原初稿的部分原貌，寻找杨沫此次改写的痕迹。经过对比分析，笔者发现有以下几处杨沫的修改是

---

① 周春霞：《解读红色经典：〈青春之歌〉的文本张力与生产机制》，中国广播电视出版社，2009，第 59 页。

第四章 《青春之歌》

可以确定的:第一,林道静第二次入狱,监狱中的故事杨沫进行了丰富加工,林红形象的成功塑造是这次丰富加工的结果。欧阳凡海先生的意见是"在第二次被捕时才用她自己的回忆写了一笔,完全没有正面去写",再加上欧阳凡海前面所说"此稿所写人物,像卢嘉川、二位铁路工人、赵毓青、李槐英、王晓燕及其家人王鸿宾等、白莉苹及许宁等,都相当成功"[1]。这里未提"狱中红梅"林红的形象,反而后面欧阳凡海继续提出"可不必说郑瑾有严重肺病",可见杨沫对林道静第二次进监狱的情节进行了比较大的改写,同时将林红的形象塑造得更加完美了。第二,杨沫对工人阶级出身的革命者江华形象进行了改写。欧阳凡海先生评价初稿的第二个缺点是:"中心人物之一的江华,他是工人出身,又是书中的主要的党的代表人物,但是他的性格却被描写成为带着小资产阶级的特色。……作者在描写他在定县和林道静相处时,专门是夸夸其谈地讲理论,直到临走才匆匆想到要谈一两句工作问题。这种人做一个小资产阶级教条主义者的典型倒是很合适的,把这种面貌拿去做工人阶级的面貌,就不合适了。再比方第 28 章江华在万分紧张的工作环境和生活内容十分充实的情况下回到家来,忽然和生活脱节地大谈其理想来,显得和生活环境很不相称。"[2] 关于江华的描写,欧阳凡海先生还指出了很多细节上的不当,对比出版后《青春之歌》中江华沉稳、踏实、斗争经验丰富的工人阶级革命者形象,毫无疑问杨沫做了大量的修改,将江华的形象塑造得更贴合工人阶级革命者形象了。第三,关于林道静和余永泽的关系描写,杨沫进行了改写。欧阳凡海在审稿意见中提出:"她的倾向革命,应该有从阶级感情出发的因素,……那么,说到她和余永泽的分歧,也应该从具体的阶级矛盾(如看见有人欺压谁等等)问题上,道静与永泽的态度不一致着眼。"[3] 为此,初版本的《青春之歌》增加了魏老汉在风雪夜出现引发林道静和余永泽矛盾的情节。欧阳凡海先

---

[1][2][3] 张羽:《〈青春之歌〉出版之前》,《新文学史料》2007 年第 1 期。

生在审稿意见中还提到了很多其他问题，由于细节方面无法一一对应，就无法确定杨沫具体进行了什么样的改写了。此外，从张羽给出的审稿意见也可以大体确定杨沫对林道静与余永泽关系破裂过程进行了修改。张羽提出："如林道静与余永泽相处，感到困惑、烦乱，她矛盾、痛苦，企图摆脱这种不死不活的生活，这是自然。应该描写这种思想斗争，不写是不对的。但作者过多地描写那些'儿女'情意，抱头痛哭，难解难分，就削弱了这些地方的战斗力量，把读者带进那些家庭纠纷中去，忘却或忽视当时的主要斗争。这些地方占压倒优势的还应该是当时的局势，蓬勃的爱国运动，这些外因怎样促进了林道静的思想情感的变化。变化的过程也不一定都放在那个寓所的小房子里来写，把她的视野逐步放宽些。"① 将张羽的此段话与初版小说进行对比，可以看出原稿对林道静与余永泽的分手过程细节描写比较多，而且很多是因为两人相处中生活方面的不合引起的争执，这种描写可能更贴合现实中杨沫和张中行分手时的实际情况。1958年版的《青春之歌》林道静与余永泽分手的主要原因改成了两人不同的阶级道路、人生道路的选择，卢嘉川被捕是林道静结束他们关系的最后触发点，而且分手过程没有太多感情痛苦的描写，显然作者删去了很多日常生活与男女情感的描写。从以上三点改写可以看出，1958年版的《青春之歌》加强了无产阶级革命者形象的塑造，突出了革命话语与政治阶级关系主题的表达，删去了部分日常生活化叙事和个人情感的描写，使作品更加贴合当时的文艺创作规范。

1960年的再版对1958年的初版的改写则更加明确：继续大量删减了林道静感情纠葛的成分，增加了林道静在农村的七章和北大学生运动的三章，多了七八万字。杨沫在《再版后记》中说明她的此次修改是因为1959年《中国青年》和《文艺报》对《青春之歌》初版本展开的讨论。"我这次修

---

① 张羽：《〈青春之歌〉出版之前》，《新文学史料》2007年第1期。

第四章 《青春之歌》

改《青春之歌》，基本上就是吸收了这次讨论中的各种中肯的、可行的意见。"针对讨论中提出的三个基本问题："一、林道静的小资产阶级感情问题；二、林道静和工农结合问题；三、林道静入党后的作用问题——也就是'一二·九'学生运动展示得不够宏阔有力的问题"①，杨沫对小说进行修改。杨沫所说"这次讨论"主要指的是1959年《中国青年》和《文艺报》分别发表文章对《青春之歌》进行的大讨论。这次争论的焦点问题包括：《青春之歌》是否停留在小资产阶级知识分子的自我表现上；主人公的阶级性的自我改造是否暧昧；主人公入党是否歪曲了共产主义者形象；知识分子和工农群众相结合的描写是否充分；主人公的恋爱是否过于自由化。杨沫所说的"三个基本问题"主要是1959年北京电子管厂工人郭开在《中国青年》第2期发表《略谈对林道静的描写中的缺点——评杨沫的小说〈青春之歌〉》这一文章对《青春之歌》的批评。郭开的这篇文章主要从三个方面对《青春之歌》进行了否定：

一、书里充满了小资产阶级情调，作者是站在小资产阶级立场上，把自己的作品当作小资产阶级知识分子的自我表现来进行创作的。

二、没有很好地描写工农群众，没有描写知识分子和工农的结合，书中所描写的知识分子，特别是林道静自始至终没有认真地实行与工农大众相结合。

三、没有认真地实际地描写知识分子改造的过程，没有揭示人物灵魂深处的变化。尤其是林道静，从未进行过深刻的思想斗争，她的思想感情没有经历从一个阶级到另一个阶级的转变，到书的最末她也只是一个较进步的小资产阶级知识分子，可是作者

---

① 杨沫：《〈青春之歌〉再版后记》，载沈阳师范学院中文系编《中国当代文学研究资料·杨沫专集》，内部资料，1979，第41页。

给她冠以"共产党员"的称号,结果严重地歪曲了共产党员的形象。①

针对这三点,杨沫在再版《青春之歌》中删改了很多感情因素的描写。对卢嘉川和林道静关系的描写也删去了很多卢嘉川对林道静的热情冲动细节,将江华对林道静之间的爱慕表达转化成工作叙述,删去赵毓青和许宁对林道静的好感表达,使他们的关系变为纯粹的同志关系,另外对林道静与余永泽分手后内心的一丝惦挂也进行了删减。在删减小说中个人感情描写的同时,加强了革命话语的表达,增加与工农兵的结合,加强学生运动的描写,突出林道静从小资产阶级转化成无产阶级共产党员的曲折历程。为了体现知识分子与工农兵的结合,杨沫特意增加了林道静在农村的七章,"让道静通过赎罪初步完成了与农民阶级的结合"②。再者,再版增加了林道静在北大领导学生运动的三章。杨沫解释说:"我力图使入党后的林道静更成熟些,更坚强些,更有作为些。通过她,也把'一二·九'学生运动的面貌尽可能写得充实些。(因为生活的限制,我自己并没有参加过'一二·九',所以写来写去,怎么也无法写得更丰满)"③ 可见杨沫自己对学生运动这部分内容还是不满意的,对此学界大部分观点认为学生运动这部分改写不太成功,特别是有人指出增加的对胡适形象丑化的情节是为了迎合当时的政治运动而产生的败笔。关于林道静在定县农村生活的内容,学者们存有争议,有学者认为增加这部分也是没有必要的,歪曲了现实显得做作;也有学者认为"在知识分子的'成长'理论中,知识分子与工农大众的结合,作为知识分子'成长'的必由之路,从来就不是一个可有可无的过

---

① 郭开:《略谈对林道静的描写中的缺点:评杨沫的小说〈青春之歌〉》,《中国青年》1959年第2期。
② 金宏宇:《对知识分子的改叙:〈青春之歌〉的版本变迁》,《西安外事学院学报》2006年第2期。
③ 杨沫:《〈青春之歌〉再版后记》,载沈阳师范学院中文系编《中国当代文学研究资料·杨沫专集》,内部资料,1979,第42-43页。

第四章 《青春之歌》

程。……正是在农村,林道静了解了中国农民的苦难并进而意识到自己出身于'剥削阶级'家庭的'原罪',更重要的是,在农村,她懂得了'阶级斗争'的普遍性,这些认识对林道静的'成长'绝不是可有可无的"①。笔者认为,如果从林道静的成长、知识分子改造的主题来看,定县农村生活和领导学生运动部分的增加是有必要的,只不过在具体情节安排上可以写得更加符合现实,艺术手法更加完善一些。关于改写成功与否,学界已经评论颇多,一般认为再版本艺术价值不及初版本。笔者认为值得进一步探讨的是:在此次争论中,除了郭开等人提出的"左"倾观点外,茅盾、巴人、何其芳等著名文艺评论家也提出了比较客观的意见来肯定《青春之歌》,为什么杨沫会忽视这些名家们的意见,不坚持自己的写作立场,而倾向于采纳郭开、刘茵等名不见经传的评论者们的意见继续改写呢? 杨沫在《再版后记》中写道:

> 这样做是不是有必要呢? 我认为是有必要的。我常想,作者和作品的关系可以比作母亲和孩子的关系。母亲不但要孕育、生养自己的孩子,而且还要把他教育成人,让他能够为人民为祖国有所贡献,做一个有用之才。假如发现自己的孩子有了毛病、缺点,做母亲的首先要严格地纠正他,要帮他走上正确的道路。即使孩子已经是社会上的人了,已经起过一些作用了,做母亲的也还应该关心他、帮助他克服缺点,尽自己的一切力量使得他变成一个更加完美的人。就在这种心情支使下,我就尽我微薄的力量又把《青春之歌》修改了一遍。不过因为时间仓促,因为生活经验不足,更因为自己政治水平不够高,这部小说可能还存在许多缺点。②

---

① 李杨:《50—70 年代中国文学经典再解读》,北京大学出版社,2018,第 97 页。
② 杨沫:《〈青春之歌〉再版后记》,载沈阳师范学院中文系编《中国当代文学研究资料·杨沫专集》,内部资料,1979,第 40–41 页。

对杨沫的这段话进行剖析，可以发现杨沫对批评意见是非常在意的，一方面出于她"生活经验不足""政治水平不高"的不自信；另一方面也是因为她"尽自己的一切力量使得他变成一个更加完美的人"、不断追求进步的思想。这两方面促使杨沫对作品不断修改完善，本无可厚非，但杨沫对小说改写完善的主导方向不是茅盾指出的艺术上三个主要缺点即"一、人物描写，二、结构，三、文学语言"①，而是郭开的"左"倾批评观点："我觉得郭的意见也有可取之处，也给了我启发。"② 可见杨沫在改写时更看重的是关于作品的政治评价，与杨沫的这一改写取向相联系的是当时"政治标准第一，艺术标准第二"的文艺评价标准，以及文艺界逐渐"左"倾的环境。"我才意识到了。改，坚决地改！确实到了应当'收缩'一下的时候了！"③ "收缩"一词精确地反映出当时杨沫未直言的对政治敏感紧张的心态，杨沫认为不"收缩"可能意味着遭受政治风险，被排挤出主流中心位置。从"文化大革命"刚开始，杨沫利用康生的批示和姚文元的文章为《青春之歌》辩护、寻求自保的行为也可以看出她规避政治风险的心态。另一方面，作为在革命环境中成长起来的作家，杨沫本人对国家方针政策是"信"的，可以说"信"是杨沫终生的性格特点，所以杨沫的这一"收缩"很大程度上可能确实认为自己的写作是有问题的，需要改。因此《再版后记》中她所说的"觉得有必要"是她真实心态的反映。所以杨沫在1978年重印版中不仅坚持了1960年版本的修改，而且重印本的改写继续延续了再版本的改写思路，在后来的《青春之歌》出版中杨沫也没有改回初版本。

杨沫不断对作品进行修改，令人联想到梁斌和姚雪垠。梁斌的修改主要是自动、自主的修改，他主要着眼于使作品在艺术上不断完善，使之成为传世之作，他对编辑和读者及批评家的意见既尊重又不盲从；姚雪垠更

---

① 茅盾：《怎样评价〈青春之歌〉》，《中国青年》1959年第4期。
② 杨沫：《杨沫文集——自白：我的日记（上）》，中国言实出版社，2015，第292页。
③ 杨沫：《杨沫文集——自白：我的日记（上）》，中国言实出版社，2015，第291页。

第四章 《青春之歌》

是多次为修改问题与责编"吵架"。梁、姚都是艺术上自视甚高、特别自信的人。杨沫的修改更多听从了编辑、批评家乃至普通读者的意见,主要为"政治正确"。这大概与三位作者的不同身份有关:梁斌是革命老干部,与高层有交往,政治上是被信任的领导者;姚雪垠虽然被打成右派,但他早已成名,加之个性独特,一贯特立独行,后来又得到最高领导人支持。杨沫虽也早已参加革命,但曾经的事业低谷与"知识分子"身份,以及书稿交付中青社的不顺利经历,使她不得不小心翼翼。

三、《青春之歌》的接受与传播

1958年1月作家出版社出版《青春之歌》,小说一经出版就颇受欢迎,1958年3月第二版印5万册,4月重印5万册,到6月份已出版39万册,8月份印数达到71万册,到9月份《青春之歌》各种版本加起来已达到94万册,到1959年上半年小说销售量就达到了130万册。《青春之歌》的成功除了文本本身的因素之外,离不开报刊媒体的推介、官方的支持,以及相关座谈会、文艺评论的推动等。另外,读者来信及文艺论争客观上都提高了小说的关注度和知名度。

人民文学出版社利用媒体进行推介和宣传,对《青春之歌》面世后的轰动效应起到了直接作用。在小说还未正式出版前,1957年年底人民文学出版社即联系《北京日报》,计划在报纸上以连载的方式推出小说。1958年1月1日《北京日报》上的"新书介绍"栏登出《青春之歌》即将出版的消息。紧接着1月3日《北京日报》开始连载《青春之歌》的部分内容,报纸推介与新华书店发行销售同步进行,这种推介方式不可谓不隆重。不久,《青春之歌》的社会反响开始出现,头版迅速销售一空,二版加印5万册。2月份开始,《中国青年报》《文汇报》《人民日报》《读书月报》及中宣部的《宣传动态》等均开始发表介绍和评论《青春之歌》的文章。较早的一篇推介文章是《中国青年报》1958年2月16日刊登的《描写学生运动的诗篇——推荐新书〈青春之歌〉》，接着2月23日《文汇报》刊登《〈青春之歌〉充满了青春的活力》，4月《文艺月报》发表巴人的书评《谈小说〈青春之歌〉》，4月17日《人民日报》刊登王世德的《知识分子的革命道路——评长篇小说〈青春之歌〉》，5月《文艺报》《广西日报》等刊登读后感，6月《人民文学》《读书》等继续刊登读者评论……之后评论专著出现：王永生的著作《谈小说〈青春之歌〉》由上海文艺出版社在1958年出版。据笔者粗略统计，1958年仅《人民日报》《文艺报》《文汇报》《光明日报》《中国青年报》等各大报纸的评介文章数量就达到20多篇。一时间，采访、座谈会邀约、读者来信纷至沓来。《北京晚报》等媒体特约采访杨沫，北京市团委、北京大学、清华大学、北京29中、北京6中、北京石油学院、北京无线电工业学校、河北北京师范学院等机构、学校纷纷召开杨沫与读者的见面座谈会，大连工学院发电报请杨沫参加学生纪念"一二·九"运动的活动。与此同时，《北京文艺》《中国青年报》等各大报纸纷纷刊载《青春之歌》全国各地的读者来信，甚至国外读者来信。例如日本读者来信：

> 我们对像在《青春之歌》中所表现出来的经过英勇不屈的斗争后，现在又在社会主义建设和反对共同敌人的斗争中不断前进的中国同志们，表示衷心的问候。[①]

印度尼西亚读者：

> 最近我们幸运地读了六姐您写的小说——《青春之歌》。《青春之歌》这部小说极受印尼华侨的欢迎，尤其是青年学生。在今天，这里许许多多的青年学生都疯狂地读这部小说。这优秀作品

[①]《国外读者来信·日本读者来信二件》，载沈阳师范学院中文系编《中国当代文学研究资料·杨沫专集》，内部资料，1979，第485页。

第四章 《青春之歌》

一到棉兰市各书店,很快就被棉兰市的读者买光了,许多小地方的读者因为买不到书发怨言。幸运得很,我们三人中有一个通过一位书店工作的朋友买到一本。①

朝鲜读者:

在我们这里,还没有能够读到《青春之歌》的同志们,都争先恐后地排队登记,争取早日读它。因为书少读者多,书的字墨已经磨损而模糊不清了。②

南斯拉夫读者:

我很愿意和《青春之歌》的女作者杨沫同志结识并通信往来。但是我不知道怎样去做。我怎样才能找到她呢?③

杨沫也积极配合读者,及时回应,读者回信、创作谈、杨沫访谈录纷纷刊登在《北京日报》《光明日报》《中国青年报》《文学青年》《中国青年》《电影创作》《电影艺术》等各种报刊上。作家与读者、观众的互动异常热烈,造成一种全国、全世界看《青春之歌》的声势。

1959 年《中国青年》和《文艺报》的编辑开辟专栏对《青春之歌》进行讨论,文艺编辑亲自组织约稿,郭开批判《青春之歌》的文章的刊载引起了一场全国规模的文艺论争,这场文艺论争也在客观上提高了小说的知名度。1959 年《中国青年》第 2 期刊载郭开文章《略谈对林道静的描写中的缺点——评杨沫的小说〈青春之歌〉》连续讨论了 4 期。《文艺报》也不甘落后,积极组织讨论,在第 4 期刊登郭开的《就〈青春之歌〉谈文艺创

---

① 《国外读者来信·印度尼西亚华侨读者来信二件》,载沈阳师范学院中文系编《中国当代文学研究资料·杨沫专集》,内部资料,1979,第 477 页。
② 《国外读者来信·朝鲜读者来信二件》,载沈阳师范学院中文系编《中国当代文学研究资料·杨沫专集》,内部资料,1979,第 479 页。
③ 《国外读者来信·南斯拉夫读者来信》,载沈阳师范学院中文系编《中国当代文学研究资料·杨沫专集》,内部资料,1979,第 481 页。

作和批评中的几个原则问题——再评杨沫同志的小说〈青春之歌〉》,随后刊载关于《青春之歌》比较有代表性的评论文章,一直持续到第9期。这次文艺论争引起文艺界高层茅盾、何其芳、马铁丁等批评家的介入关注。《中国青年》第4期刊载茅盾的《怎么样评价〈青春之歌〉》对小说予以肯定,随后第5期刊登何其芳的《〈青春之歌〉不可否定》。《文艺报》第6期刊登刘导生的《关于〈青春之歌〉的时代背景》,文章针对郭开等人的批判就客观现实做出回应。随后《文艺报》第7期杨翼的《谈〈青春之歌〉所反映的时代》、第9期马铁丁的《论〈青春之歌〉及其论争》均对《青春之歌》进行肯定评价。关于这次论争所席卷的范围,有文艺评论家指出:"下至中小学生,上到文艺界领导人,从青年到老年,从知识分子到工人农民;从专家学者,到以文艺为捷径的政治过客,几乎成了全民族的一场讨论。"①很多人看了刊载的论争文章去阅读小说,这场文艺论争客观上对扩大《青春之歌》的影响力无疑起到了积极作用。

官方也对《青春之歌》极度重视,将其作为青少年和党员学习的范本进行推广,《青春之歌》中的节选"林道静在狱中"被纳入中小学语文课本。1958年周扬指出:"最近有三部好作品出现:一是《林海雪原》,一是《红旗谱》,一是《青春之歌》。"② 1958年10月杨沫被安排随中国官方代表团应邀参加亚非作家会议,此次代表团团长为茅盾,副团长为周扬、巴金,团员除杨沫外还有刘白羽、曲波、赵树理、郭小川、许广平、杨朔、谢冰心等,由此可见国家对《青春之歌》的高度重视。会议结束回国后,北影厂厂长汪洋在1958年底即要求杨沫将小说改编成电影剧本,计划将电影作为建国十周年的献礼片重点抓。与此同时,上海电影制片厂也把《青春之歌》列入当年拍片计划,剧本已由杨沫的妹夫、导演蒋君超改编完成,导演、演员也已安排就位。于是接下来出现了北影厂与上影厂争夺拍摄权的

---

① 老鬼:《我的母亲杨沫》,同心出版社,2011,第93页。
② 杨沫:《杨沫文集——自白:我的日记(上)》,中国言实出版社,2015,第279页。

第四章 《青春之歌》

局面,这场争夺拍摄权的斗争由于周扬的背后支持,最后北影厂获得胜利。北影厂之所以与上影厂争夺电影的拍摄权,其背后的政治用意可以从后来电影的拍摄制作过程见出端倪。官方继续介入主导电影《青春之歌》的拍摄和制作过程,北影厂指定杨沫为编剧,导演崔嵬大胆选用形象气质都更加贴合林道静的年轻演员谢芳扮演女主角,并且"精心挑选了当时国内一流演员:秦怡演林红,于是之演余永泽,康泰演卢嘉川,于洋演江华,赵联演戴愉,赵子岳演地主,连一个次要角色王晓燕的母亲,都由名演员王人美扮演","并请大作曲家翟希贤为电影作曲,大指挥家李德伦为乐队指挥,北影资深摄影师聂晶担任摄影"①。从电影的豪华阵容可以看出当时北影厂对影片的重视程度。北京市委第一书记彭真又亲自指示陈克寒、邓拓、杨述等注意抓这部片子,要求他们当作政治任务来执行。北影厂将《青春之歌》列为建国十周年献礼的重点影片,一切工作都为摄制《青春之歌》开绿灯。在如此强大的官方支持力度的作用下,电影《青春之歌》仅5个月就制作完成。1959年8月17日,国务院副总理陈毅亲自来到北影厂审查样片,并且在看完之后称赞电影制作达到了"国际水平",不久之后周恩来将电影制作组成员邀请到中南海家中一起观看影片,随后贺龙元帅致电崔嵬也要求观看影片,可见国家领导层面对影片的高度重视。在国家官方的力推下,电影《青春之歌》在国内公开放映轰动全国,各大媒体公开报道电影上映的消息,并刊登评介文章,组织召开座谈会。影片公映后,北京市的电影院全部爆满,很多影院24小时放映,影片的影响力迅速遍及全国各大城市,在1960年全国电影评选中《青春之歌》成为观众投票最多的一部电影。与此同时,官方还将电影作为宣传教育片向国外推行上映。1960年《青春之歌》开始在日本等国家的大城市上映,反响热烈。1960年一年中电影在日本共放映了3249次,成为当时在日本上映的《五朵金花》《祝

---

① 老鬼:《我的母亲杨沫》,同心出版社,2011,第105页。

福》《林则徐》《聂耳》《风暴》《万水千山》《红色种子》《铁窗烈火》《女篮五号》等10部电影中影响最大的一部。《人民日报》《光明日报》等官方重要媒体对影片在日本的成功进行广泛宣传，介绍影片在日本产生的热烈反响，刊载日本读者的来信、日本评论家的评论文章。1961年春林道静的扮演者谢芳被选为中国妇女代表团的成员，她去日本访问时惊讶地发现，在东京大街上自己扮演的林道静的巨幅画像有两层楼那么高。代表团所到之处，影迷们都拿着笔记本要求谢芳签名留念。他们狂热地喊着："林道静！林道静！"与此同时，官方还将电影推介到越南、朝鲜等国家上映，国内《大众电影》等媒介同样宣传报道影片在国外所取得的成功。影片的成功反过来也推动了小说影响力的扩展，《青春之歌》被译成多国语言在日本、苏联、印度尼西亚、朝鲜、越南、捷克斯洛伐克、南斯拉夫，甚至英国、法国发行，都产生了巨大影响。从1960年《青春之歌》日文版首次发行到1965年，短短的5年间共印刷了12次，出版了20万册，这在日本是一个惊人的数字。读者在阅读小说、观看电影后纷纷发表评论，或给杨沫来信，畅谈自己的感想。出版社将小说译成外文并向国外发行，由此《青春之歌》的影响力波及世界多个国家。"在1949年以后新中国发行的小说中，《青春之歌》的外文译本之多，名列前茅，还找不出第二本。""到1990年为止，32年此书累计发行了500万册，并翻译成英、日、法、德、俄、乌克兰、希腊、保加利亚、阿尔巴尼亚、朝鲜、蒙古、越南、印尼、阿拉伯、乌尔都、世界语以及藏文等18种文字。"[1]

由此，我们可以清晰地看到《青春之歌》成功地完成了从小说到电影，再从电影到小说的传播和普及。不可否认的是，这样一条传播路径对作品的畅销起到了推波助澜的作用。"十七年"期间，国民的物质文化生活水平还处于比较低的阶段，全国还有很多人是文盲和半文盲水平，阅读小说大

---

[1] 老鬼：《我的母亲杨沫》，同心出版社，2011，第98－99页。

第四章 《青春之歌》

多是知识分子的行为,而电影可以打破这种文字阅读的障碍。当时人民的娱乐活动也比较单调,看电影是少有的几个适合群众集体进行的娱乐活动之一,再者很多电影是由官方组织在全国各地免费公映的,群众集中起来看电影在当时非常盛行。看完电影之后,人们对电影展开讨论,媒体出面召开座谈会,氛围异常浓厚。加上广播、报纸等媒体的宣传和引导,作为视觉空间艺术,电影的教育意义也能够以更直观和富有感染力的方式体现出来。《青春之歌》电影的成功改编和制作对扩大作品的影响力功不可没。观众认为电影《青春之歌》是对小说的成功改编,"在忠实于原著的基础上,纠正了原著的某些缺点,添加了有重要意义的内容,把林道静的形象相当深刻和完整地表现了出来"[①]。当时观影的大学生们对影片进行了热烈的讨论,北京大学学生张炯将大学生们喜爱这部影片的原因归结为三个方面:"第一,《青春之歌》很生动地反映了我国革命史上第二次学生运动的高潮,把'一二·九'的宏伟壮烈的斗争,再现在我们眼前……第二,《青春之歌》的成功更重要的还在于创作了一系列活生生的人物,特别是创作了像林道静这样的一个典型形象……第三,《青春之歌》的成功,还在于它把我国的电影艺术提高到一个新的水平。"[②] 张炯从主题、人物形象、电影艺术手法三个方面对影片的成功因素进行分析,非常具有代表性。影片的成功很大程度上来源于剧本的成功,而杨沫对剧本的改编从根本上还是需要回归到其创作的小说文本。林道静"是在我国新文学作品中描写青年知识分子成长为共产主义战士的第一个比较完整的典型"[③]。其人生经历具有代表性所以能引起广大读者的共鸣,甚至在日本和其他国家这样的人生经历也具有相似性,日本评论家表示"日本的知识分子也走过这样的道路"。特别是影片又强化了这方面的表现,删去了林道静个人的感情纠葛成分,

---

① 希治:《谈电影剧本〈青春之歌〉的改编》,《电影艺术》1960 年第 1 期。
② 《〈青春之歌〉座谈会》,《电影艺术》1960 年第 1 期。
③ 任孚先:《读杨沫的〈青春之歌〉》,《文史哲》1958 年第 9 期。

对情节进行适当改编，使其人生经历的线索更加清晰，对广大青年的感染力更强。同时作品描写的不同青年人生道路的选择问题以及知识分子革命斗争的经过，对广大青年也起到了很好的教育作用，在反对《新日美安全条约》的日本"这种工人和知识分子构成一体，反对外国的帝国主义和中国的买办政府的广泛的战线的组织过程，给予我们很宝贵的教训。……日本观众看到这样的影片一定会泛起切身之感，从中得到鼓舞，并学习到一些东西"①。电影经过特殊手段的处理向主流文化教育大众的愿望靠拢，其教育功能和感染力得到更加直接清晰的呈现，所以影片获得了当时国内外的一致好评。

《青春之歌》除了被改编成电影之外，还被改编成京剧、评剧、话剧、评弹、歌剧、小人书、电影连环画……新时期以来《青春之歌》又两度被改编成电视连续剧，1997年20集电视连续剧进入制作阶段，据制作方宣传时介绍，将这部小说搬上荧屏是杨沫的愿望。这次改编的原则是："用唯物史观来诠释作品所表现的历史人物，突出人物的命运和情节冲突，使其在思想性和艺术性方面达到较好的统一。"该剧林道静由话剧演员陈炜饰演，著名演员陈宝国饰演余永泽、谢园饰演戴愉、李媛媛饰演林红。但可惜的是，此次电视剧的收视率不高，并不能算是一次成功的改编。十年后，2007年新版电视剧《青春之歌》又被搬上荧屏，这是一次大胆的改写，导演张晓光将其定位为一部不寻常的"红色经典"。编剧对小说情节包括男女主人公形象进行了全新改造，使其趋于帅哥美女偶像化特征，尽量抹去林道静的阶级身份使其"普通化"，对余永泽进行"平反"。与十年之前相同的是，此次改编同样以失败告终。新时期电视剧《青春之歌》改编的屡次失败意味着什么呢？是"红色经典"再也不适合新的时代环境了吗？还是改编本身出了问题呢？笔者认为，如果以《青春之歌》电视剧改编的失败来下

---

① 松若：《野坂参三称赞电影〈青春之歌〉》，《世界文学》1960年第7期。

第四章 《青春之歌》

"红色经典"已经成为过去的结论,这是一叶障目。新时期以"红色经典"作品为基本素材改编成功的例子有很多,2014年徐克的电影《智取威虎山》就是"红色经典"改编成功的经典案例,除此之外还有大量的电视剧以革命历史小说为素材,也取得了比较高的收视率。目前,电视剧市场收视率还不错的大量谍战片、战争片很多都取材于《红岩》《保卫延安》《红日》等"红色经典"小说。"红色经典"改编在当下并非不合时宜,其能否成功取决于编剧和导演的制作水平。笔者认为编剧在改编时,不应该为了吸引观众眼球而过度使用一些所谓的流行时尚元素,毕竟"红色经典"的核心魅力在于其独特的精神力量,人物崇高的精神品格、震撼人心的正能量,新的时尚元素的融入应该是点缀,不能本末倒置。相比较电视剧《青春之歌》在新时期的失败,2002年高校大学生改编的话剧《青春之歌》却"刮起了一股话剧的'青春'旋风","让新世纪的大学生们尝到了'旧瓶装新酒'的风味"。①话剧在把握了《青春之歌》时代精神的前提下,将音乐、舞蹈、古希腊戏剧歌队等表现形式巧妙融入,给观众耳目一新的感觉,深受广大大学生的欢迎。由此可见,同样是《青春之歌》,不同的改编方式带来的是全然不同的体验。那么在21世纪的今天,《青春之歌》的命运究竟如何,对于当下的读者又具有何种意义和价值呢?它是否能够作为永恒经典传世呢?

四、《青春之歌》的当下意义及传世可能

《青春之歌》在"文化大革命"时期被视作"毒草",新时期《青春之歌》作为"十七年"文学复归文坛的重要成果,列入首批由国家出版局专项拨纸重印的图书名录,1978年由人民文学出版社重印出版。在新时期伊

---

① 樊星主编《永远的红色经典:红色经典创作影响史话》,长江文艺出版社,2008,第249页。

始,《青春之歌》和其他"红色经典"还是青年们的热门读物,但是随着20世纪80年代文坛"人性""人道主义"的复归,西方文艺思潮的引入,寻根文学、先锋小说、新写实小说等新的小说流派在80年代中后期的涌现,以及港台通俗文学在大陆的逐渐流行,《青春之歌》同其他"红色经典"一起在浩瀚的小说市场被读者逐渐冷落。随后相继问世的《青春之歌》的续集《芳菲之歌》《英华之歌》,市场反应更加冷淡,被人称为"不合时宜的续集",甚至有人提出尖锐批评:"虚假的东西,最容易引起读者反胃,令人作呕。"① 当然,《芳菲之歌》《英华之歌》在创作方面确实存在一些败笔,连杨沫本人也承认是失败之作,其价值显然无法与《青春之歌》相提并论。1990 年,为了加强对青少年的革命传统教育,国家相关部门将"十七年"的一批经典文学再版,《青春之歌》又印了大约 6 万册,北京市对全市每个中学每个班级赠书 1 册。《青春之歌》到目前仍在发行,但是读者实际阅读量持续低迷,阅读者群体主要是大学中文专业的学生以及研究当代文学的学者。对于"十七年"文学在新时期被读者冷遇的现象,一般解释为读者阅读兴趣的变化,革命宏大叙事再难激起青年一代的共鸣。笔者对此观点存有质疑,因为在网络上搜索"青春之歌"词条会发现,"青春之歌"其实早已成为一种精神符号,成为青年们的一种精神象征,"青春之歌"出现在青年活动的各个角落。由小说《青春之歌》所产生的这种积极向上、激情勃发的精神力量,早已刻在几代人的情感记忆中。《青春之歌》小说阅读量的低迷并不意味着作品在当下无法激起青年的共鸣,反观《青春之歌》之外的其他"红色经典"作品,甚至以"四大名著"为代表的经典文学,其实同样面临着阅读量低迷的状态。经典作品阅读低迷与影视文化、网络文化的兴起,与文化传播方式的改变,有着很大的关系。据笔者了解,目前在"学习强国"APP 中,《青春之歌》《铁道游击队》等"红色

---

① 老鬼:《我的母亲杨沫》,同心出版社,2011,第 273 页。

第四章 《青春之歌》

经典"电影的点击率是非常高的。所以不能说《青春之歌》不能激起青年的精神共鸣，视觉图像取代了传统的纸质媒介，碎片化移动端阅读取代了集中书面阅读，读者阅读方式发生变化对阅读量必然产生很大的影响。再者，在文化多元化的社会环境下，读者置身于信息化爆炸的时代，注意力是被分割成很多部分的，与以往文化娱乐活动相对单调、信息匮乏的环境下青年如饥似渴地阅读相比，当下社会环境中文学作品的阅读量显然是无法再现曾经的辉煌的。

《青春之歌》在当下学界又是以怎样的面貌而存在呢？学者们在新的文化语境下对《青春之歌》进行了"再解读"。《青春之歌》的"再解读"沿着两条思路进行：一种是借用西方的现代主义话语对作品进行重新阐释；另一种是从革命政治话语与文学价值的角度对作品进行重新定位。20世纪90年代中后期以来，学者们借用西方话语从性别角度、伦理角度、政治文化角度、心理批评角度对《青春之歌》进行了重新阐释。陈顺馨从性别角度提醒读者，认为"杨沫对林道静思想和形象等的叙述很多都是透过男性的眼光来界定和阐释的"[1]。蓝爱国从伦理角度剖析林道静作为革命女性的情爱生活。李杨以巴赫金的"成长小说"理论来阐释《青春之歌》中"性"与"政治"的交织。李遇春则从精神分析学的"恋父"情结角度来分析林道静父权崇拜的文化心理。《青春之歌》"再解读"的另一种思路是探讨作品的政治话语生产机制与作品的文学价值，对作品进行重新定位。周春霞从文本张力与生产机制的角度分析《青春之歌》，挖掘红色经典现象的深层文化动因和文化内涵。笔者主要分析《青春之歌》的文学价值，认为"第二部的文学史价值大于其文学价值。使《青春之歌》具有独特魅力、获得不可取代的文学价值和文学史地位的，主要是其第一部"[2]。关于《青春之歌》在文学史上的定位，各大高校文学史教材一般认为，《青春之歌》

---

[1] 陈莹：《〈青春之歌〉研究综述》，《齐齐哈尔师范高等专科学校学报》2013年第6期。
[2] 阎浩岗：《"红色经典"的文学价值》，人民出版社，2009，第192页。

是一部反映知识分子成长经历的小说，其艺术上存在缺陷。例如，张钟等著《当代文学概观》认为："《青春之歌》是当代文学史上第一部描写学生运动、塑造革命知识分子形象的优秀长篇小说"，"在艺术上仍有明显的不足之处"。① 《中国当代文学史初稿》指出："《青春之歌》是当代文学中较早出现的正面描写革命知识分子斗争生活的一部成功作品"，"也有某些不足之处，主要是对浩大的群众运动的场面描写得较为粗疏单薄，人物刻画和语言的个性化不够"。② 洪子诚的《中国当代文学史》认为："《青春之歌》写的是知识分子在革命中的'成长史'"，"小说结构前半部较为完整，后面则略嫌松散"。③ 於可训认为《青春之歌》："因为缺乏比较自觉的艺术追求，因而在整体上的特色不及《红旗谱》那样突出。"④ 《中国当代文学发展史》指出《青春之歌》："是当代文学史上第一部描写学生运动和知识分子思想改造的长篇小说"，"在当代文学史上具有经典性的地位"。⑤ 王庆生认为《青春之歌》是"一部作者自我的人生经验织入宏大叙事而获得成功的作品……小说的明显不足——入党后的林道静缺乏入党前的性格光彩，对'一二·九'到'一二·一六'运动期间现实生活的描写粗糙等，也是由于缺乏亲身经历，因而写起来比较困难。这种不足在作者1961年出版的修订本中有了进一步的扩展"⑥。观察各大高校的文学史编排，大部分文学史教材都将《青春之歌》作为单独的一节列出重点评述，可见作品的文学史价值是被学界认可的。但是，各种文学史又同时指出了其艺术上的不完

---

① 张钟、洪子诚、佘树森、赵祖谟、汪景寿：《当代文学概观》，北京大学出版社，1980，第345、349页。
② 郭志刚、董健、曲本陆、陈美兰主编《中国当代文学史初稿》，人民文学出版社，1980，第178、183页。
③ 洪子诚：《中国当代文学史》，北京大学出版社，2007，第105-106页。
④ 於可训：《中国当代文学概观》，武汉大学出版社，2009，第78页。
⑤ 孟繁华、程光炜：《中国当代文学发展史（修订版）》，北京大学出版社，2011，第123、127页。
⑥ 王庆生、王又平主编《中国当代文学史》，高等教育出版社，2016，第58页。

第四章 《青春之歌》

整性。那么,《青春之歌》作为一部"艺术上不完整"的小说,在未来能否作为永恒经典继续流传下去呢?

艾布拉姆斯认为经典的形成条件包括:

> 持有不同观点和感受能力的批判家、学者和作家在该过程中能够达成广泛的共识;经典作家会对其他作家的作品产生持久的影响,其名字会在其他作家的作品中经常被提及;经典作家或作品在一文化团体的话语中常会被人们提及;经典作家或作品普遍被选作学校或大学课程中的学业内容。这些因素彼此之间理所当然地相互作用,而且,它们理应持续一定的时期。①

对照艾布拉姆斯的观点,《青春之歌》基本具备了这几个条件,目前也确实是作为经典而存在的。但是其经典地位是否能够"持续一定的时期"呢?塞缪尔·约翰逊认为,一个世纪的时间一般来说是用以检验文学价值的时间段,《青春之歌》诞生还不足"一个世纪"。童庆炳认为:"文学作品本身的艺术价值是建构文学经典的基础。……能够建构为文学经典的作品,总是具有相当的艺术水准和价值,能够引起读者的阅读兴趣和心理共鸣,能够满足读者的期待","某些文学经典写出了人类共通的'人性心理结构'和'共同美'的问题"。② 那么《青春之歌》是否具备了表达人类的共通性,能够"唤起生命的共感的共通内容存在"③ 呢?笔者认为《青春之歌》是具备的。小说通过林道静的人生经历描写一个人的青春成长经历,从青涩的少年历经磨砺到逐渐走向成熟,展现了人类共同的生命力和创造力,这种人类共通性的表现是超越了时代、超越了民族和国家的。贯穿着《青

---

① 艾布拉姆斯、哈珀姆:《文学术语词典》,吴松江、路雁等编译,北京大学出版社,2014,第 41 – 42 页。
② 童庆炳:《文学经典建构诸要素及其关系》,载童庆炳、陶东风主编《文学经典的建构、解构和重构》,北京大学出版社,2007,第 81 页。
③ 厨川白村:《苦闷的象征 出了象牙之塔》,鲁迅译,人民文学出版社,1988,第 41 页。

春之歌》主人公林道静性格的始终是一种强烈的生命力，这种生命力、生命的欲求促使林道静不断地挣脱不满意的状态，寻找人生出路。林道静因不满家庭安排的婚姻而离家出走，这一情节经常被阐释为被迫无奈逃出家庭，其实回到那个时代再看，大部分封建家庭的女孩子就是这样被迫接受家庭给自己安排的归宿，最终困在封建婚姻的囚笼之中，生活不幸甚至凄惨死去。林道静因为对自己的人生有着更高的期盼，性格更加的刚强，所以坚决无法接受继母的这种安排，毅然离家出走，从此走上了寻求自我人生理想的第一步。遇到余永泽后，余永泽眼里的林道静："在这柔美虚弱的外形里，却隐藏着一个多么刚强、多么执拗的灵魂呀！她为什么这样任性、这样幼稚地执迷于某种不可能达到的理想呢？他想说服她，可是一看她那倔强的、不易说服的眼睛，他不做声了。"① 余永泽对林道静的个性是看得很清楚的，因此余永泽经常说林道静"你真是一匹难以驯服的小马"，在余永泽的眼里林道静除了美丽之外还是个"多么任性的女人呵"②。所以，林道静与余永泽的分手也是必然，两个人之间的生命欲求不同。余永泽希望林道静做一个温顺的家庭主妇，而林道静则不甘心于此，希望在社会上轰轰烈烈地实现自己的人生价值。于是在与余永泽发生分歧之后，林道静不是委曲求全而是选择分开，继续去追寻自己的理想。林道静与卢嘉川两个人除了革命的契合之外，热情、冲动、理想化的个性也是类似的，因此互相吸引，但是这种感情没有现实的基础，革命不是激情就能胜利，生活也不是浪漫就能幸福。所以，卢嘉川被捕牺牲，林道静最终的感情归宿是稳重、踏实的江华，江华的成熟正好可以中和她的冲动浪漫，无论是革命工作还是生活都能够确保很好地开展下去。林道静在好友王晓燕心目中的印象是："她聪明、有头脑，又喜欢读书。……但是对于她的某些狂放、激烈，简直不像女孩子的思想和见解，她是不能同意的。然而她从来又没法

---

① 杨沫：《青春之歌》，作家出版社，1958，第41页。
② 杨沫：《青春之歌》，作家出版社，1958，第89页。

第四章 《青春之歌》

说服她。"① 林道静性格比王晓燕坚强勇敢且更加激进，所以最终是林道静影响了王晓燕，带着她一起走上革命道路。林道静坚持自我、追求理想的特点使她在经历了一系列的磨难之后找到了适合自己的人生方向——无产阶级革命道路。在参加革命活动的过程中，在最艰难的狱中她能够顽强坚持下来，除了林红的影响、革命信念的支撑之外，坚定刚强的个性、顽强的生命力也是重要的内在支撑点。终于，林道静在历经磨砺之后成长为一名无产阶级革命者，达到了自我满意的生命状态。在林道静的人生经历中，自我实现的生命欲求是推动她不断前进的内在驱动力，无产阶级革命是她实现生命欲求的最终外在实现方式，这种革命的实现方式与她内在激烈、刚强、生命力旺盛的个性正好是相契合的。林道静走上革命道路、实现自我生命欲求的过程，也是她在经历坎坷后从青涩走向成熟的过程，一个人成熟的标志就是经历了一系列的试错之后，最终找到了适合自己的路。林道静走过的路就是作家杨沫青年时期曾经走过的人生之路，然而中年的杨沫在 20 世纪 50 年代再次经历了人生困境，她又通过《青春之歌》再次成功地实现了自己的生命诉求，续写了林道静未曾走完的人生。

《青春之歌》的"经典"之路也将继续走下去。

---

① 杨沫：《青春之歌》，作家出版社，1958，第 79 页。

第五章 《李自成》

一般所谓"红色经典"长篇小说,主要指"三红一创,青山保林",扩展一下,再加上《铁道游击队》《苦菜花》《野火春风斗古城》《敌后武工队》《烈火金钢》等,很少见将姚雪垠的长篇历史小说《李自成》称为"红色经典"者。人民文学出版社等出版机构在以"红色经典"为包装,重新出版"十七年"作品时,也不曾给《李自成》加此称谓。究其原因,《李自成》第一卷虽与"三红一创,青山保林"同为"十七年"名作,但它并非狭义的"革命历史"即"党史"题材。而本书将其纳入,是因笔者所谓"红色"侧重其马克思主义世界观,主要是历史唯物主义方法。

《李自成》也是中国当代小说史上的一部奇书。说它"奇",一是因其创纪录的篇幅规模,二是因其超长的创作历程,三是因其对中国现当代长篇小说艺术的独有贡献和对长篇历史小说的开创与示范作用,四是因其出版后经历的浮沉荣辱之戏剧性。本章从这些"奇"点切入,探讨《李自成》经典化之路与传世可能。

一、《李自成》的思想艺术成就

《李自成》是中国当代小说史上第一部长篇历史小说,它的艺术探索不

第五章 《李自成》

仅对历史小说，而且对整个中国当代长篇小说创作，都具有开创性意义。

它首先是"小说"，不是历史著作。作为小说，一方面，它的人物形象鲜明、性格突出，故事情节丰富、曲折，引人入胜，具有很强的可读性，使人拿起来、读进去之后，便欲罢不能。另一方面，它又是"历史"小说，必须以真实的历史人物和历史事件为依托，不可任意虚构，改写历史进程。《李自成》的艺术成就主要表现在以下四个方面。

第一，作者追求历史科学与小说艺术的结合，实现了塑造人物性格与描述历史事件、展现历史风貌、揭示历史规律的有机统一。

现实主义小说历来将是否能塑造鲜明生动的人物形象作为衡量其艺术水准的主要标尺之一。《李自成》全书出现的人物有四五百个之多，而能给人留下鲜明印象的，不下四五十个。例如李自成阵营的李自成、刘宗敏、高夫人、尚炯、牛金星、宋献策、李岩、红娘子、刘芳亮、郝摇旗、田见秀、李过、袁宗第、高一功、慧梅、张鼐、李双喜、罗虎、王长顺、袁时中，崇祯王朝的崇祯、杨嗣昌、洪承畴、卢象升、左良玉、孙传庭、秦良玉、吴三桂、黄道周、刘宗周、高起潜、王承恩、田妃、袁妃、费珍娥、魏清慧、窦美仪、王瑞芬，其他义军方面的张献忠、罗汝才、徐以显、吉珪、孙可望，清朝方面的多尔衮、庄妃、范文程、豪格，以及民间三教九流的张成仁、霍婆子、香兰、王铁口，等等。在这众多人物中，作者倾注笔墨最多的是李自成和崇祯。

《李自成》面世以来，据其改编的以李自成为主人公的相关故事一度广泛流传，如"李自成斩堂弟"被改编成快板书，"李自成闯石门寨"被改编成广播剧，"李自成谷城会献"被改编成电影，说明这些故事脍炙人口，人物形象给人深刻印象。但同时，新时期以后关于这一形象的争议也颇多，批评者认为作者把李自成塑造得过于高大完美了。笔者以为，批评者对李自成形象的这一印象，主要来自第一、二两卷。这两卷正是写李自成从人生和事业的最低谷向高峰攀登的时期。一个人能从最低谷的全军覆没、妻离子散，而在几年之内跃升到最高峰，若无极其出色的个人能力和素质，单凭客观机遇，是不可能的。姚雪垠在头两卷中极写李自成的出众优点，合乎事理逻辑。现以后来被否定者指为"拔高"的几个故事为例。"石门谷平叛"和"谷城会献"都有很强的冒险性，但这两件事或是不得已而为之，或是战略上必走的一步。其实，古代和现代都有许多这类孤胆英雄的故事。姚雪垠自己说，前者是受唐代《郭子仪免胄图》、李秀成苏州平叛和西班牙伊丽莎白女王平叛救子故事的启发。大家熟知的"关云长单刀赴会"也属此类。张钟等所著《当代文学概观》（以下简称"张著"）认为"谷城会献"一段中李自成对张献忠说"有朝一日打了天下，只要你张敬轩对百姓存仁义……我李自成愿意解甲归田，做一个尧舜之民，决不会有非分之想"，就把李自成的帝王思想掩盖了，不符合人物的思想状况。① 张著误把姚雪垠对李自成的语言描写当成了心理描写。其实，不是姚雪垠把李自成的帝王思想掩盖了，而是姚雪垠在写李自成用一种话语策略把自己的帝王思想掩盖了。小说交代，李自成说过这番话后张献忠根本不信，李自成也知道他不信。但李自成此时的想法是："不管你多么诡诈，只要你肯暂时同我合作，肯听我的话在谷城起义就成！"小说从第一卷起就写李自成的帝王思想，而在第三卷中又写李自成几乎杀掉前来投靠他的张献忠，谁看了李自成的这段表白心迹会认为这是真心话呢？在处于弱势时李自成避开张献忠的锋芒，"以大局为重"，并非是"把李自成写得过高，过分成熟了"②，这是李自成为自保的不得已选择，这样写没有什么不真实。

关于"义送摇旗"的情节，对于李自成没有杀掉因受不了苦而欲带兵出走、前来辞行的郝摇旗，反而赠其军资马匹，并告之以后倘遇困难就来联系，"我好立刻帮助你"云云，近年也有学者认为"不可思议"，理由是"历史上的李自成也绝无这样的思想境界"，并举出他与张献忠、罗汝才互

---

①② 张钟、洪子诚、佘树森、赵祖谟、汪景寿：《当代文学概观》，北京大学出版社，1980，第461页。

第五章 《李自成》

相猜忌乃至残杀之事为证。对《李自成》这一段描写的指责,其谬误如同前面张著对"谷城会献"时李自成的表白的指责一样,是把小说所写李自成口头说的与他实际心里想的混为了一谈。读者稍微留意一下就会发现,作品明确交代,李自成得知郝摇旗出走的消息时,第一反应也是杀掉他。而李自成稍微冷静下来以后,想到杀掉郝摇旗会使其他义军将士寒心,放走他倒可以使其牵制一部分官兵,以后还会"重新拢家",为己所用,遂决定不杀。姚雪垠能让读者"窥见"这些,并且感到李自成"很深的个人用意",感到他这些言行"多少有些虚伪"①,正说明作者这些描写是现实主义的。

另外,作者所写李自成的优秀品质,也有历史资料为依据。留传至今的正史野史,没有一种是参与或同情起义的人士所修,都是在农民战争中利益受到损害、对起义深恶痛绝的封建文人所撰,它们不可能把李自成当作正面英雄来写,不可能故意突出其优秀品质;可即使如此,我们还是不难从中发现关于李自成优秀品质的只言片语。例如,关于李自成的俭朴自持,《明史》记载:"自成不好酒色,脱粟粗粝,与其下共甘苦。"② 而被一些《李自成》的否定者嘲讽的李自成的"民主集中制"作风,其实史书中也有明确记载:

> 每有谋画,集众计之,自成不言可否,阴用其长者,人多不测也。③

批评者大概没读过这段史书,以为《李自成》中姚雪垠对李自成主持会议情景的描写是"现代化",是"拔高"。

即使在前两卷,李自成也并非像诸葛亮一样算无遗策。李自成一出场,作者就写了他一个重大失误:错误判断形势,坚持向潼关进军,陷入官兵重围,导致几乎全军覆没。第三卷以后,随着由逆境逐步转入顺境,事业

---

① 吴秀明:《中国当代长篇历史小说的文化阐释》,文化艺术出版社,2007,第189页。
② 《明史》第26册,中华书局,1974,第7960页。
③ 谷应泰:《明史纪事本末》第4册,中华书局,1977,第1355页。

走向顶峰，李自成的弱点和失误越来越多。在围攻开封时，李自成暴露了草莽英雄残忍的一面：捉住那些被迫给开封送粮的五百名老百姓以后，竟将其每人砍去一只手！这段情节见于五卷本《李自成》第三卷下册第五十一章。笔者重新细读，觉得它是有意揭示李自成弱点的重要一笔：本来李自成同意按郝摇旗的办法杀掉这些百姓，田见秀劝阻，说"老百姓并没有罪，他们是被迫给开封送粮"，劝闯王慈悲为怀，牛金星和李岩也为百姓说情，李自成这才将"杀头"改为"砍手"。小说前面已明明白白交代，这些百姓是普通的"青壮农民"，运粮是在官军"逼迫之下"的无辜之举。李自成和郝摇旗把这些百姓"物化成了草、萝卜和白薯"①，并不等于小说《李自成》及其作者姚雪垠将他们"物化成了草、萝卜和白薯"！恰恰相反，这一情节显示出作者的人道主义反思。它让人联想到现代京剧《杜鹃山》中柯湘劝阻雷刚不要伤害为地主干活的田大江一段。不过，这里的李自成不是"柯湘"，而是"雷刚"。有的论者在谈及《李自成》一书的缺点时曾指出"在李自成身上写出些草莽气，可能增加这一形象的可信程度"②，这一段正是李自成"草莽气"的表现。全书中表现李自成"草莽气"的笔墨还不止这一处，即使在前两卷中也有，比如李自成发怒时打人，石门谷平叛时在丁国宝住处一脚将被丁掳来的民女踢翻，等等。而作者如果不写李自成超出一般草莽英雄的杰出之处，就无法令人信服地说明他何以有后来的辉煌。关于李自成起义的宗旨，虽然前两卷曾不止一次让他本人说过"救民水火"，但又写他心里想得更多的是推翻旧王朝，自己做新皇帝。小说写他越到后来越将"救民水火"忘得几乎一干二净，失去民心，导致最终失败被杀。由此，读罢全书的读者有理由认为，所谓"救民水火"，与其说是他起兵的根本宗旨，毋宁说是与"剿兵安民""不纳粮"一样的宣传策略。

---

① 丁帆、许志英主编《中国新时期小说主潮》，人民文学出版社，2002，第1037－1038页。

② 张钟、洪子诚、佘树森、赵祖谟、汪景寿：《当代文学概观》，北京大学出版社，1980，第461页。

第五章 《李自成》

作者同情李自成，把他当英雄来写，却并未放弃现实主义原则，这使得"救民水火"之说也具有了某种反讽意味。

李自成形象确实是中国文学史上最高大的农民英雄形象，其英雄气质、高大程度超过《水浒传》中的宋江、晁盖，也高过《红旗谱》中的朱老忠。这是因为，历史上李自成的事业规模和能力、魄力就超过此前各种农民起义领袖，绝非宋江、晁盖之流可比。《红旗谱》中的朱老忠毕竟还是地地道道的农民，而李自成虽号称农民起义领袖，实际却非真正地道的农民。说它"最高大"，并不等于说它较之其他文学典型更成功，但这一形象确实给人留下深刻印象，这种类型人物也确实是以往作品所不曾有的，应该在当代文学人物画廊中占有一席之地。

崇祯皇帝形象是《李自成》中公认最成功的典型形象。小说名称虽为"李自成"，作者却用了很大的篇幅写崇祯。特别是，崇祯这一形象是作为全书主要的悲剧主角之一加以塑造的。作者以丰富的情节和具体生动的细节，既写出他勤政奋勉、俭朴克己的一面，又揭示其刚愎自用、猜忌多疑与懦弱犹疑一面。对崇祯之死，也极力渲染悲剧气氛。

对于清朝方面的人物，如多尔衮、庄妃、范文程等，作者有意突出其勃勃生机与雄才大略，并未当作"反面人物"来写。这样，利益根本对立的李、明、清三方人物，都被写成了各有其优缺点的英雄，没有区分"正面人物"与"反面人物"，而写成按照各自欲望与意志、各自性格逻辑行事的活生生的人。

第二，《李自成》的独特艺术成就，还在于它实现了全景式展示时代风云与细腻描写日常生活情景的有机统一。

《李自成》大气。《李自成》的大气不仅来自于它那三百余万言的空前篇幅规模，作者视野之开阔，作品描绘生活画面之宽广，作品透射出的那股金戈铁马气吞万里的磅礴气势，都是中外文学史所罕见。对此，读过这部作品的读者都难以否认。许多论者早就有过充分论述：它的巨幅画卷囊括了关内关外、东北西南；它揭示的社会矛盾错综复杂，既有阶级矛盾又有民族矛盾，以及汉族内部、满族内部、皇室贵族内部和农民军不同集团之间、同一支农民军队伍内部不同势力之间的各种矛盾。这些矛盾互相作用，构成历史的合力，影响了历史的发展方向，造成了某种历史的结果。这方面，《李自成》借鉴了《三国演义》与《战争与和平》，在某种意义或某种程度上又后来居上。

《李自成》又很细腻。除了上述心理描写的段落，作品在描绘日常生活画面，真实、细腻、生动地展示地域文化、民风民俗，再现历史生活场景方面，也非常出色。今天的读者读《李自成》，能感到犹如进入了三百多年前的历史时空之中，那些历史生活场景如在眼前。这是姚雪垠的有意追求。他多次指出，《三国演义》一类历史小说忽略了写日常生活，《水浒传》写的生活是传奇而非日常的生活，《李自成》在写日常生活方面是受了《红楼梦》的影响。可以说，《李自成》是《三国演义》与《战争与和平》的波澜壮阔、《水浒传》的英雄豪气与《红楼梦》的细腻传神的有机结合。

第三，《李自成》在长篇小说的结构艺术上达到了中国长篇小说的高峰，在世界小说史上也独树一帜。

长篇小说有自己独特的艺术规律。与中短篇小说相比，结构问题是长篇小说最大的难题。篇幅越长、人物和事件越繁多、矛盾线索越复杂，驾驭起来就越难。中国古代长篇小说名著在结构方面像《红楼梦》这样完美的是凤毛麟角。《儒林外史》"虽云长篇，颇同短制"①，《水浒传》其实也类似于系列中短篇小说的串联。一些优秀的当代长篇小说，虽然篇幅远不及《李自成》长，结构上却也有明显缺憾。例如《红旗谱》第一部，前面三分之二写农村的部分与后面三分之一写保定"二师学潮"的部分就显得有些游离。

---

① 鲁迅：《中国小说史略》，载《鲁迅全集》第9卷，人民文学出版社，1981，第221页。

第五章 《李自成》

由所表现的复杂历史内容所决定,《李自成》采用了网状复线结构。"网状"借鉴了《红楼梦》和《子夜》,"复线"则继承发展了《三国演义》与《战争与和平》。《红楼梦》和《子夜》虽然人物众多、头绪纷繁,但基本是单线,即情节主要围绕主人公一个人展开。列夫·托尔斯泰的《战争与和平》和《安娜·卡列尼娜》是复线结构。《李自成》的线索之纷繁超过了托翁这两部名著,姚雪垠却组织得有条不紊,浑然一体,使各条叙事线索组成互相牵制、互相影响的网络。所以说,《李自成》是复线结构与网状结构的有机结合,显示出作者高超的结构艺术水平。

这种结构格局的形成,还反映了作者美学观、创作观、历史观中某种独特的东西。《李自成》不仅是中国第一部现代白话长篇历史小说、第一部正面反映大规模农民战争的长篇历史小说,也是"当代第一部以如此众多篇幅、详细描写古代帝王和宫廷生活的长篇历史小说"①,大概还是第一部以肯定态度对入关前后的清朝人物予以正面描写的小说。姚雪垠把17世纪三四十年代中华大地上明朝、清朝、李自成农民军三股政治和军事势力作为势均力敌、成鼎足之势的三方予以浓墨重彩的表现,张献忠的部队则是另外一股对上述三方起重要牵制作用的力量。"作品无论突出哪一方面,都以一种反衬的方式在凸显对方,对其他两方面的描写也是有力的引导和铺垫。"② 由此看来,说《李自成》遵循了"三突出"的创作原则,这种断语与作品实际是多么南辕北辙!"三突出"对所谓"反面人物"是绝不肯多花费笔墨的,它"敌我"阵线分明,更不可能对"敌方"给予任何同情。而《李自成》的作者却是"把同情心分别赋予不同的政治势力"③。尽管在特定政治环境中姚雪垠不可能承认同情崇祯,但读过《李自成》全书的读者却能感觉到这种同情,因为"姚雪垠是一位对历史深怀悲悯之心的小说

---

①②③ 董之林:《观念与小说:关于姚雪垠的五卷本〈李自成〉》,《文学评论》2008年第2期。

家"①。

《李自成》结构方面最大的特点,还有早就被作者本人和评论者屡屡提及的"横云断岭,大开大阖"。这方面我们可以看到维克多·雨果小说特别是《悲惨世界》的影子。作者之所以采用这种方法,我认为除了为造成悬念、形成读者的审美心理期待外,也是《李自成》这部书结构本身的必然要求:既然是复线结构,头绪繁多,要想让不同叙事线索之间互相关联纠结、成为一体,就应交错叙述,显示不同线索发展的平行性;而将一条线索发展到一个段落时,又须给下次接续留下一个茬口,使之呈开放状态,不宜说完一件再说另一件。

为与其巨型篇幅相适应,《李自成》还创造性地采用了单元结构,即每个单元包含几章,构成一个相对独立的段落,讲述其中一条线索的故事。作者为每个单元所起的题名很有气势,又不乏诗意,如《潼关南原大战》《北京的忧郁》《商洛壮歌》《汴梁秋色》《燕山楚水》《辽海崩溃》《横扫宛叶》《朱仙镇》《洪水滔滔》《悲风为我从天来》。作者婉拒茅盾等名家的劝告,坚持不用章回体,不用章回小说那种对仗的回目,在单元结构及其命名上形成了自己独有的美感。

第四,"笔墨变化,丰富多彩"的长篇小说美学。

姚雪垠将自己关于长篇小说的美学思想概括为"笔墨变化,丰富多彩"②,我认为这合乎《李自成》的创作实际。"笔墨变化"含义很广,其中包括叙事节奏的张弛相间,即茅盾所谓的"时而金戈铁马,雷震霆击,时而凤管鹍弦,光风霁月;紧张杀伐之际,又常插入抒情短曲,虽着墨甚

---

① 董之林:《观念与小说:关于姚雪垠的五卷本〈李自成〉》,《文学评论》2008年第2期。
② 姚雪垠:《创作体会漫笔:〈李自成〉第五卷创作情况汇报》,《文艺理论与批评》1990年第1期。

第五章 《李自成》

少而摇曳多姿"①；还包括描写手法的富于变化：其战争场面描写广为人称道之处，除了逼真，就是富于变化、互不雷同，如潼关南原突围战、商洛山保卫战、朱仙镇打援战、开封攻坚战等。对此已有不少论著论及，本文无须展开论述。另外，人物性格的多姿多彩也是这种美学追求的体现：同是义军领袖，李自成、张献忠和罗汝才性格气质判然有别；同是义军将领，刘宗敏、郝摇旗、田见秀音容笑貌各异；同是中下层知识分子，牛金星、宋献策、李岩言谈举止绝无混淆；崇祯性格的复杂性自不必说，杨嗣昌、洪承畴、吴三桂等人的性格心理也都各具特色。

　　有了这"笔墨变化，丰富多彩"，尽管《李自成》篇幅超长，却能一直引人入胜。让读者拿起书来就放不下，从中获得强烈的、浓郁的艺术享受，这也是姚雪垠的艺术追求。如前所言，历史小说首先是"小说"。小说固然要讲思想内容的新颖深刻，但它毕竟不同于历史文献、历史研究论著，它首先要靠艺术形象本身的感染力吸引住读者。"十七年"和"文化大革命"时期的文学批评主要是作品思想性的分析评价而很少涉及艺术本身。20世纪90年代盛行的叙事学研究方法又有纯技术化、琐细化偏向，虽然分析的是"故事"如何"讲述"，但对文本的艺术吸引力、感染力，即作品"写得怎么样"方面，同样评价不多。近年来文学批评中对"思想史研究"的视角与方法来了个"否定之否定"，似乎又回到了那种只重"思想内容"的批评方法，只是此时的"思想内容"中的"思想"与"内容"由"阶级"与"革命"之类换成了"现代性"或"启蒙"。姚雪垠早就指出，许多人分析作品时往往忽略了作品的艺术感染力而只注意其思想性，"我们多少年来把小说的思想性强调过了头"，小说的思想性当然非常重要，但"离开了艺术，什么思想性都是空的"②，"历史小说的思想性和知识性，不管多么深刻

---

① 茅盾：《茅盾致姚雪垠（6月18日）》，载《茅盾　姚雪垠谈艺书简》，人民文学出版社，2006，第44页。
② 姚雪垠：《谈谈目前对〈李自成〉的评价问题：与海天等的一次谈话（根据1982年11月7日谈话录音整理）》，载《姚雪垠书系》第18卷，中国青年出版社，2000，第85页。

和丰富，都不能代替小说艺术。真正成功的历史小说必须是艺术，必须在艺术上是光辉的、能够感动人和处处引人入胜的"①。

文学是语言的艺术，语言是文学的第一要素。《李自成》的"笔墨变化，丰富多彩"，也体现在叙述语言与人物语言所体现的个性与功力。姚雪垠早年就对学习民间语言狠下过功夫，其早期作品如《差半车麦秸》《长夜》等在文字语言方面就比较突出。他又有很深的文学修养，《李自成》中的奏章、诏书、诗词大多是姚雪垠一人所拟。作品中朝堂召对、文人墨客雅集高论、市井语言、上匪黑话，应有尽有。如此多样语言囊括于一书之中，也是文学史中所罕见的。

对姚雪垠的艺术功力和《李自成》在小说艺术和长篇小说美学方面所取得的成就，王彬彬称赞说"姚老的艺术功力之深厚是不由得人不赞叹的。即使到了第三卷最后，写人写事也仍如第一卷一样，未显出力有不逮"②。姜弘也说："从总体上说，《李自成》是成功的，是五十年来中国小说史上的突出成就；在内容的充实、知识的丰富、技巧的纯熟、语言的功力方面，都是当代文学中少见的。"③

《李自成》在思想内涵方面也有自己的独特追求，其思想内涵及主题体现了古代民本思想、现代人道主义与历史唯物主义的统一。

由于姚雪垠事先有总体艺术构思，所以尽管《李自成》全五卷创作年代不一，却不影响它是一个结构严密、内涵统一的艺术整体。研究该书的思想内涵时，我们既要看到各卷的分主题或副主题，更要理出全书的总主题。姚雪垠在《漫谈历史小说创作——与松本清张对话录》一文中表示："我决不是写农民受压迫而起义的主题，因为这个主题很一般。我力求写出

---

① 姚雪垠：《创作体会漫笔：〈李自成〉第五卷创作情况汇报》，《文艺理论与批评》1990年第1期。
② 王彬彬：《论作为"人学"的〈李自成〉》，《上海文论》1988年第1期。
③ 姜弘：《姚雪垠与毛泽东》，《黄河》2000年第4期。

第五章　《李自成》

一些历史的规律。"① 他还说："《李自成》的总主题就是要挖掘和表现这种既是具体的、特殊的成败经验，也是具有普遍意义的规律。"② 这些规律当然包括农民起义的经验教训，但细读文本并参阅作者自述，笔者认为它又绝非只站在农民起义军立场上为之总结经验教训，而是站在最广大的底层普通百姓立场上看历史上的成败得失，表现的是"得民心者昌，失民心者亡"的主题。站在百姓立场与站在李自成农民军立场，并不是一回事！关于历史兴亡成败，姚雪垠的看法是：

> 决定的因素是这个运动是否始终符合于客观规律，如果它违背了客观规律就要失败。所谓客观规律，是在当时经济基础所允许的条件下，人民在这个经济基础上所产生的合理的愿望。你不符合这个愿望，不满足人民的现实利益，人民就逐渐离开你，那你就埋下了无可避免的失败因素的种子，这样就产生了悲剧。③

有人说，由于小说前两卷里李自成的形象过于高大，后三卷的转变显得突兀，本书对此不敢苟同。细读前两卷，笔者发现，作者其实已经为后来李自成的转变埋下了伏笔，只是这种埋伏比较隐蔽：前两卷在突出表现李自成及其队伍的"得民心"、符合百姓愿望的一面的同时，也显示出李自成收买民心是一种策略，是为其"得天下"的总目标服务。从第三卷开始，这种"目的"与"手段"的区分愈益明显。所以，后来一旦处于顺境，"天下"唾手可得时，他便忘了"民心"，忘了百姓最迫切的愿望。第三卷对开封的围困充分揭示了李自成与百姓关系的变化及其微妙之处：他不惜一切代价要攻下开封，是为在这里建立政权；为了这个目的他仍有收买民心之举，如允许饥饿的妇女和老人出城采青；但他又命人刹去为城中运粮的百

---

① 姚雪垠：《漫谈历史小说创作：与松本清张对话录》，《当代文艺思潮》1984 年第 3 期。
② 姚雪垠：《李自成为什么失败：兼论〈李自成〉的主题思想》，载《姚雪垠书系》第 19 卷，中国青年出版社，2000，第 78 页。
③ 姚雪垠：《与杜渐谈历史小说〈李自成〉的创作》，香港《开卷》1979 年第 3 期。

姓的手。围困的直接结果是全城百姓大批饿死，而水淹开封导致全城百姓罕有幸存的罪魁是谁虽是历史悬案，但终极原因是闯军的围困。第四、五卷则更多写到了李自成的军队渐失民心：他们没有兑现宣传口号中提出的让百姓休养生息、安居乐业的承诺，进北京后甚至没有进行开仓放赈，大部分军队军纪大坏，成了百姓的祸害，最终导致百姓对他们的仇视。姚雪垠明确认识到，后期的李自成并不代表百姓利益：

> 有些史学工作者就是不肯从事实出发，而一口咬定李自成始终代表农民利益，凡是反对李自成的地方零星武装都叫做封建地主武装。其实，李自成并不代表反封建革命，他做的事情触犯了农民和一般地主利益的时候必然遭到反抗。①

第二卷"李自成星驰入豫"时之所以由十几骑很快发展为几十万人，是因他们的做法符合了处于生死线上的河南百姓的基本愿望；兵败山海关后他再也没能像潼关南原大战之后那样东山再起，除了清军远比明军强大，更是因为大顺军失去了过去曾拥有的百姓的支持。而与之形成对比的是清军入关以后的做法：他们一方面恢复新占地的政权，镇压反抗，一方面又下令免除过去明朝所增加的全部赋税，所以政权得以逐步巩固。用姚雪垠的话说就是："在广大老百姓看来还是肚子重要，有安定生活重要。这是起码的唯物主义。"② 最后两卷写出了百姓心理的复杂性：怀念前明、民族意识强烈者有之，希望安居乐业者亦有之。

如有些论者已经提及的那样，在历史观方面，《李自成》还表现出了民族意识的开放性和政治伦理观念的宽容性。它一方面同情于反抗清军的大顺军余部，歌颂他们不屈不挠的英雄主义，另一方面又没有将决定投降而不失风度的宋献策等人丑化为"汉奸"，写高夫人最后时刻允许手下愿降者

---

① 姚雪垠：《论历史小说的新道路》，载《姚雪垠书系》第19卷，中国青年出版社，2000，第215页。

② 姚雪垠：《与杜渐谈历史小说〈李自成〉的创作》，香港《开卷》1979年第3期。

第五章 《李自成》

出降。这些都与此前乃至其后的同题材作品不同。

这样，读完全书后，读者能感到，很难说作者的同情单在李、明、清中的任何一方。这也许可以用"现实主义的胜利"来解释，即像恩格斯所称赞的巴尔扎克那样，现实主义的创作方法使作者克服了自己本来的主观倾向。但也可以说，姚雪垠真正的同情在普通百姓一边，真正的立场在普通百姓一边：谁代表百姓利益，作者就倾向于谁！姚雪垠写农民起义、同情农民起义，也正因他认为在生死边缘上的底层人民奋起反抗具有道义上的合理性。

此外，姚雪垠在写出历史某种必然性的同时，并未忽视"偶然"在其中所起的作用。比如吴三桂的降清不降闯，并非像《圆圆曲》所写"冲冠一怒为红颜"，实因是见大顺朝不能长久；崇祯本也有机会逃亡江南，使明朝不至于迅速覆灭。《李自成》重点表现了阶级斗争，但它涉及的矛盾并非仅仅是阶级矛盾，除了满汉民族矛盾这一贯穿始终的副线，它还突出表现了不同系统的农民军之间的矛盾、明宫廷和清宫廷内部的矛盾，特别需要指出的，还有李自成与以农民为主体的普通百姓之间的矛盾。这些都说明，作者对历史的把握并不受"坚硬的阶级斗争框架"局限。

《李自成》一方面高扬英雄主义主旋律，另一方面又表现出明显的人道主义精神，这一点被许多论者所忽略。有人认为第三卷"洪水滔滔"单元对张成仁和香兰一家生活和命运的描写过于冗长，与主题游离，那是因他们对作品主题内涵的复杂性以及作者的匠心缺乏了解：作者若只为写"阶级斗争"或歌颂农民起义，这段确实与主题无关，不单有些冗赘，还存在解构或颠覆主题的可能。但作者写这段其实正在于显示李自成军的行为与普通百姓的利益距离正在拉开。这个由13章组成的大单元突出表现了作者人道主义的悲悯意识。在改革开放之前和改革开放初期，作者谈到小说中的人物时，曾说田见秀是大顺军中的右翼，在当时的语境中似有贬义。但细读全书我们可以发现，正是田见秀和李岩、高夫人、宋献策以及王长顺、尚炯等人代表了大顺军中的理性和良心。当读到李岩、田见秀与李自成意见相左的情节时，笔者感到似乎隐含作者的价值立场与感情倾向更在李岩、田见秀而不在李自成，或者他们各自有其合理性。例如李岩屡次提出在河南建立巩固的根据地，不同意悬军东征，却终不被采纳；田见秀谏阻自成杀害为开封运粮的百姓，怜惜他们被剁手，又不忍见长安百姓饿死，在退出时没有遵旨烧粮而导致以粮资敌。

作品各卷的分主题也自有其独特之处，例如第一卷表现当人生面临困境、事业处于谷底时不屈服、不气馁、不放弃的"忍"与"撑"的精神，就曾给许多面临绝境的人以精神的资源。据作者讲，他曾收到好几封类似的信，发信者告诉他，"文化大革命"期间曾有过绝望甚至想自杀的念头，看了《李自成》第一卷后改变想法，增添了活下去的勇气。

《李自成》表达的总主题和分主题至今仍未失去其现实意义，今后还有其价值：它以李自成为例告诉我们，曾经代表百姓利益，并不意味着永远代表百姓利益；不论何种政治势力，要想长盛不衰，必须一直把最广大人民的愿望和要求放在心上。这样的总主题在此前的中国长篇小说中似不曾见，以如此引人入胜、震撼人心的方式突出表达这一内涵的作品，其后似也未曾见过。

二、发愤著书与经典意识

姚雪垠为什么要写作《李自成》这部书？新时期以来有一种看法，就是认为姚雪垠写《李自成》是为了迎合当时国家最高领导人毛泽东，是政治投机。若果如此，则其"经典性"会大打折扣。

最早持此观点的是姚雪垠旧友、后来去了台湾的陈纪滢。他在台北《传记文学》1982年第2期发表《记姚雪垠·三十年代作家直接印象记之十》一文，称"因毛自比秦皇，又以李自成自况。姚雪垠窥透了毛的心理，

第五章 《李自成》

才有此一著作",所以《李自成》"只是他替毛泽东完成一部影子传记"。八年后,又有大陆学者重复这一观点。陈纪滢远在海峡对岸,与姚雪垠隔绝多年,其推断属于"想当然"自不必说;大陆学者除了同样想当然地推论,也并未提供可靠论据。对此,姚雪垠生前两任秘书俞汝捷和许建辉分别撰文,以自己掌握的一手资料以及对姚雪垠为人的切身了解,逐一进行了辩驳,指出:《李自成》的创作动念始于20世纪三四十年代,与毛泽东毫无关系;作者1957年开始写《李自成》时,完全没有指望生前能看到书出版,他想到的是"藏之名山,传之其人"①。此外还有作者自己的一段自述,可为旁证。1983年,在一次长篇小说座谈会上,姚雪垠就说过:

> 当时也没有想到生前还能出版这部书。也正因为不准备出版,所以我敢于把崇祯、把宫廷生活写得那样细,否则发表出来还得了?②

有人之所以会产生对该书创作动机的误解,也有其客观原因。首先是姚雪垠写《李自成》两次得到毛泽东支持,姚雪垠两次因此而免祸,得以将写作进行下去。第一次是1966年7月,毛泽东对湖北省委负责人王任重说:"你告诉武汉市委,对姚雪垠要予以保护,他写的《李自成》写得不错,让他继续写下去。"第二次是1975年11月毛泽东在胡乔木写的关于姚雪垠写作《李自成》的情况报告上批示:"印发政治局各同志。我同意他写《李自成》小说二卷、三卷至五卷。"第一代领导核心两次过问一部小说的写作情况,确实是当代文学史上绝无仅有的。除此之外,还有第二代领导核心邓小平的关注:邓小平在1977年8月的一次讲话中说:"《李自成》第一卷写得很精彩;第二卷不如第一卷,但是也很精彩,有独到之处,也是

---

① 俞汝捷:《为姚雪垠辩诬》,《长江文艺》2000年第5期;许建辉:《"回忆"岂可失真?》,载陈浩增主编《雪垠世界》,中国青年出版社,2001。
② 姚雪垠:《对长篇小说创作的一点粗浅看法:在长篇小说座谈会上的发言》,载《姚雪垠书系》第18卷,中国青年出版社,2000,第113页。

难得的；听说他在写第三卷，不知第三卷怎样？"① 再就是在中国当代历史政治局势的重要时刻，姚雪垠出面撰文表态，并成为焦点人物，也容易使人把他和最高政治权力联系在一起。许多中国知识分子有一个特点：当自身没有与强大政治权力结缘的机会与可能时，便私下很"清高"地抨击那些有机会因为不同原因与权力建立较密切关系的人，以己度人，缺乏历史的同情；当自身也有这种机会时，则绝不放过，立场摇身一变。不了解知识界心理的姚雪垠拥护者再大肆渲染领袖支持之事，会"印证"和加强对姚雪垠写作动机的误解。

姚雪垠受到最高领袖的肯定，其激动、振奋，是自不待言的。逢此情景，极少人能例外。然而，得到领袖肯定后兴奋，与为得到领袖肯定和赏识而写，完全是两回事。说到姚雪垠的两获"御批"，就不能不联系当时全国特定的政治形势和姚雪垠本人的具体处境。姚雪垠动笔写作《李自成》，是在人生最低谷、最苦闷的时候，也是政治上地位最低，以至于连写作权利乃至人格尊严都得不到保障的时候。他的罹祸，其实恰与领袖有关：他写的一篇《惠泉吃茶记》碰巧被毛泽东读到，毛泽东在打听完姚雪垠何许人也之后，对周扬、茅盾说："看来，姚雪垠很会写文章。但他的文章也有毛病，阅后给人一种'众人皆醉我独醒'的感觉。恐怕作者有知识分子的清高吧！"② 领袖的批评本来不重，但适逢"反右"，下面的人即以此为由头，将姚雪垠打成"极右"，一下使之跌落谷底。此时他发愤动笔写作《李自成》，其实与太史公著《史记》心态类似。他是想通过写作重新找到自己生存的价值，渡过生存与精神的危机。

姚雪垠在武汉动笔写作《李自成》期间，有两个忘年故交，他们都写过专文回忆当年姚雪垠写作《李自成》时的处境与心态，将这两篇文章参照看，可较接近事实原貌。周勃写的《坎坷岁月的回忆——从反右到东西

---

① 陈浩增主编《雪垠世界》，中国青年出版社，2001，第1页。
② 杨建业：《姚雪垠传》，北岳文艺出版社，1990，第135页。

第五章 《李自成》

湖农场的日子》主要写姚雪垠当年如何受迫害、如何屈辱,以及怎样在逆境中挣扎抗争,想通过写作《李自成》求得后半生生存的意义;姜弘的《姚雪垠与毛泽东》一文,则对姚雪垠当时的逆境轻描淡写,而侧重谈姚雪垠的艺术观点和政治观点。姜弘文章特别讲到,姚雪垠之所以暂且放下《天京悲剧》和《杜甫传》而先写《李自成》,"是因为毛泽东,因为毛泽东与①李自成的特殊关注";姜弘还说,姚雪垠对他讲到毛泽东在延安时就对李自成感兴趣,"在说这些话的时候,姚雪垠并没有把自己摆进去,说如今他就是领会了毛泽东的意思而去完成这一任务,以引起毛的注意。但透过他谈论这些事情时所表露的那种津津有味,那种兴奋又自信的神色,也就能够意会而不必多说了"②。这话正好应和了陈纪滢的说法,而且是以"亲历者""见证人"身份,似乎成了"铁证"。姜弘的这段表述采取的策略是"以暗示猜测暗示",就是说,他一方面承认姚雪垠没有明确说他写《李自成》是为迎合、讨好毛泽东,他自己最后也没有明确这么说,而是通过描述姚雪垠说话时的神色,让大家"意会",加之有陈纪滢说法在先,其效果就如明言"姚雪垠是为讨好毛泽东而写《李自成》"差不多。然而,细究起来,事实并非如此:姜弘也不能不承认,姚雪垠是在逆境中、在人生低谷中写作,他应该知道当时姚雪垠几乎失去写作权利,遑论发表出版;《李自成》早在姚雪垠写作计划中,并非他临时起意,先写《天京悲剧》还是先写《李自成》只是个顺序问题。他不会不知道,在 20 世纪五六十年代,题材问题是大问题,题材如果被认为有问题,轻者不准出版,重则受到批判。在此情况下,姚雪垠选择先写认为题材没有问题、获准出版希望最大的《李自成》,对于一个将写作视为自己生命存在依据的作家来说,不是自然而然的事吗?因为推测毛泽东对李自成感兴趣而决定先写《李自成》,与为了讨好毛泽东而写《李自成》,并非一回事。姚雪垠希望毛泽东

---

① 此处"与"似应为"对"——笔者注。
② 姜弘:《姚雪垠与毛泽东》,《黄河》2000 年第 4 期。

关注《李自成》、肯定《李自成》，这是确定无疑的，但那只是一种"万一"的希冀。他更希望也更有自信的是读者会喜欢，即使自己活着时不能出版，未来的读者会喜欢。他是想创作一部传世精品。活着时如果能出版最好，活着时不能出版，便"藏之名山，传之其人"。在1957年开始动笔时，姚雪垠本被剥夺了写作权利，他是偷偷写作，因而他感到生前不能出版的可能性是非常大的。到了1963年书稿写成并出版后，他才又有了新的期待，希望万一最高领袖看到并肯定，自己的心血之作会产生更大的社会影响。谈及"文化大革命"期间姚雪垠上书毛泽东，姜弘倒是承认姚雪垠"是形势所迫"，但紧接一句"是出于功利目的"①，就有歧义了。我们可以理解成"是为了能有最基本的写作权利"，也可以理解成"为讨好毛泽东"，而联系姜弘上文，则似乎更偏重后者。这两者是有本质差异的。若是前者，则仅为求得写作权利，使写作得以进行、得以完成；若是后者，则为投机。事实上，姚雪垠是将写作视为生命，把写《李自成》当作自己的天赋使命，绝非将其当作敲门砖，当作借以获得其他利益的手段。姚雪垠1991年致台湾陈纪滢的信，因写于新时期，又是写给海峡对岸，着眼于历史，里面没有迫于形势的套话，较能反映其本真心态：

> 我是一个有强烈爱国感情的人。将来的文学史上只能写我是中华民族的较有成就的作家；而不会歌颂我是中国共产党的作家。②

姚雪垠坚决拥护中国共产党，对毛泽东内心既有埋怨又有感激，这是无疑的。然而作为一个史学修养极深的作家，他有长远眼光，以"生前马拉松，死后马拉松"为座右铭，所以又以后来人的眼光审视和要求自己的创作。因此，说他是为投机而写作，甚至是奉命写作，那即使不是有意的

---

① 姜弘：《姚雪垠与毛泽东》，《黄河》2000年第4期。
② 姚雪垠：《致陈纪滢》，载《姚雪垠书系》第20卷，中国青年出版社，2001，第555页。

第五章 《李自成》

曲解,也是无意的误解。结合全文看,姜弘写此文的目的并非还原历史真相或原貌,而是想强调"文艺与政治的歧途",表达"文章憎命达"的题旨。文艺确实与政治各有其不同规律,"文章憎命达"自有其道理,但亦不可反过来,认为文艺必须远离政治,想写出好作品必须穷困潦倒,或者说直接写政治生活或干预政治的作品都是短命的,作家社会地位、生活条件优越之后必然就写不出好作品。这样说未免太机械、太绝对化了。姜弘与姚雪垠有密切交往,据说无话不谈,但姜弘更同情姚雪垠的论敌胡风,一直对反右运动中被迫互相揭发时姚雪垠将他俩私下议论毛泽东的事"端出来"耿耿于怀。作为当年事件亲历者的他把姚雪垠写《李自成》说成是"领会了毛泽东的意思而去完成这一任务",将姚雪垠撰文质疑郭沫若的《甲申三百年祭》说成"站在大权威一边批评小权威"[1],即站在毛泽东一边批评郭沫若,这就是非常明显的为挟嫌报复而不顾事实了。众所周知,毛泽东一直是非常欣赏郭沫若《甲申三百年祭》的,曾将其列为整风文件,姚雪垠与郭沫若的分歧是对具体历史人物和历史事件看法的分歧,是治学方法的分歧,姚雪垠所述观点是他自己认真考证、严密逻辑推论的结果,是他为写历史小说而"深入历史"的结果。陈纪滢和姜弘都曾是姚雪垠视为朋友的人,陈纪滢因为隔绝多年不了解情况而错误推断,得到了姚雪垠的谅解,姚雪垠看到陈纪滢《记姚雪垠》中的错误说法并不生气,"始而哑然失笑,继而思考了许多问题"[2];姜弘作为事件亲历者,在《姚雪垠与毛泽东》一文中说出与陈纪滢类似的话来,假如此文在姚雪垠在世时发表,姚雪垠看到,估计就不会"哑然失笑"了。姚雪垠后人看到此文非常愤怒,与姜弘打官司,姜弘败诉。从另一方面说,平心而论,姜弘文章也不乏持平之论,例如说姚雪垠"平日既不争权夺利也没有整过人,没有'民愤'",说姚雪垠虽然感激毛泽东,但"并没有把他这种个人感情放大,使之成为

---

[1] 姜弘:《姚雪垠与毛泽东》,《黄河》2000年第4期。
[2] 姚雪垠:《致陈纪滢》,载《姚雪垠书系》第20卷,中国青年出版社,2001,第550页。

衡量客观事物的标准而陷入'凡是'之中。他对待'文革'和当时出现的那种返祖现象，一直都比较清醒，没有跟着跑，不得已时才表面上顺从、拥护。在怎样看待'评法批儒'和毛泽东诗词这样一些关系到毛泽东本人的问题上，也同样如此"①。他劝姚雪垠不要轻易出示给毛泽东的信，并建议将《李自成》原来的序言删除②，也是善意的、中肯的建议，因为后来对毛泽东支持《李自成》写作之事的宣传，确实强化了对姚雪垠创作动机的误解。姚雪垠晚年的社会政治活动，确实影响了《李自成》创作的进度，也产生了不利于其被理解和传播的影响。

三、姚雪垠的自身优势与创作周期优势

姚雪垠在总结自己创作《李自成》的综合优势时，曾将其概括为"强烈的爱国主义思想与文学事业上的雄心壮志相结合""从做小青年的时代起就接触马克思主义的哲学思想，即辩证唯物主义和历史唯物主义""在中国的史学方面比较有基础""对中国古典文学有较好的修养""对长篇小说美学有较深的认识""有一套关于写历史小说的完整理论""在文学语言上有独特的成就"③ 等七个方面。其中，"爱国主义"和"马克思主义"并非他独有，前者可以理解为他对"雄心壮志"的一种修饰，因为多年来"改造思想"的经历使他特别警惕别人将其"雄心壮志"理解为个人主义、成名成家思想；后者则可理解为他强调其对马克思主义哲学的运用是出于自觉自主，并非外部灌输和强迫。

上述七个方面，还可进一步概括为"雄心壮志""知识修养储备""理论探索与创作实践结合""语言艺术追求"四大要素。这些确实是在与同时

---

① 姜弘：《姚雪垠与毛泽东》，《黄河》2000年第4期。
② 应该是指《李自成》第一卷1977年修订版前言——笔者注。
③ 姚雪垠：《我创作〈李自成〉的综合优势》，《穰原》增刊2019年第2-3期。

第五章 《李自成》

代作家比较中得来的，作者的这种自我意识、自我评价基本准确。即以"雄心壮志"而论，似乎也没有哪个作家像他这样明确说"我活着，不是做历史的旁观者，而是要做历史的参与者和推动者"①，尽管许多作家也想通过创作实现个人价值、写出传世之作。《李自成》的宏大气魄与作家的这种雄心壮志密不可分，前者是后者的审美外化。姚雪垠的史学修养和古典文学功底，是文学和史学界名家们共同服膺的。他为写作《李自成》而做的上万张读书卡片，其下苦功之深令人震撼。在长篇小说美学与历史小说文体探索和文学语言的造诣方面，姚雪垠也确实有独到之处。这些是促成《李自成》取得杰出成就的关键因素。

《李自成》创作周期达 42 年，其间经历了中国当代历史的不同时代，社会主流思潮与主导意识形态变化很大。就作者本人而言，从 47 岁到 89 岁，从被批斗、被歧视侮辱到被最高领袖特许继续创作，再到住进"部长楼"、当选省文联主席和全国政协委员，从被冷落到被热捧，到再度被冷落乃至误解挖苦，心态与思想状况也有很大变化。而这些变化，不能不影响到各卷的创作。总体来讲，这对《李自成》的思想艺术成就是积极因素：1957—1976 年写第一、二卷时，适逢作者人生由低谷而东山再起阶段，也正好对应了作品中李自成的事业从低谷到东山再起；1976—1980 年写第三卷时，作者进入人生巅峰阶段，而作品中李自成的势力也壮大起来。写李自成事业低谷乃至绝境阶段，重点突出他的不气馁、不消沉，不放弃事业雄心，而这时作者自己也是凭着信念与追求，凭着不气馁、不放弃的精神进行写作，所以才能写得那么动人、感人。另外，当时适逢政治高压、极左盛行之时，写农民特别是造反农民形象必须高大完美，不能写缺点，否则就会被扣上"丑化工农兵"的帽子，而《李自成》第一、二卷中的李自成在事业"爬坡"阶段，优点突出、杰出之处突出，这是他得以改变局

---

① 姚雪垠：《我创作〈李自成〉的综合优势》，《穰原》增刊 2019 年第 2-3 期。

势的主题因素，合乎事理逻辑和性格逻辑，所以此时姚雪垠可以尽情写李自成的优点。但他也不是绝对不写李自成的缺点，例如他的天命观和帝王思想。如果是现实题材，这样写也难以通过出版审查，而历史题材写主流意识形态承认有"历史局限"的人物，又相对宽松一些。第三卷写李自成否极泰来，弱点渐渐显露，此时姚雪垠的创作环境已变换为历史新时期前期，反思历史、反思农民革命虽然还尚未全面展开，还多所顾忌，但毕竟与过去不同了。写第四、五卷（实为原计划中的第五卷）时，改革开放、思想解放运动全面展开，虽然主导意识形态仍保持其连贯性，但知识界质疑革命乃至"告别革命"的声音渐强，文学界"重写文学史"浪潮对中华人民共和国前三十年（1949—1978）文学的文学价值及其思想审美倾向的评价陡转，对作品中工农兵高大形象的否定，史学界对农民起义进步意义的争议，这一切不能不影响姚雪垠的创作思维。虽然他仍然将创作《李自成》视为自己余生最重要的事情，但他也关注着社会上与文学界、史学界的动态，并撰文参与论争。各种写作《李自成》之外的社会活动占去他不少时间，耗费他不少精力，但也拓展了他的思维，某种程度上也解放了他的思想。例如，姚雪垠明确提出，农民起义军并不代表先进生产力，农民起义如果成功，所建立的政权将仍然是封建朝廷，而并非什么特殊性质的"农民政权"。我们现在无法确知，这些思想究竟是他1957年开始动笔时就有的思想，还是进入新时期以后逐步形成的看法。姚雪垠在开始写作之前对全书有严密的通盘设计，1974年还写出8万字的《〈李自成〉全书内容概要》。上述观点不论是新时期以前就有，还是新时期以后逐渐形成的，可以肯定的是，后三卷在较为宽松的环境中写成，是姚雪垠创作生涯的大幸，也是中国当代文学史、小说史的大幸。这就避免了为顺利出版而削足适履修改原有艺术构思、在艺术之外为"政治正确"而加进一些表态性文字，给以后读者的阅读理解和研究者解读带来误导。

《李自成》第三卷以后，由于作者年事已高，出版社先后为其配备了几

第五章 《李自成》

任助手,采取姚雪垠口述录音、助手文字整理、姚雪垠最后修改审定方式进行写作。这一写作方式属于特事特办,也非常独特。它一方面说明姚雪垠成竹在胸、想象丰富、文思泉涌,另一方面也带来文字方面的一些问题。

四、《李自成》的出版与传播

《李自成》第一卷于1963年7月由中国青年出版社(以下简称"中青社")出版。由于姚雪垠的右派身份,《李自成》的发行方式与"十七年"时期其他重点长篇小说迥然不同:出版发行前夕,湖北省委宣传部负责人与中青社编辑面谈,做出三项约定:第一,不宣传(包括不在报纸上登"新书介绍");第二,控制印数;第三,低稿酬。这与《红岩》《红旗谱》等书出版后铺天盖地的宣传攻势真有天壤之别。即使如此,《李自成》第一卷首印十万册很快销售一空,到1964年为止发行19.3万套。全国读者一片好评。

第二卷的出版引出一个故事和一段佳话:"文化大革命"期间中青社停业,作为最权威的文学出版社,人民文学出版社得知姚雪垠第二卷完成,特派副社长韦君宜专程去武汉约稿,而停业期间的中青社得知人民文学出版社要"抢稿",特派已办完调离手续的原文学编辑室主任、第一卷责编江晓天抢在韦君宜前面与姚雪垠谈判。姚雪垠出于对中青社在其逆境中为其出版第一卷的旧情,答应了中青社,拒绝了人民文学出版社,使得韦君宜无功而返。本有解散可能的中青社凭借出版《李自成》第二卷得以复业,于是便有了"一部书救活一家出版社"之说。出版第二卷时,姚雪垠已迁居北京,关于毛泽东批示支持姚雪垠继续写作《李自成》第二、三卷至第五卷的消息不胫而走,1976年底第二卷正式出版时恰逢刚刚粉碎"四人帮",新华社和各大媒体都发了消息,于是出现读者争购《李自成》的壮观场景。第二卷责编王维玲回忆:"读者在新华书店买不到书,便到中青社来

买,在出版社的院子里排了好几圈的长队。"他还说:

> 《李自成》第二卷读者反应之强烈,反应之热烈,是很感人的。在中国青年出版社成立六十多年来,只有两部长篇小说,一部是《红岩》,一部是《李自成》,读者来信最多,几天就一麻袋。在读者来信中,有贺信、贺诗,有抒发他们读后的心得感想……如果把这些读者来信概括一下的话,就是看了《李自成》之后开眼界、长知识、受教益、有收获。①

继而,中央人民广播电台"小说连播"节目开始连续播放由曹灿播讲的《李自成》,从第一卷播到第二卷;到1981年第三卷出版后,又继续连播。这样,在几年时间里,几乎家家户户的收音机里每到中午和傍晚都播放着《李自成》。在电视机不普及的年代,听广播成为全民共同的消遣娱乐活动。广播节目中,最受欢迎的就是电影录音剪辑与小说或评书连播。由于《李自成》篇幅最长、播放持续时间最长,题材在那时又显得很新鲜,所以给听众印象最深,使得读不懂书或买不到书的人也得以接触这部作品。收听广播又促进了小说原著的销售,就像如今电视剧改编和播放促进小说销售一样。因此,到1981年第三卷出版以前,前两卷发行量超过410万套,成为最畅销小说。

《李自成》不仅受普通读者欢迎,更得到文学和史学领域专家的赞赏,也引来政界人物的关注。专家阅读此书早于普通读者,因为前两卷在正式出版前都曾将手稿或"征求意见稿"送交文学或史学专家审读。审读过初稿的文学界专家有茅盾、阿英,史学界专家有吴晗、李文治,他们都给予高度评价。其中茅盾在暮年视力很差的情况下还认真审读第二卷原稿,做出笔记,并通过书信与姚雪垠商讨小说艺术与技术处理的具体问题;《李自成》出版后茅盾又在顶级期刊《文学评论》发表题为《关于长篇历史小说

---

① 姚海天、蒋晔编《一代文学大家姚雪垠》,沈阳出版社,2018,第94页。

第五章 《李自成》

〈李自成〉》的评论文章。对前两卷予以高度评价的文学界名家还有叶圣陶、曹禺、刘以鬯、秦牧、贺敬之等，以及美学家朱光潜。政界人物除了毛泽东两次支持，邓小平复出之后也予以关注，并将姚雪垠上书亲自递交毛泽东，还对第一、二卷做出评价。

1982年，《李自成》第二卷获得首届茅盾文学奖。

《李自成》第四、五卷直到1999年才出版，距第三卷出版相隔18年，这大约也是同一部小说不同卷次之间初版时间相隔最久的。之所以如此，有作者年事渐高（71~89岁）、精力衰退的原因，有社会活动和各种杂务占去时间和精力的原因，也有作者在艺术构思方面犹豫和调整的原因。最后两卷出版时，正是文学研究和文学史书写对这部作品评价最低的时候，也就是"去经典化"时期。当然，前三卷忠实的老读者还大有人在，除了普通读者，还有袁宝华、翟泰丰、田永清等政界、军界高层读者。还有相当多的读者期待最后两卷出版。因此，第四、五卷仍有较大的发行量。

1999年以后《李自成》出版的一大特色是单版印数远不及以前，但版本之多却创纪录。《李自成》第四、五卷与前三卷一起发行，主要有十卷本和五卷十二册本两大类型。1999年8月中青社五卷十二册本《李自成》与《姚雪垠书系》前十卷中的十卷本《李自成》同时出版发行，读者首次见到后两卷内容。2000年11月，中青社又按《书系》编法，单独出版十卷本《李自成》，并依照《书系》前例，每卷选取其中代表性单元标题作为该卷副标题。但这一版本印数仅有五千册。2005年，人民文学出版社开始出版十卷本《李自成》，列入"茅盾文学奖获奖作品全集"。该版本后来又以不同封面设计重印多次，迄今已发行近十万套。据人民文学出版社相关人士反映，《李自成》十卷本在"茅盾文学奖获奖作品全集"系列作品中，发行量是属于靠前的。2010年，漓江出版社向中青社租借版权，以五卷十二册版印行。2013年9月，中青社出版新版五卷十二册版《李自成》，该版本与其他版本不同之处在于，根据姚雪垠手稿，加进了以前版本没有的"梦江南"和"北京！北京！"两个单元。

除了上述版本，还有三种重要版本值得一提。首先是2008年1月长江文艺出版社出版的《李自成（精补本）》四册，四册分别以"天寒霜雪繁""闻说真龙种""长风驾高浪""风散入云悲"为副标题，作者署名是"姚雪垠原著，俞汝捷精补"。之所以有此"精补本"，是因为姚雪垠生前在写完前三卷之后，由于担心写不完全书，而先写原计划中的第五卷。原计划中的第四卷实际未能最终完成，1999年出版后两卷时编辑便将已写出的第五卷一分为二，前半部分作为第四卷，后半部分作为第五卷，在第四卷前面加注说明未及展开的情节。姚雪垠生前助手之一俞汝捷在整理姚雪垠原稿基础上重新构思，补写了缺失的李自成杀罗汝才、孙传庭之死、李自成回故乡以及"烟波江南"情节，并删除了当年姚雪垠迫于政治形势而加进去的与全书艺术整体没有有机联系的意识形态话语，颇有"高鹗续书"的味道。2007年，根据姚雪垠生前遗愿，其子姚海天与《文艺报》编辑熊元义又从《李自成》中节选出与崇祯有关部分，以《崇祯皇帝》为名，分上、下两册，由华艺出版社出版。2013年，该书又以上、中、下三册由故宫出版社出版。2019年，姚海天在原来基础上加进"梦江南"和"北京！北京！"两个单元，由华文出版社出版新版本《崇祯皇帝》上、中、下三册。

进入21世纪后《李自成》出版中的上述现象值得分析。对读者进行调研可以发现，如今读过全部五卷十二册本的很少，进行当代文学研究的专家学者读完全书的也少，个别前沿学者甚至不知道该书后两卷已于1999年出版。青年一代包括在校大学生读过《李自成》其中一卷的也不多，遑论五卷。但该书确实又仍有较大发行量。其原因，如今虽然书价上涨（全套书更贵），但单位购书、学者经费购书较多，出版社将其纳入某一系列出版发行，又使得想"购齐"的单位或个人成套购买，特别是人民文学出版社将《李自成》纳入"茅盾文学奖获奖作品全集"系列，对其销售作用很大。人民文学出版社的销售情况就较中青社看好。而中青社一直对曾经"救活"

第五章 《李自成》

他们的姚雪垠感恩，加之原为中青社编审的作者之子姚海天多年来为了父亲的事业积极奔走，从出版方面来说《李自成》一直未被冷落。但也确有许多普通读者买回《李自成》不只为摆设，不是让其在书架上沉睡，而是认真阅读欣赏，因为对于沉下心来的读者来说，作品本身确有很大的艺术魅力。普通读者特别是中年以上非文学专业读者也较少受新时期以来文学批评价值观念陡转的影响。此外，《李自成》价值立场很主流，故一直被官方重视。即使是当代文学批评和文学研究领域，即使是否定它的偏激者，也肯定其艺术上有独到之处；平心而论者仍然称赏其杰出造诣。《李自成》获得茅盾文学奖、入选分别由官方和民间学者评选的经典作品系列，就是最好的证明。

《李自成》的各种改编衍生作品也很多。例如它曾被改编为电影故事片《双雄会》，编剧李凖，导演陈怀皑，主演许还山、杨在葆；电视剧《巾帼悲歌》，编剧罗欣，导演尤小刚，主演金梦。还有刘保毅改编的广播剧《李自成闯石门寨》，该剧曾作为文化交流项目被介绍到联邦德国，这是我国广播剧第一次向国外的听众传播。曲艺改编则有高凤山演播的快板书《斩堂弟》，以及袁阔成、单田芳、田战义分别演播的不同版本评书《李自成》等。最多的是连环画，迄今为止根据《李自成》改编的连环画有十几种，直到 21 世纪，仍然有人将其最后两卷改编为绘画精美的连环画套书出版。

连环画主要版本有：

《李自成》1～10 册，何溶、定兴改编，徐志成、谢智良、王传义、鲁永欢、陈忠跃、许勇、顾莲塘、王占鳌、杨建友、戴宏海、戴仁、刘文颉、张培成、陈惠冠、赵奇、戴红杰、戴敦邦绘画，天津人民美术出版社 1977—1982 年初版，2007 年重版。

《李自成》1～27 册，杨兆林改编，施大畏、罗希贤、王亦秋、徐有武、崔君沛绘画，上海人民美术出版社 1978—1982 年初版（首印 70 万册），2001 年重版。

《李自成》1~12册，卞福顺改编，辛宽良、冯远、冯越、冯导、李林祥、李福来、朱光玉、朱建平绘画，辽宁美术出版社1978—1982年初版。

《李自成》1~10册，黄亦加改编，聂秀公绘画，江苏人民出版社1977—1980年初版，海豚出版社2012年重版。

《李自成故事选》1~13册，张剑萍改编，周申、徐景贤、杜春生、黄恩涛、项维仁绘画，山东人民出版社1979—1983年初版，黑龙江美术出版社2016年重版。

《李自成4-5卷》1~20册，晏思鉴改编，王瑜、李明、仲伟为、甘海琪、辛国兴、赵戟、高巨峰绘画，黑龙江美术出版社2018年初版。

此外还有其他版本及重印本。《李自成》连环画版本之多，也为当代名作改编所稀见。

五、新时期之初的初次经典化

本书《绪论》已提及，童庆炳先生将文学经典的建构概括为六个要素："（1）文学作品的艺术价值；（2）文学作品的可阐释的空间；（3）意识形态和文化权力的变动；（4）文学理论和批评的价值取向；（5）特定时期读者的期待视野；（6）发现人（又可称为'赞助人'）。"① 以这六要素观《李自成》的经典化、去经典化与再经典化问题，将会有新的发现。

论作品本身的艺术价值，第一卷和第二卷出版之后不仅普通读者被深深吸引，表示叹服和痴迷，连国内文学、美学和史学界众多顶级名家也是交口称赞，成为共识或公论。

《李自成》第一卷初版于1963年7月面世后，虽然印数较大（不到一年时间内印了19.3万册），在北京的读书界和全国的读者中引起了强烈的

---

① 童庆炳：《文学经典建构诸因素及其关系》，载童庆炳、陶东风主编《文学经典的建构、解构和重构》，北京大学出版社，2007，第80页。

第五章 《李自成》

反响,但由于作者"摘帽右派"的特殊政治身份及各种人际因素,1962年6月12日家协会武汉分会给中国青年出版社的公函中,要求控制印数,并且评论文章要"掌握分寸",所以,评论界几乎没有任何反响,与《红岩》《红旗谱》等出版后顿时轰动的情况迥然不同。所以,直到1976年,它仍未被经典化,而此时同为中青社出版的"三红一创"早已声名鹊起,评论如潮。《李自成》经典化的最初发起,应该从1966年毛泽东对湖北省委第一书记王任重发指示支持姚雪垠创作算起。可以说,毛泽东是编辑之外的第一个"发现人"或"赞助人"。国家最高领导人以读者身份肯定一部作品,直接为作品的写作开绿灯,从而在特殊情况下为作者的写作减少了干扰、提供了方便,大概在中国现当代文学史上仅此一例。但这并不能保证马上使作品居于经典之列。《李自成》经典化的标志,除了读者众多、发行量巨大①,更重要的是得到专业批评家和文学研究者的肯定和高度评价,直至被写入文学史,给予突出位置。这一过程完成于1976—1982年之间:1976年12月第二卷出版、1977年7月第一卷修订本出版之后,邓小平在讲话中专门提到姚雪垠和《李自成》,并派时任中宣部部长张平化去姚雪垠家中看望。他说"第二卷不如第一卷",这评价是否符合实际姑且不论,起码说明他把两卷都看了。邓小平日理万机,他并非毛泽东那种手不释卷的人,据笔者所知,能让他很喜欢的文学作品,就是姚雪垠的《李自成》和金庸的武侠小说。而此时由于姚雪垠在政治上已被彻底"解放",评论《李自成》不再受限制,于是各种研究评论文章纷至沓来。这些评论基本都是赞誉,有些评价用的是最高等级。其形式,有的是正式论文,有的是谈话或通信、笔记。1978年4月,武汉举行全国首届《李自成》学术研讨会,其后,北京、上海、江苏、四川、湖北和宁夏等地分别出版了评论《李自成》的书籍。1980年,《李自成》先后被最早的两种中国当代文学史著作《当代

---

① 到1993年为止,三卷8本已发行3200万册。

文学概观》(北京大学张钟等著)《中国当代文学史初稿》(北京师范大学郭志刚等主编)专章或专节介绍。1982年,《李自成》第二卷获得首届茅盾文学奖,使作品声誉达到巅峰。许多名家认为这部长篇类似于中国古典名著《三国演义》《水浒传》《红楼梦》,艺术水平甚至超过这些文学史上公认的经典。

对《李自成》的肯定,特别是名家的肯定,大多着眼于小说艺术与美学方面。茅盾与姚雪垠的谈艺通信众所周知,此外,夏衍、林默涵、胡绳、朱光潜、曹禺、秦牧均赞誉有加。史学界的吴晗在"文化大革命"前就从历史真实方面认为姚雪垠对明末历史的研究超过了自己,1977年史学家白寿彝也说姚雪垠"搜集史料,比我们搞史学还要用功"①。除了名家肯定,作者还收到许多全国各地读者热情洋溢的来信。

《李自成》第一次的经典化,可以说符合童庆炳先生关于经典构建"六要素"中的所有六项:其本身的艺术价值获得从专家到普通读者的广泛承认、极高评价;它与新时期初期的意识形态吻合;文学理论批评界致肯定该作品的艺术性和审美感染力;它满足了那一时期读者的期待视野,其读者广泛程度,甚至后来否定《李自成》的刘再复先生也"赶时髦"阅读了第一卷或第二卷;它的"发现人"级别最高,其他当代作家难以相比。

这一阶段《李自成》的传播和改编也是铺天盖地,通过连环画它普及了少年儿童。那个时候,说它雅俗共赏、老少咸宜,并不为过。

六、1988—1999年间的去经典化

进入20世纪80年代中期以后,《李自成》热逐渐降温,这本是正常现象,一是因进入历史新时期以后,文学作品数量和类型越来越多,读者有

---

① 王维玲:《四十二年磨一剑:姚雪垠与〈李自成〉》,中国青年出版社,2010,第179页。

第五章 《李自成》

了更多阅读选择,很难让所有人兴趣集中于一部作品。当时有人将这表述为文学失去"轰动效应",就是说,这不仅是《李自成》一部作品面临的境况,而且是整个严肃文学的共同命运。二是《李自成》第三卷于1981年出版之后,第四、五卷迟迟不见出版,这也或多或少中断了读者的阅读连续性。例如,第三卷结尾留下一个悬念:"老神仙"尚炯到来之后,自杀的慧梅能否得救?等这一悬念的答案读者一等就是18年,而18年后的1999年,社会氛围与文化环境发生了巨变,第四卷开始并不衔接第三卷的内容,而是一下子跳过好多情节。

上述这些还不足以对《李自成》的文学史地位构成威胁,因为任何作品都不可能永远像成功初期那样热。使《李自成》文学史地位动摇、经典价值被解构的决定性因素,主要来自文学批评界,来自专家学者。

1988年《上海文论》第1期发表王彬彬《论作为"人学"的〈李自成〉——对真的史诗的呼唤》,他说《李自成》"几乎被读者遗忘,遭评论界冷漠",认为主要原因,一是作者过于重视写史,而没有"在作品中全副精力写人",人物性格没有发展、没有深度,"缺乏对人物心灵的洞察和灵魂的开掘",没有"写出人物内心的无限丰富性、复杂性";二是"人物只为演绎史料服务",造成"全书结构的支离破碎";三是作品中的叙述者观点过于鲜明,"把自己的身份暴露得一清二楚","作者在作品里把什么都说了,没留一点'神秘的余数'去让人养家糊口","不给人思考、咀嚼的机会"。不过,这篇论文也并未全盘否定《李自成》的艺术价值,尚且称它"也决不是朽木粪土",承认作品"一些贯穿始终的人物还是富于艺术光彩的",也认同当时已有几本专著对作品艺术成就的分析评价。此外,王彬彬当时尚未批评王蒙,名气还不大,因而此文对《李自成》的"去经典化"未起太大作用。真正给《李自成》文学史地位致命一击的,是《文汇月刊》1988年第2期刘再复与刘绪源的谈话《刘再复谈文学研究与文学论争》。刘再复当时是中国社会科学院文学研究所所长,是当代文学研究的领军人物,刚刚发表过《论人物性格的二重组合原理》《论文学的主体性》等轰动全国的文章。在这篇谈话中，刘再复将《李自成》与浩然的《金光大道》并列，有意将其定性为"文革"文学，说姚雪垠"坚持了'三突出'、'高大完美'等文学观念"，"人物就不能不成为抽象的寓言品和简单的时代精神的号筒"。这等于将作品的思想艺术价值全盘否定了。这篇谈话发表之后，一时成为文坛新闻事件，使本来认为《李自成》中主人公太完美、有"现代化"倾向的某些读者，更加重了对作品艺术性的这种认识。这年年末，古代文学研究界的章培恒也出来发言，他在《金庸武侠小说与姚雪垠的〈李自成〉》①一文中，将《李自成》与金庸武侠小说作对比，认为它在反封建道德方面尚不及金庸小说思想前卫，因为它是从既定理念出发，是用文学形象演绎毛泽东思想，其创作宗旨是为政治服务；另外，其对李自成的描写违反了历史真实和生活真实，把农民军和农民领袖过分美化也违反了马克思主义基本原理，即使茅盾、朱光潜肯定，也不足为据，因为茅盾和朱光潜也会看走眼。他认为这部小说只有消遣娱乐作用，但在消遣娱乐价值方面，又不及金庸小说，因为金庸小说具有"想象奇特、结构紧凑、富于幽默感等优点，而且还能于消遣之中给人以某种有益的启示"，而这些优点《李自成》不具备。

关于李自成、高夫人形象太高大、太完美的看法，早在作品声誉高峰期就有。周修强发表于《文学评论》1979年第3期的《关于〈李自成〉的几个主要人物及其他》一文中就认为作品某些虚构"把李自成写得太高大而失真"，只是这篇文章尚未完全否认小说的艺术成就，并且说"对一部只出了二卷的、还没写完的长篇历史小说要作全面的评价为时尚早"。北京大学教师张钟等人的《当代文学概观》在充分肯定、高度评价《李自成》作品"深刻的思想、宏大的规模、鲜明的形象、独创的构思、丰富的表现手

---

① 章培恒：《金庸武侠小说与姚雪垠的〈李自成〉》，《书林》1988年第11期。

第五章 《李自成》

法"之后,又指出"它在成功地再现明末社会风貌的同时,也存在'现代化'的倾向","作者在塑造李自成时,似乎没有完全摆脱写完人的倾向。这一点在刻画高夫人时尤为明显"。① 出版于同一年稍晚些时候的郭志刚等《中国当代文学史初稿》也是在充分肯定作品思想艺术成就后又指出"李自成形象有些'现代化'和'理想化',作者赋予他不少现代无产阶级军事家和政治家的素质(如'一分为二'的辩证法观点、阶级分析等)"②。可以说,对作品优点和缺点的上述看法,当时代表了文学批评界相当一部分人的观点。有些普通读者也表达过类似感受,只是目前尚无法验证这些读者究竟是直观感受,还是因受了专家导引。

以文学史书写的方式将《李自成》去经典化,大概始自洪子诚的《中国当代文学史》。③ 洪先生参加过1980年《当代文学概观》的编写,但那本书有关《李自成》部分的执笔者不是洪子诚。19年后,或许是他的观点发生了变化,也可能当年他就不完全同意《当代文学概观》中的相关论断,在这本个人独著中,洪子诚虽也并未无视《李自成》的存在(因为他要分析当年的文学生产机制),并未明确指出其优点和缺点,但从其比较含蓄曲折的表述,还是能判断出其价值立场。他肯定了《李自成》"在处理复杂线索上,做到分别主副,又密切配合、虚实相间、彼此照应,取得层次井然、浑然一体的效果",但认为这部作品的政治意图非常明显,就是参与"对现代历史本质的揭示",其艺术描写"明显地是以20世纪以井冈山为根据地的农民武装斗争作为参照","都来自于对20世纪工农红军的经验教训的总结"。这其实是变相地批评作品对古人描写的"现代化",而且对其政治意图的断语说得更为直接、更为绝对。这本文学史既是个人专著,又被当作

---

① 张钟、洪子诚、佘树森、赵祖谟、汪景寿:《当代文学概观》,北京大学出版社,1980,第460-461页。
② 郭志刚、董健、曲本陆、陈美兰主编《中国当代文学史初稿》,人民文学出版社,1980,第892页。
③ 洪子诚:《中国当代文学史》,北京大学出版社,1999。

教材。而且据笔者所知，这应该是目前全国高校中文专业采用最广的中国当代文学史教材。洪门弟子众多，从那时迄今，这本文学史对《李自成》的判断可以说代表了当代文学史研究的主流观点。在1999年出版的另两部当代文学史教材——朱栋霖等主编的《中国现代文学史1917—1997》和陈思和主编的《中国当代文学史教程》中，《李自成》则踪迹皆无，从文学史上完全"消失"了。虽然4年后（2003年）王庆生主编的《中国当代文学史》仍然专章评介，但已是空谷足音。其后一年——2004年出版的孟繁华、程光炜主编的《中国当代文学发展史》和黄修己主编的《20世纪中国文学史》，仍然只字不提《李自成》。《中国当代文学发展史》2011年修订时加上了"姚雪垠的《李自成》"一节，但下最后结论时，原文引用了洪子诚版的文学史，并非常肯定地说："这一具有历史眼光的独到考察，在揭示了未被言说的秘密的同时，可能也为我们重新理解和评价《李自成》提供了一个新的视角和起点。"①2005年董健、丁帆、王彬彬主编的《中国当代文学史新稿》没有忽略《李自成》，它在"'农民起义'的宏大叙事"一节中，将姚雪垠与徐兴业和凌力放在一起介绍，在介绍了作者创作经历与作品主要内容之后，用更多篇幅批评作品思想和艺术上的"致命伤"和"严重的缺陷"②。北京大学、中国人民大学、南京大学、复旦大学、苏州大学、中山大学著名学者的断语，一时成为"定论"，将《李自成》文学史地位打入谷底，使得一般教师和文科大学生很少再去关注《李自成》，更不会有耐心去读这部超长的作品。

如今当代文学研究界、大学的当代文学史教学中，对《李自成》的评价基本仍然沿用1999年以来的主流观点。

《李自成》被去经典化，看上去与个人因素直接相关。我们可以设想，

---

① 孟繁华、程光炜主编《中国当代文学发展史（修订版）》，北京大学出版社，2011，第168页。
② 董健、丁帆、王彬彬主编《中国当代文学史新稿》，人民文学出版社，2005，第478页。

第五章 《李自成》

假如1987年姚雪垠不参与那场论战,不惹恼当时被看作思想解放旗帜的刘再复先生、被看作艺术探索先锋的魏明伦先生,这二人就不会集中向姚雪垠开火,更不会说出那些明显情绪化的语词。激烈贬抑《李自成》的几篇文章或谈话都发表于1988年,绝非巧合。如果没有这些,虽然《李自成》可能不像20世纪80年代初期那样火,但也不至于一落千丈。除了这一因素,当初《李自成》声誉那么高,高过所有当代作品,许多名家给了可媲美甚至超过中国古典名著的称誉,而姚雪垠没有谦虚客套,而是直率地接受了这些称誉,还不断提起,这在中国定会产生某种大众心理效应。于是,许多人很容易地就接受了刘再复等人的观点,不再细究。

其实,否认《李自成》文学价值和文学史地位的那些代表性人物,大多没有读过全部五卷作品,甚至作品出版日期也搞不准,持论漏洞百出,很不严谨。一旦进入正常语境,进入学理范畴,那些否定性观点不难驳倒。

列举否定者的知识错误不难。有些错误与事实的距离之大,令人惊讶。例如,刘再复、林岗发表于《华文文学》2015年第6期的长篇论文《中国现代广义革命文学的终结》,其第6节又专门论及《李自成》,开头便说"1963年出版第一卷,整个写作跨越二十余年的长篇小说《李自成》",后面又说"按照已发表的故事推测,牛金星、宋献策等人很可能是'革命队伍'的蛀虫"。从这两句即可看出,事情过去27年后,论者还是没有读过《李自成》后两卷,他们的相关知识或印象还停留在20世纪80年代初期。他们甚至不知道16年前即1999年时,《李自成》第四、五卷已经出版;而在最后两卷中,牛金星虽然最后脱逃,却并非"蛀虫",宋献策则自始至终被作者带着肯定或同情的笔调来写,包括他的最后下山投降。不只刘再复等犯了这一错误,2011年出版的孟繁华、程光炜的《中国当代文学发展史》甚至明确表述"小说原计划写五卷,后来完成了三卷"[①],可见其所有立论

[①] 孟繁华、程光炜主编《中国当代文学发展史(修订版)》,北京大学出版社,2011,第166页。

均只依据前三卷，准确说是前两卷。这种情况还不仅限于这几位专家。许多前沿专家尚且不了解全书真貌，被专家教育或"培训"出来的一般学者及普通读者，就可想而知。

单是个人因素，尚不足以决定全局走势。《李自成》的去经典化，也有特定时期的社会原因。在童庆炳先生所列经典六要素中，20世纪80年代后期正是"意识形态和文化权力""文学理论和批评的价值取向""特定时期读者的期待视野"三项发生转移之时。这些不能不影响到对《李自成》的评价上。

发生于20世纪70年代末的"思想解放"运动，其主题是以人道主义反思革命，直至发展成"告别革命"；以"现代性"标准批判"前现代"文化及其价值体系。这一潮流如今在知识界仍然是主流。它的发生有其历史和现实的原因，有其合理性，即此前极左路线给知识分子留下的惨痛教训和痛苦记忆，促使其由此反思历史悲剧根源，构想思想文化现代化之路。《李自成》歌颂造反、歌颂革命特别是"农民"的革命，正与此大潮相悖。笔者认为，这一潮流虽有其合理性和必然性，但具体到人，也曾发生偏颇，就是对革命的发生缺乏同情的理解，进入对一切造反者、革命者，对一切革命行为的质疑解构，乃至污名化。在现代中国，革命年代"农民"被看作"人民"的主体、历史前进的动力，"后革命"年代农民的落后性被凸显。为批判和否定农民的正价值，持人道主义观点的学者、作家、批评家有时竟也借来他们本以为"过时"的历史唯物主义，以农民不代表先进生产力为由，怀疑和否定一切将农民塑造成英雄或理想人物的作品。由此观点看，朱老忠、梁生宝、萧长春、高大泉等形象都是不真实的，因为他们太高大，没有了小生产者自私自利、保守狭隘、目光短浅的特征。因此，比这些人更高大、更有能量的李自成，就是更不真实的，只有阿Q、闰土或陈奂生是真实的。如今，就连历史和现实中实有其人的刘胡兰、黄继光和雷锋等，也成了被解构的对象。说到底，比较普遍的社会心理是：大家对

第五章 《李自成》

任何完美人物、理想人物，都选择怀疑、选择"不信"。

从1979年迄今的40年中，《李自成》受到的诟病，其实主要只有一点，就是将李自成和高夫人形象塑造得太高大、太完美了。有人由此联想到作者是在搞以古喻今、谄媚权力，例如推测塑造高夫人的高大形象是为了讨好江青。台湾陈纪滢更是将故友姚雪垠的这部倾力之作贬为毛泽东的"影子传记"。对此，笔者八年前曾有专文辩诬①，上文也已论及，在此不再展开。我们且从学理角度辨析。

姚雪垠确实是将李自成作为英雄人物来塑造的，对此他毫不讳言。问题是，造反者、绿林人士可不可以被塑造成英雄？欣赏《水浒传》《西游记》《隋唐演义》的人，不会认为这是个问题。而如果以马克思和恩格斯评论拉萨尔《济金根》的标准，以姚雪垠歌颂了并不代表先进生产力的农民阶级代表为由否定将李自成塑造成英雄形象，似也不妥，因为在中国现代语境中，农民阶级毕竟不同于中世纪的骑士阶层，而且马克思在批评《济金根》时，还曾肯定当时的农民和城市革命分子"应当构成十分重要的积极的背景"②。即使主人公执行了错误路线，也不是不可以被塑造成英雄。古代失败了的项羽自不必说，梁斌《红旗谱》塑造的朱老忠，他所参加的高蠡暴动被认为是执行了王明"左"倾盲动主义路线，但这并不妨碍梁斌歌颂起义参加者的不屈斗志和反抗精神。质疑者可能更看重将李自成和高夫人写得过于"完美"。

其实，将正面主人公理想化，这来自中国古典文学的传统，西方也不乏其例。《三国演义》里的诸葛亮和赵云就是近乎完美的理想人物，刘备也被写成为爱民如子的贤君，诸葛亮在智慧方面甚至被神化了，所以鲁迅称其"欲显刘备之长厚而似伪，状诸葛之多智而近妖"③。张炯先生认为这说

---

① 阎浩岗：《〈李自成〉：被曲解遮蔽的当代长篇小说杰作》，《中国现代文学研究丛刊》2011年第2期。
② 刘庆福主编《马克思主义文艺论著选读》，高等教育出版社，1991，第114页。
③ 鲁迅：《中国小说史略》，载《鲁迅全集》第9卷，人民文学出版社，1981，第129页。

明现实主义与浪漫主义结合创作方法古已有之，今天也并不过时。维克多·雨果《悲惨世界》里的米里哀和冉阿让、《海上劳工》里的吉利亚特都是理想化人物。对此，一般读者是能接受的，并不觉得这是"真中见假"。即使在 21 世纪，二月河小说塑造的康熙和雍正也都属于有缺点而总体理想化的人物。看来，不能接受《李自成》对主人公理想化的批评者，只是不能接受将来自下层的人物理想化，将以下犯上的造反者、绿林人士或"贼寇"理想化。这一观念其实又退回到以前，与封建时代的历史观念一致了。指斥姚雪垠歌颂农民起义是迎合权力、是出于政治动机，其实指斥者的观念，才是从政治出发、从"新主流意识形态"出发，为了意识形态目的而不顾作品实际；指斥者指责姚雪垠是从理念出发、主题先行，其实指斥者恰恰是从理念出发，是先有判断和结论，再从作品里面摘取于己有用的东西，不细读文本、不看作品全貌，不给予作者"同情的理解"，是因为"政治"而否定"艺术"。

《李自成》的创作跨越不同历史时期，作为多卷本巨著，虽然有贯穿全书的总主题，但每卷又有自己的分主题。第一、二卷从构思、写作到出版，正值文网森严时期。当时的环境是，如果写农民起义领袖的缺点，受过"规训"的普通读者也会出来指责，遑论批评家。因此，姚雪垠写李自成的帝王思想和天命观就受到非议。为了能逃过文网顺利出版，他还不得不在书中加上一些表白倾向性的议论。即使如此，姚雪垠也注意尽量不使硬加进去的议论破坏情节与人物塑造的完整性。因此，后来俞汝捷"精补本"删去这些议论才能不露痕迹。对于这些，了解当年环境的人本不难理解，但有些人抓住这点，著文时凸显这些议论，并据此做出判断、得出结论，就不妥当了。

《李自成》的总主题是"人心向背是决定政治成败的关键"，或曰"得民心者昌，失民心者亡"。第一、二卷突出写李自成过人之处，写他如何"得民心"，是因为不如此就无法解释他如何能于全军覆没之后能在短时间

第五章 《李自成》

内号召起几十万人跟从,而且从不被注意的次要角色发展成声望和实力盖过其他所有起义领袖的首领。第三卷是过渡卷,表现李自成的缺点逐渐暴露但优点仍占主导。后两卷写他渐失民心,进北京后令官民皆大失所望,东征山海关时百姓对他的部队坚壁清野。于是,他的一败涂地、不可收拾也顺理成章。第一卷出版后,许多人包括专家学者担心姚雪垠收不住,担心将李自成写得太高大了,如何再写他的失败。其实,姚雪垠对此早有研究。"李自成为什么失败"一直是他思考的重要问题。明朝覆亡是因失去人心、气数已尽,李自成失败也是因为失去人心,这顺理成章,一点也不矛盾、不突兀、不牵强。而对上升期的清朝统治者,作者写出了他们的雄才大略和昂扬朝气,也以民心逐渐归顺解释了其为何能稳定局面、巩固胜利的果实。那些指责《李自成》"三突出"的人,似乎看不到作者给崇祯皇帝那么多篇幅,也看不到作者将崇祯之死写得悲剧气氛浓郁,而非"人民胜利"的盛大节日;看不到作者并未将导致李自成毁灭的"敌人"写成"反面人物"。当然,直到最后,作者一直对李自成寄予同情,对他的失败表示惋惜,这是"不以成败论英雄"。姚雪垠对"三国演义"中的李、明、清的主要人物都寄予同情,这大概是那些没有看完全书的人想不到的,或不愿承认的。

如前所述,即使是在特殊写作环境中,姚雪垠在李自成塑造方面仍然有一些不太被人注意的微言大义之笔。这里要强调指出的是,姚雪垠在第一卷中就已将李自成的争取人心处理成"策略",而非目的。批评姚雪垠把李自成拔高成"舍己为人"的人,忽略了表现李自成"无私"的地方都是他与别人的对话,而不是心理活动。这些别有含义的细节描写,还望以后的研究者予以注意。

七、21世纪以后的再经典化

虽然经历了二三十年的去经典化,笔者认为,姚雪垠先生这部巨著的再经典化，也是势所必然。持此论的依据，一是姚雪垠先生从一开始就有创作经典的雄心，也有创作经典的实力；二是作品本身所取得的艺术成就是客观存在，即使去经典化的倡导者也不得不或多或少承认《李自成》在小说艺术方面的某些过人之处；三是经过长时间沉淀之后，历史大河终将淘去泡沫，留下真正精品；四是在新的历史语境中持有客观公正研究态度的相关研究者的推动，会有利于再经典化的早日实现。

不论从哪个角度说，《李自成》毕竟是20世纪中国文学史上独特的存在，对之不应无视，不能忽略不提。像黄修己《20世纪中国文学史》那样只提自己承认受过姚雪垠历史小说影响的凌力和唐浩明，却只字不提"影响源"，并不是文学史的正常写法。虽然在文学史书写中《李自成》已被去经典化，但在1999年至2007年这段时间内，《李自成》仍在以不同版本出版发行，报刊上仍能零星见到关于《李自成》的研究论文，说明读者和研究者并未真的彻底忘记这部作品，它也并未彻底从读书界消失。报刊上发表的论文中，包括历史小说研究专家吴秀明及其博士生詹玲的文章，也包括笔者发表于《文艺争鸣》2007年第6期、后又被人大复印资料全文转载的《"史诗性"与"红色经典"的价值评估》一文。但这些尚不足以启动对《李自成》的再经典化。本书之所以将《李自成》再经典化的时间确定为2008年，是因这一年国家顶级文学研究刊物《文学评论》第2期发表了董之林的长篇论文《观念与小说——关于姚雪垠的五卷本〈李自成〉》。这篇论文以《李自成》全书五卷作为整体予以观照，指出：这部小说虽然受时代观念的影响，却没有被束缚在观念预设的框架内，它表现了明末三分天下的历史情境。凸显了李自成农民起义爆发的必然性，也深刻地展现了李自成形象与生俱来的悲剧性，从而实现三维互动的艺术格局，使农民起义与明、清王朝形成政治与文化上的对比与参照。董之林是中国社会科学院研究人员，在中国当代小说特别是"十七年"小说研究方面自成一家，而她作为《文学评论》编审的位置，又使得她的言论和观点所引起的重视程度非一般学者可比。至此，不论承认与否，其他中国当代文学研究者和

第五章 《李自成》

　　文学史书写者,在对《李自成》的文学价值评估与文学史地位确定方面,不能不再做认真考虑。而真正最后完成《李自成》再经典化的,是严家炎先生主编的三卷本《二十世纪中国文学史》,以及张炯先生在不同场合、不同文章中对《李自成》的高度评价,因为严、张二位先生在如今现当代文学研究界的成就、资历、威望和权威性少有人能比。据笔者所知,严先生在主编这套文学史时,还有一段小插曲:原先分工负责《李自成》一节的著名学者所写初稿严先生不满意,于是他自己执笔重写了第 24 章第 6 节"姚雪垠的多卷本历史小说《李自成》"。

　　《李自成》全部五卷出齐用了整整 20 年,从第一卷出版到今天已过去 56 年。如今,这部作品虽然不"火",虽然大多数文学史提及时关于其"缺点"或"局限"的文字常常很多,有时超过正面评价,但毕竟文学史没有对其无视——无视的是极少数,而且还有的自我纠正了。这说明,它作为"文学史名作"或"文学史经典",应该已获公认。当代文学史上长篇小说浩如烟海,能被提上几句的是极少数,能被设专节的就更少又少,这部作品今天能有如此位置,正是它再经典化的前提和保证。

　　文学史经典或"动态的经典"与"文学经典""永恒经典"的区别,在于前者只被承认在文学史上曾经发挥过作用,但时过境迁之后已很少被研究者之外的普通读者阅读,后者则超越了时间和空间的阈限,还能被读者作为文学欣赏对象进行阅读,并在评论其他作家作品时作为参照物而被提到、被后世研究者解读阐释。

　　那么,《李自成》是否还有人阅读呢?从它一直被以不同版本重印的事实,可以说明 56 年后的今天它仍然有读者,而当下最红最火的某些长篇,谁也不敢保证 56 年之后还能被提及和阅读。当然,估计它的发行量不会太大,有些版本出版后可能多是被图书馆收藏;读者能将五卷 12 册全部读完的估计也不会太多。在如今普通人看手机多于看书,习惯于"浅阅读"的年代,沉下心读完大部头不容易,况且不断有"时髦"作品问世,可供选择。但是笔者想说的是,在论及经典"不断被读者阅读"时,论者常常有一个误区，就是将所有经典都囊括在内。实际上，世界文学史上公认的传世经典中，难道《伊利亚特》《神曲》《尤利西斯》《芬内根的觉醒》《追忆似水年华》是被经常阅读的吗？能够读完全书的读者又有多少？即使是"经典中的经典"莎士比亚，熟悉他的《哈姆雷特》《罗密欧与朱丽叶》的很多，但熟悉他的《维洛那二绅士》的又有多少？

王彬彬当年认为《李自成》终被忘却，成不了真正经典，理由是"作者在作品里把什么都说了，没留一点'神秘的余数'去让人养家糊口"①，童庆炳先生所列经典六要素中，也有"可阐释的空间"一条。笔者认为，文学经典可以供专家研究、供其"养家糊口"，但它首先是供读者阅读欣赏的。读者在阅读欣赏时获得审美享受，也获得知识，受到启发。二者之中，读者的欣赏应该是更重要的条件。文学史上固然有说不完的莎士比亚、阐释不尽的《红楼梦》，还有专为研究者阐释而写作的《尤利西斯》，但也有内涵比较单纯明朗的经典。《三国演义》和《水浒传》就不像《红楼梦》那样内涵丰富，《巴黎圣母院》《悲惨世界》也不像《尤利西斯》那样复杂。要论复杂性，《李自成》不会低于《三国演义》《水浒传》《悲惨世界》《九三年》等。这些并不复杂的经典却值得后世读者阅读，能给他们以审美愉悦和精神启迪。研究中国古代文学史出身的章培恒先生不承认《李自成》能给人以启示，认为它只是"告诉读者农民起义在历史上起过进步作用"，而这些毛泽东在《中国革命和中国共产党》一文中早已阐明。这里需要强调：首先他这一论断不符合姚雪垠思想和《李自成》作品实际，因为姚雪垠并不是想表达农民起义是推动历史前进的动力的主题，相反，姚雪垠认识到农民并不代表新的生产力，李自成建立的政权不会是什么"农民政权"，而只能是封建王朝，为此他还曾对持相关观点的历史研究专家进行批评。另外，退一步讲，即使姚雪垠与毛泽东表达的是类似的观点，也并不意味着《李自成》就不能给读者以启示，因为艺术的表达与政论的表达效

---

① 王彬彬：《论作为"人学"的〈李自成〉》，《上海文论》1988年第1期。

第五章 《李自成》

果是不一样的。过去我们上文学概论,常将鲁迅的《阿Q正传》与孙中山、毛泽东的文章放在一起,说明文学家和政治家有时是以不同方式表达同样的思想,现在看这种观点虽不全对,但起码说明我们并不因为孙中山和毛泽东以论文总结过辛亥革命"失败"的教训,就否认鲁迅相关作品的启示意义。按照章先生的逻辑,我们还可以说《三国演义》也没什么新鲜思想,并不能给人以启示,因为它所宣传的"忠义""仁政"等观念,儒家先贤早就讲过了。

说到底,《李自成》的再经典化需要"去蔽",就是排除偏见带来的曲解、误读,让专家学者真正潜下心来通读、细读全书。影响巨大的前沿专家能客观公正对待了,普通读者特别是大学文科学生就会对这部作品另眼相看。一般读者的心理是:读不进去《尤利西斯》,怀疑自己没文化;读不进去《李自成》,则认为是作品"过时了"。其实,读作者倾力创作的大部头特别是超长篇幅作品,是需要静下心来的。

附录 文艺大众化与新中国文艺 70 年

　　文艺大众化是 20 世纪 30 年代左翼文艺界就开始讨论的问题。最初只是限于理论探讨，直到毛泽东《在延安文艺座谈会上的讲话》发表之后，解放区才以推行"工农兵文艺"的方式，真正全面开展了文艺大众化运动。新中国成立后，直到 1978 年，"工农兵文艺"一直是中国文艺的主体，乃至唯一。20 世纪 70 年代末期兴起的"朦胧诗""意识流小说"，以及继之而起的"探索小说""探索戏剧""探索电影"等，开始与"工农兵文艺"告别，也与"文艺大众化"分野。但 90 年代全面市场化之后，纯娱乐的"通俗"文艺形式逐渐占据主体，从另一种维度上"复兴"了大众化文艺，形成一种新的"大众文艺"。值此中华人民共和国建立 70 周年之际，梳理一下新中国文艺大众化的发展脉络，探讨其中的关键问题，总结其经验教训，很有必要。

　　1. 从通俗文艺到人民文艺

　　"大众"是相对于"精英"而言的，"精英文艺"的对立面是"大众文艺"或"通俗文艺"。在漫长的中国历史上，被记入史册、构成文艺主体的是精英文艺；但通俗文艺一直存在，有些也被记入文学艺术的历史。例如诗歌史上有民歌，或文人写的拟民歌。纯民歌也是通过官府与文人的"采风"而得以入史。宋元之后有各种都市文艺,其中的"说话""讲史"便是都市通俗文艺形式,在此基础上,形成了古代白话通俗小说,出现了《三国演义》《水浒传》及"三言二拍"等传世之作。而小说这一文体,一直被当作通俗文学形式。梁启超提倡"小说界革命",正是看重小说的通俗特征,想借此"新民"。但近代以来,小说等通俗文艺形式主要还是被当作娱乐消遣之物。五四文学特别是文学研究会的"为人生"的文学,是通过否定以鸳鸯蝴蝶派纯为消遣娱乐的通俗文学而确立自己的性质与地位的。所以,通俗文艺在中国现代文学第一个十年扮演的是反面角色。五四文学强调文艺启蒙大众的作用,但由于其形式本身大多借自欧美,它的读者其实局限于中等文化以上的知识分子,并不能真正起到教化大众的社会作用。于是,20世纪30年代左翼文学运动兴起之后,才会把文艺大众化问题提上日程。

左联倡导的大众文艺,其实质是政治目的明确且具体的无产阶级革命文艺。由于左联文艺活动主要在上海、北平等大都市,其文艺大众化只能限于理论倡导,而无法真正实施:都市普通读者或观众主要是市民,市民真正乐于接受的是以消遣娱乐为主的通俗文艺。旧中国城市工人文盲居多,他们大多无能力也无太多余暇直接阅读书报刊上的文学作品,因此左联对他们的政治宣传鼓动只有通过"飞行集会",做演讲,撒传单。到了抗战初期,文艺大众化运动提出"旧瓶装新酒"的主张,正是基于大众接受者的文化水平与文化心理而做的权变。1942年毛泽东《在延安文艺座谈会上的讲话》真正将文艺大众化提升到操作层面,而毛泽东对"大众"有其具体界定,那就是以工农兵为主体,兼及"城市小资产阶级劳动群众和知识分子"。[①] 因此,毛泽东提倡的大众化文艺,也被称作"工农兵文艺",或"人民文艺"。对于人民文艺来说,通俗文艺可资利用的只有其形式,其传

---

① 毛泽东:《在延安文艺座谈会上的讲话》,载《毛泽东选集》第3卷,人民出版社,1991,第855页。

统内容则恰恰是要被批判、被扬弃的。中华人民共和国建立后，诞生于原解放区的人民文艺开始向整个中国推广，解放区文艺与新中国革命文艺都将大众化放在显要位置。

2. 新中国人民文艺特点之一：塑造"新人"

新中国前三十年（1949—1978）的文艺，在坚持解放区文艺基本方向的同时，又有新的发展、新的特点。毫无疑问，这一阶段的文艺和解放区文艺一样，都属于人民文艺，而1949年之后，中国文艺更加强调为工农兵服务，强调站在工农兵立场上，写工农兵的生活，表达工农兵的思想感情，以工农兵为作品主人公，塑造工农兵的高大形象。以非工农兵为主人公的作品极少（例如"十七年"长篇小说中仅有《青春之歌》和《上海的早晨》等几例）。其中最著名的"十七年"长篇小说篇目中，《三里湾》《红旗谱》《创业史》《山乡巨变》以农民为主人公，《保卫延安》《红日》《林海雪原》《铁道游击队》《敌后武工队》《烈火金刚》《战斗的青春》以正规部队军人或农民出身的游击队官兵为主人公，《铁水奔流》《百炼成钢》《火种》以工人为主人公。《红岩》写的是地下工作者，仍将江雪琴、许云峰和成岗的出身确定为工人；《青春之歌》虽以知识分子为主人公，但林道静仍然要到定县接受农民的影响和改造。

这一时期的作品不仅要写工农兵，更要站在工农兵立场上歌颂工农兵。20世纪50年代初期萧也牧的《我们夫妇之间》受到批判，就是由于它被认为不是歌颂工农兵，而是揭示农民出身的革命干部身上的缺点，甚至有人指责他"玩弄"女主人公。写工农兵如果写到有缺点的人物，一定要有一个比较完美的、正面的工农兵人物对他进行教育和影响，例如有梁三老汉，就要有梁生宝；有常有理、惹不起，就要有金生、玉生；有亭面糊、秋丝瓜，就要有刘雨生、李月辉；有老驴头、老套子，就要有朱老忠、严志和、伍老拔；有石东根，就要有刘胜、沈振新。一般来讲，写工农兵时，其缺点不能作为主要方面，应该写出其本质上的善良。那些自私自利的人一般被写成中农或富裕中农。这类人的身份有些尴尬,说他们是农民也没错,但他们却很可能变成富农乃至地主,成为"剥削阶级"一员,而一旦沦为剥削阶级成员,就不再是"农民",不属于"工农兵",因而也就不属于"人民"了。越到后来,人民文艺越强调塑造理想的、可作为全民楷模的工农兵形象。赵树理小说基本都是以农民为主人公的,语言也是采用生动活泼的文学化了的农民口语,因此被大众读者"喜闻乐见";但是,赵树理小说里的农民很少具有巨大感召力和人格魅力的"卡里斯玛",因而,50年代中期以后,赵树理小说就失去了"方向"价值。《红旗谱》《创业史》影响高于《三里湾》《山乡巨变》,就在于它们塑造的朱老忠和梁生宝形象的高大完美程度,非王金生、刘雨生可比。

而朱老忠、梁生宝已非本来意义上的原生态"农民"。传统中国农民的特点是固守乡土,与外部世界隔绝,视野狭窄、自私保守、胆小怕事,而朱老忠由于早年家庭变故而闯关东,尝试过各种行业,足迹甚至到了国境线以外的海兰泡(布拉戈维申斯克),所以较之在家乡长大的农民见多识广,形成了敢作敢为、慷慨仗义的性格。梁生宝是幼年从陕北高原随母亲流落到关中蛤蟆滩的,外乡人身份使之从小自尊要强,共产党领导的革命颠覆传统乡村社会,给了他"翻身"的机会,所以他对党非常信服。善良天性、自尊要强的个性和时代机遇,使之成为超越传统农民生存方式、在执政党领导下探索新路的乡村带头人。这样具有农民身份而又超越了传统农民局限的人,正是人民文艺所需要的正面典型。而这样的"新人",确实是以前文学史上不曾出现过的。

3. 新中国人民文艺特点之二:工农兵出身作家占主体

1949年之后,相当一批原先活跃于国统区的老作家终止了自己原先所擅长的文艺样式创作,或很少创作。即使创作,也难以写出与此前代表作水平相当的作品。① 中华人民共和国前三十年有代表性作品的作者,大多出身农民或工人家庭,而本人又具有无产阶级革命军人或革命干部身份。

表1 新中国前三十年代表性作家、作品及出身

作家	代表作	作家出身与个人身份
杜鹏程(1921—1991)	《保卫延安》	农民,革命军人
赵树理(1906—1970)	《三里湾》	农民,革命干部
孙犁(1913—2002)	《风云初记》	地主,革命干部
吴强(1910—1990)	《红日》	职员,革命军人
曲波(1923—2002)	《林海雪原》	农民,革命军人
高玉宝(1927—)	《高玉宝》	农民,革命军人
冯德英(1935—)	《苦菜花》	农民,革命军人
梁斌(1914—1996)	《红旗谱》	农民,革命干部
杨沫(1914—1995)	《青春之歌》	地主,革命干部
周立波(1908—1979)	《山乡巨变》	农民,革命干部
柳青(1916—1978)	《创业史》	农民,革命干部
欧阳山(1908—2000)	《三家巷》	城市贫民,革命干部
罗广斌(1924—1967)	《红岩》	官僚,革命干部
姚雪垠(1910—1999)	《李自成》第一卷	地主,教授
浩然(1932—2008)	《艳阳天》	矿工,农村干部
李英儒(1913—1989)	《野火春风斗古城》	农民,革命军人
刘知侠(1918—1991)	《铁道游击队》	工人,革命军人
刘流(1914—1977)	《烈火金钢》	农民,革命军人
雪克(1919—1987)	《战斗的青春》	农民,革命干部

---

① 似乎只有戏剧领域有些例外——郭沫若创作了《蔡文姬》,老舍创作了《茶馆》。

(续上表)

作家	代表作	作家出身与个人身份
冯志（1923—1968）	《敌后武工队》	农民，革命军人
王愿坚（1929—1991）	《党费》	地主，革命军人
王汶石（1921—1999）	《新结识的伙伴》	农民，革命干部
李心田（1929—2019）	《闪闪的红星》	农民，革命军人
李云德（1929—）	《沸腾的群山》	农民，革命军人、工厂干部
黎汝清（1928—2015）	《万山红遍》	农民，革命军人
郭澄清（1929—1989）	《大刀记》	农民，革命干部
贺敬之（1924—）	《回延安》	农民，革命干部
郭小川（1919—1976）	《甘蔗林——青纱帐》	知识分子，革命干部
闻捷（1923—1971）	《吐鲁番情歌》	工人，革命干部
杨朔（1913—1968）	《荔枝蜜》	知识分子，革命军人
刘白羽（1916—2005）	《长江三日》	工人，革命军人
秦牧（1919—1992）	《土地》	华侨，革命军人
魏巍（1920—2008）	《谁是最可爱的人》	城市贫民，革命军人
彭荆风（1929—2018）	《驿路梨花》	农民，革命军人
陈其通（1916—2001）	《万水千山》	农民，革命军人
胡可（1921—）	《战斗里成长》	农民，革命军人
沈西蒙（1919—2006）	《霓虹灯下的哨兵》	邮差，革命军人
胡万春（1929—1998）	《激流勇进》	工人，工厂干部

这样的成长背景与个人身份，使之不仅迥异于古代、近代作家，也与五四作家及20世纪30年代左翼作家的生命体验、个人视野、价值立场与思想感情判然有别。

首先，在与以工农兵为主体的"大众"的关系方面，这些作家具有天然优势。他们大多出生于农村，不论出身贫农还是中农、富农，童年少年时期均与农民生活在一起，熟悉农民的吃喝拉撒、喜怒哀乐，熟悉农民的思想感情和生活方式，熟悉农村的婚丧嫁娶、风土人情，外出求学之前使用的都是农民语言。即使后来离开了乡村，以异质文化反观，反而使之对自己出身的环境、对农民的特点有更清晰的认识；作为共产党领导的革命干部、革命军人，战争年代他们又常常离乡不离土，经常与农民老百姓同吃同住，打成一片。即使个别出身地主或官僚家庭的人，要么其家道已经中落或破产（如姚雪垠），要么他们背叛了自己的家庭，走向工农（如杨沫、罗广斌）。而像浩然、胡万春这样的作家，直到开始写作生涯时，还一直是地道的农民或工人身份，他们精通各种农活，或熟悉工业技术。因此，要求这些作家"深入生活"（工农兵大众的生活）时，实际是让他们去了解另外一个地方的农民或工人、士兵的生活，或了解一下当下的工农兵生活状况；而进行写作时，早年经历与生命感受、生活体验会与新"深入"的生活同时发生作用。以周立波为例，他写《暴风骤雨》时，是作为在湖南出生的作家去深入体验东北农民的生活，学习东北农民的语言方式，而写《山乡巨变》时是回到故乡，体验故乡农民在新的历史时期的生活，利用自己原本就熟悉的湖南农民语言，这是与那些出生于都市、生活于都市的作家去想象农村、想象农民完全不同的。

其次，这些作家早在开始写作之前，就早已"革命"化了；原先不够"革命"化的，经过20世纪40年代的"整风"之后，也已"化"过。他们身上与工农兵格格不入的纯知识分子情调越来越少。也就是说，他们是先接受了革命意识形态（革命理论、革命伦理）之后，才开始创作的。他们观照生活的立场和方式都是"革命"的，同时又是"工农兵"的。个别作家（例如萧也牧）虽也贴近工农兵，但身上仍残留着某些知识分子的观念与趣味，中华人民共和国建立之初便受到批判，这就给他自己以及其他作家一个教训，那些"残留"也就在前三十年文艺中消失殆尽。当然，农民立场也会和革命意识形态发生龃龉,这时,作家们便从革命立场出发去教育"落后"农民。农民究竟是施教者还是受教者?这取决于参照系:相对于知识分子,他是施教者;相对于革命者,他是受教者。革命干部出身的作家们便是从革命立场、革命目标出发,通过深入农民、了解农民,而对农民进行革命意识形态的教育。此外,这三十年的中国当代作家队伍构成还有一个突出特点,便是军人出身或有军人、半军人身份的非常多。从表1可以看出,革命军人身份的作家占了其中一半,而另外一些1949年之后不在军籍的,也往往有从军经历——即使不是正规军,也参加过游击队,或在部队编制的文艺宣传队工作过,如孙犁、梁斌。军人的特点是以服从命令为天职,那个年代的其他革命干部也有军人特点,所以他们将以革命文艺教育大众、服务于革命政治,视为理所当然,很少抵触情绪。即使在后来进入历史新时期之后,这些作家的观世方式仍然是革命意识形态化的。也就是说,革命意识形态已化作他们的集体无意识,他们运用起来自然而然;与此相应,对异质于这种意识形态或与之有所抵牾的思想观点,他们会"本能"地排斥。

老作家中,茅盾、沈从文、巴金和曹禺等1949年后或者不再进行创作,或者再也难以创作出达到自己此前代表作水平的作品,其主要原因之一是不熟悉工农兵大众的生活——即使思想改造好了,"生活"也跟不上。"十七年"时期巴金唯一被称道的是被改编成电影《英雄儿女》的小说《团圆》。这篇小说是巴金到朝鲜前线体验志愿军生活、"生活在英雄们中间"的结果。它之所以能被改编,是因为没有将"人情"抽象化、脱离"革命情谊"。老作家中似乎只有老舍、艾芜等例外,这是因为他们在接受革命意识形态之前就处于社会底层,或一度沉入底层,熟悉大众的生活方式,熟悉其思想、感情和语言。

4. 新中国人民文艺特点之三:民间传统与西方元素结合

较之延安时期,新中国人民文艺不再满足于"旧瓶装新酒",除继续借鉴和改造民间形式，还更大胆地吸收外国文艺营养并进行创造性发挥，使其在艺术形式方面独具一格。

1942年之前，延安曾兴起演"大戏"浪潮，后来在整风时被批评为脱离大众、食洋不化。后来被立为"方向"的赵树理小说，是受民间文艺与中国古典文艺传统影响最大、受外国文艺影响最小的典范。但是，即使在毛泽东《在延安文艺座谈会上的讲话》之后，解放区文艺也并未拒绝借鉴外国形式，著名歌剧《白毛女》就是将中国民间文艺与外国歌剧形式结合的成功范例。其后的《暴风骤雨》情节设置重视矛盾冲突，人物塑造以对话与行动为主，而丁玲小说《太阳照在桑干河上》虽然在结构方面有中国古典小说的痕迹，但在塑造人物时注重心理描写，明显是对西洋小说写法的适度吸收。《太阳照在桑干河上》在大众读者中的传播广度不及《暴风骤雨》，这应该是原因之一，但它也并非没有考虑大众化的要求——它的心理描写和评述简练而不冗长，所以读来并不沉闷。

"十七年"小说的一些重要作家，对自己受外国文学影响毫不避讳。苏联文学艺术对新中国初期文艺影响非常巨大，这既体现在苏联作品，包括小说、诗歌、戏剧、电影、音乐、美术在新中国的大量传播，也包括中国文艺家在自己的创作中对苏联文艺思想与文艺形式的学习。不过，虽然意识形态一致，毕竟苏联也属于"洋"，苏联文学艺术在中国的传播基本限于城市，广大乡村所受影响很少——大概只有电影《列宁在十月》《列宁在1918年》为农村观众所熟悉。

直接承认自己受西方文学影响的"十七年"小说家，当推周立波、柳青、梁斌和姚雪垠。

周立波在成为作家之前，先是翻译家。他早年在上海求学时就自学了英语，1929年开始学习翻译和写作。后来先后翻译出版了肖洛霍夫《被开垦的处女地》、普希金《杜布罗夫斯基》及美国、巴西、爱尔兰、捷克作家的作品，并在延安时期先后担任美国作家史沫特莱和美军情报官卡尔逊的翻译,在延安鲁迅艺术大学担任编译处处长和文学系教员,讲授名著选读,可见其外国文学修养属于专业水平。但在文艺大众化潮流中,他会特别注意将这种外国文学滋养内化,与中国民族传统融合,形成自己的个人风格。所以茅盾于1960年评论周立波作品时说:

> 从《暴风骤雨》到《山乡巨变》,周立波的创作沿着两条线交错发展,一条是民族形式,一条是个人风格;确切地说,他在追求民族形式的时候逐步地建立起他的个人风格。他善于吸收旧传统的优点而不受它的拘束。这是一眼就可以看出来的。①

这里茅盾恰恰没有提到外国文学对周立波的影响,但了解内情的人会知道,周立波继承民族形式时,是有外国文学做参照、做资源的,他的"个人风格"里内化有外国文学成分或元素。

柳青曾两次在文章中谈到自己受法国作家维克多·雨果的《悲惨世界》的影响。上中学时柳青就读了英文版的《悲惨世界》,被这本关于"善与恶的书"深深打动。"到三年级即读英文版屠格涅夫的《初恋》,安德列夫的《红笑》,萧伯纳的《卖花女》,歌德的《少年维特之烦恼》和哈代的《雅丽莎日记》等世界文学名著。"②他自述19岁时在西安读过英文的美国、英国杂志,以及《圣经》。③外国文学中,他接触苏俄文学最多,列夫·托尔斯泰、高尔基、绥拉菲摩维奇、法捷耶夫、肖洛霍夫的作品他非常熟悉。1937年柳青在西北临时大学随曹靖华学习过俄文,翌年曾译美国作家辛克莱的《马德里之战》。若非他说明自己兴趣在创作,组织上本有意让他从事翻译工作。外国文学对柳青的影响是全方位的,体现于其创作的思想内容

---

① 茅盾:《关于周立波的创作》,《人民文学》1960年8月号。
② 蒙万夫等:《柳青生平述略》,载蒙万夫等编《柳青写作生涯》,百花文艺出版社,1985,第152页。
③ 柳青:《我的思想和生活回顾(节录)》,载蒙万夫等编《柳青写作生涯》,百花文艺出版社,1985,第12页。

与艺术技巧的各个方面。所以贾平凹说:

> 从《创业史》看,其结构、叙述方式、语言,受西方文学影响很大。他的文学上的大视野,学识上的多吸收多储备,保证了《创业史》的高水准。①

梁斌《红旗谱》以中国老百姓"喜闻乐见"的"中国作风和中国气派"、以民族风格和地方色彩著称,但梁斌本人多次提到,他的创作受到了外国文学影响。且不说早期的《夜之交流》洋味十足,写作代表作《红旗谱》时,也并非只有《水浒传》《红楼梦》《金瓶梅》《三国演义》给他以启发。他早年在保定第二师范读书,由于该校有红色传统,梁斌在这里读到苏联革命文学作品如《毁灭》《被开垦的处女地》《夏伯阳》《士敏土》《铁甲列车》《铁流》等。② 后来他对外国文学的阅读便不限于革命文学,也不限于苏俄:20 世纪 30 年代初流亡北平时,他在北平图书馆"连读三遍《复活》,读了几遍《猎人笔记》,也读《蟹工船》及《没有太阳的街》"③。为读外国作品,他在济南山东剧院学习期间还学了日文。到 50 年代他自己构思《红旗谱》时,立下的志愿是"不写一部《静静的顿河》,就写一部《战争与和平》"④。在具体写作过程中,他通过研究梅里美小说,构思第二部《播火记》里李霜泗父女的故事;读《战争与和平》,学习如何写战争;重读《毁灭》,研究如何写正面人物的失败;从高尔基《母亲》,体会革命

---

① 贾平凹:《纪念柳青》,载董颖夫、刑小利、仵埂编《柳青纪念文集》,西安出版社,2016,第 8 页。
② 梁斌:《一个小说家的自述》,载《梁斌文集》第 5 卷,人民文学出版社,2005,第 69 页。
③ 梁斌:《一个小说家的自述》,载《梁斌文集》第 5 卷,人民文学出版社,2005,第 83 页。
④ 梁斌:《一个小说家的自述》,载《梁斌文集》第 5 卷,人民文学出版社,2005,第 457 页。

浪漫主义手法运用与新型主人公塑造。① 不论继承中国传统、民间资源，还是借鉴外国经验，梁斌始终坚持以我为主，形成自己独有的风格。再就是始终照顾不同层次的读者，适应中国读者大众的欣赏习惯：

> 为了争取更多的读者面，文章要写得通俗明白（不是通俗文学）。语言要新鲜，句子要短，字字珠玑，使识字的人看得懂，不识字的人听得懂，好像讲评词一样，有传奇色彩。要创新，别开生面。②

中国古典小说以叙述为主，突出人物的对话与动作。西洋小说则重视描写，特别是常常有大段心理描写或景物描写，这往往使读惯中国旧小说的普通读者不适应。对此，梁斌采取的策略是，让自己的艺术描写"比西洋小说的写法略粗一些，但比中国的一般古典小说要写得细一些"③。

早在抗战时期，姚雪垠就以文学化的民间口语写底层农民参加抗战的《差半车麦秸》蜚声文坛。中华人民共和国成立后，他在写作《李自成》时，一直在探索历史小说的新道路，追求小说的中国风格和中国气派。然而，读过姚雪垠小说的，都会明显感到他的作品与中国古典小说及民间文艺的相异之处。姚雪垠虽无正规大学毕业的学历，却是一个典型的学者型作家。他读书很多、很杂。他不仅写小说，也研究小说理论、小说美学。他论述文学创作问题曾提及的外国作家有果戈理、列夫·托尔斯泰、契诃夫、高尔基、阿·托尔斯泰、单拉特可夫、富曼诺夫、莎士比亚、司各特、拉·乔万尼奥里、维克多·雨果、歌德、屠格涅夫、班扬、拉夫列尼约夫、显克微支、赫尔曼·沃克等。他承认自己早年写作时"曾有意地去模仿果

---

① 梁斌：《一个小说家的自述》，载《梁斌文集》第5卷，人民文学出版社，2005，第462页。

② 梁斌：《一个小说家的自述》，载《梁斌文集》第5卷，人民文学出版社，2005，第476页。

③ 梁斌：《漫谈〈红旗谱〉的创作》，载《梁斌文集》第6卷，人民文学出版社，2005，第287页。

戈理"①。虽然他曾说一些外国名著结构上有问题时曾列举《战争与和平》与《悲惨世界》②，他又曾明确拒绝茅盾关于《李自成》用章回体的建议，但读过《李自成》并熟悉雨果作品及中国章回小说的读者，不难感受到《李自成》大开大合、横云断岭的结构方式与雨果小说颇为相似，又与中国章回小说结尾设置悬念的手法相通。《李自成》在处理文学与历史的关系及小说结构和艺术描写方法时，综合古今中外之长，而最后形成自己的独有体式。

上述几位小说家在同时代作家中之所以独占鳌头、体现了"十七年"文学最高成就，与他们在中国传统和民间文化的基础上又广泛吸纳外国优秀文学经验、进行独辟蹊径的文体探索密不可分。

5. "文化大革命"时期的大众文艺

"文化大革命"期间，是文艺大众化的特殊时期。这一时期要从文艺普及程度来说，确乎是史无前例、登峰造极的。从政治宣传角度来说，效果也是前所未有的，直至新时期以后，当年艺术受众的思想、言语和行为方式仍体现出"文化大革命"文艺的深刻影响，不论是体现为顺承，还是体现为反拨、颠覆。

"文化大革命"文艺向大众的普及，首推样板戏。所谓"样板戏"，主要包括京剧《红灯记》《智取威虎山》《沙家浜》《海港》《奇袭白虎团》《龙江颂》《红色娘子军》《平原作战》《杜鹃山》；芭蕾舞剧《红色娘子军》《白毛女》；交响音乐《沙家浜》。③ 其普及的广泛性，不仅仅是家喻户晓，妇孺皆知，而且城市和乡村的普通百姓几乎人人都会唱，每个单位、每个

---

① 姚雪垠：《我怎样学习文学语言》，载姚北桦等编《姚雪垠专集》，黄河文艺出版社，1985，第71页。引文中此处"的"如今一般写作"地"。
② 姚雪垠：《小说结构原理（未完稿）》，《文艺先锋》第4卷第1期（1944年1月）。
③ 习称的"八个样板戏"不包括京剧《龙江颂》《红色娘子军》《平原作战》《杜鹃山》这四种"文化大革命"后期作品。除了上述剧作，"文化大革命"末期尚有上海京剧团的《磐石湾》和山东京剧团的《红云岗》，但它们的普及程度无法与前面的作品相比。

工厂、每个学校、每个村庄都有人会演,有自建临时剧团。老人和儿童,包括文盲,会唱样板戏选段的也比比皆是。历来重视文艺工作的部队就更不必说。

样板戏的普及,首先借助于行政权力之力。由于是中央统一布置,各个基层单位都是作为一项重要政治任务来执行。在这一前提下,样板戏剧本大量印行,全国各地的新华书店,以及乡镇的供销社里,都陈列着样板戏剧本,以及演出提示脚本(里面包括唱腔曲谱、配器、舞美设计等)。与之配合的是各种版本连环画、春节期间作为年画替代品向城乡大量发行的大幅彩色剧照。再就是各种改编的衍生文本:京剧被改编为各种地方戏,甚至有维吾尔语版的《红灯记》;《奇袭白虎团》则被改编为快板书。中央指定的"样板团"是:中国京剧团的《红灯记》剧组、《红色娘子军》剧组、《平原作战》剧组,北京京剧团的《沙家浜》剧组、《杜鹃山》剧组,上海京剧团的《智取威虎山》剧组、《海港》剧组、《龙江颂》,山东京剧团的《奇袭白虎团》剧组,中央芭蕾舞团的《红色娘子军》剧组,上海舞蹈学校的《白毛女》剧组,以及中央交响乐团的交响音乐《沙家浜》演出团队。样板团的演出千锤百炼,实行最佳组合(《沙家浜》和《杜鹃山》还从别的团借调来主演),然而全国能直接观看其演出的观众毕竟十分有限。为了更大范围普及,样板团的演出分别被拍摄成舞台艺术片电影,在全国城乡反复放映。在电视没有普及的当年,收音机无线广播里也是反复播送样板戏;没有收音机的家庭,则可通过定时播音的有线广播收听到。有线广播除了每家安装的小喇叭,更有街头的高音大喇叭,使得听众每天被动收听。

样板戏的普及与巨大影响不仅仅是凭借外力,其本身因素也起关键作用。如果我们仅仅将"艺术性"理解为内容和形式结合的完美程度、视听冲击力和感染力,而不是从内涵的深刻、丰富、复杂性,不是从耐人寻味、可作无限解读角度理解,那么这些对政治意图毫不避讳的作品,可以说在艺术上确实达到了时代的新高度，它们确实做到了"在普及基础上提高"。京剧是在中国民间最普及的剧种，其音乐唱腔、表演程式经过一两百年传承，塑造了大众审美心理。平时常见批评界批评作品人物塑造"脸谱化"，而"脸谱化"正是京剧的特点，它忠奸分明，让观众善恶立判，人物性格类型化，便于文化程度不高的普通观众识记。它并不试图引发受众对既有伦理秩序的怀疑与反思，而只求强化与推广既有伦理观念。这与革命文艺强调政治倾向性、追求革命思想与伦理观念对大众的植入与强化，具有内在一致性。同时，样板戏又适应新时代观众审美心理，对传统京剧进行改革，加快节奏，将西洋交响乐与歌剧表演因素引入，舞美也借鉴欧美话剧与歌剧，中西结合非常自然。芭蕾舞、交响乐本是"洋味"十足的艺术样式，样板戏编导也进行了民族化处理。京剧《沙家浜》《智取威虎山》《杜鹃山》和芭蕾舞剧《红色娘子军》的舞美效果强烈，音乐荡气回肠。《红灯记》剧情感人，一方面因为它主要表现的是具有普适性的民族情感，另一方面又含有民间性的血缘伦理因素。样板戏的阶级斗争主题虽然是政治性的，但它将阶级冲突处理成道德善恶之争，处理成压迫与反抗、霸凌与除霸故事，对看惯传统京剧和民间文艺的观众来说很容易接受，代入感很强；而《红灯记》《沙家浜》《平原作战》作为抗日故事，其价值取向也能被观众自然认同。它们一般都有激烈的矛盾冲突，有紧张动人的故事情节——《红灯记》《沙家浜》《智取威虎山》都有类似谍战的正面主人公"潜伏"故事，《海港》《龙江颂》则是"阶级敌人"的"潜伏"与最终被揭穿。初次观看此类剧者能被故事吸引，反复观看或收听多次者，其欣赏心理则类似于以往老戏迷：情节已知，只欣赏表演特别是唱腔。

芭蕾舞剧《白毛女》《红色娘子军》和交响音乐《沙家浜》这样的非京剧类样板戏，由于艺术样式纯粹来自国外，普通观众特别是农村观众以及文化程度不高的观众、听众接受起来不及京剧顺畅，但由于它们都是"衍生文本"——都有一个大家熟悉其故事的前文本（歌剧及电影故事片

《白毛女》、故事片《红色娘子军》及京剧《沙家浜》),原会有的接受障碍便基本排除。它们的舞台艺术片放映时,漂亮的画面和优美而熟悉的音乐旋律成为吸引观众的重要因素。在收音机里播放时虽然听众只能听到音乐,看不到舞蹈画面,但广播电台都配有旁白似的语音解说,听众可据此想象。

除了样板戏,"文化大革命"后期表现革命政治主题的曲艺、美术、歌曲等也是空前普及。曲艺中,有快板书、相声、山东快书、北京琴书、坐唱二人转、京韵大鼓、京东大鼓、西河大鼓、单弦联唱、天津快板、河南坠子、山东柳琴等多种样式。它们的内容除了改编传统革命历史故事,主要是表现社会主义新人新事,例如知识青年上山下乡、工农兵学员上大学、解放军或各行各业学雷锋、农村合作医疗等。通过广播,它使得原先仅有局部地域影响的曲艺品种产生了全国效应。美术方面,除了样板戏剧照,进入20世纪70年代以后大量工农兵题材年画、国画以及油画也在每年春节期间向全国城乡大量发行。这类美术作品的共同审美特征是色彩的"红、光、亮",充满喜庆气氛;其中有风景画将彩色加入水墨画,描绘了令人神往的世外桃源般景象。这些由艺术家营构的"第二现实",深刻影响着那个年代大众的精神世界。

"文化大革命"时期群众中还流行一些独特的文艺表演形式,例如表演唱、三句半、对口词等。这些后来已很难见到。

6. 新时期以后文艺大众化的处境与新形态

新时期文学艺术最初以对"文化大革命"及"十七年"文艺从内容到形式反拨或颠覆的姿态出现。"伤痕文学""反思文学"主要是内容方面的反拨或颠覆,也涉及艺术形式。作品主人公不再限于"工农兵",工农兵形象也不再是高大完美的理想人物。20世纪70年代末期,诗歌方面出现了"朦胧诗",小说领域出现了西方意识流手法的借鉴,不再重视故事;进入80年代以后,戏剧、电影领域出现了探索剧、探索电影,音乐、美术领域也掀起学习借鉴西方现代派的潮流,到1985年整个文艺创作和文艺理论领域形成一股"85新潮"。这一切都是对原先大众化潮流的反向运动。一时间，文学艺术与普通大众拉开了巨大距离，许多非专业的读者不再读新诗、新小说。同时，随着社会的逐步开放，通俗文艺重新取得合法地位，原先欣赏工农兵文艺的普通读者转而阅读金庸武侠小说或琼瑶言情小说，或观看据以改编的电视连续剧。民国及其以前的旧通俗文学作品重新印行，这些也成为新时期大众的读物。电视机普及家庭之后，电视剧成为大众最主要的文艺欣赏对象。21世纪互联网时代到来，网络文学流行，大众在阅读欣赏的同时，也可以自己尝试创作，文艺大众化进入新时代。

新时代文艺的特点之一是大众文艺与精英文艺和主旋律文艺三股并进，各行其道，它们分别有自己的创作群体与接受群体。

新时期以前文艺的特点是体现国家意识形态的文艺与大众文艺合一，形成"人民文艺"，即以大众化方式传播国家意识形态。进入新时期特别是21世纪以后，大众文艺回归其"通俗文艺"形态，而表达国家意识形态的文艺被命名为"主旋律"文艺。另外就是既不迎合大众，也不直接表达意识形态内容的精英文艺。其中，大众文艺的宗旨就是娱乐消遣，它遵循的是市场秩序和快乐原则；"主旋律"文艺借主流媒体推出，例如"主旋律"电视剧一般在中央电视台一套节目黄金时段播出。但是，社会主义市场经济时代"主旋律"文艺作品的发行与传播与新时期以前的人民文艺有了明显区别：以前人民文艺的发行是行政方式，带有强制性，而且由于不存在其他类型作品，它是受众的唯一选择。社会主义市场经济时代"主旋律"作品的发行虽然也有行政成分（比如党内或单位内组织观看某部电影作为学习），但市场起主导作用。典型的例子是：全面市场化到来之前，八一电影制片厂拍摄的《大决战》系列电影上座率极高、放映周期和次数很长，而20世纪90年代同样由八一厂拍摄的《大进军》系列发行量就很低，就连天津这样的直辖市甚至都不曾上线。它更多是靠后来的电视及网络传播。除了央视，"主旋律"电视剧在各电视台的播放次数与频率远不及纯娱乐型作品。

20世纪90年代末以后对旧"红色经典"影视的翻拍，以及新型红色题材创作，是文艺家们为在新时代条件下解决"主旋律"与市场的矛盾、重建"人民文艺"的一种尝试。其策略是：内容方面坚持政治正确主题，但又糅进娱乐成分，将原先的阶级伦理、革命伦理日常化，人性人情化。这样做的结果，一方面确实扩大了接受面，使青年一代接触和了解了革命文艺，也在某些方面弥补了原先革命文艺否认人性、回避人情的缺憾；另一方面，有些创作态度不够严谨甚至不够严肃的作品，完全以今天逆推昨日，又有违历史真实，给不了解历史的后来者传达了错误的历史知识。

新中国前三十年的人民文艺从塑造社会主义"新人"的政治目的出发，凭借其特有的传播机制与传播方式，将文艺大众化推向极致。新时期特别是21世纪以后电视与网络的普及，则以另一种方式实现了文艺大众化。只不过它主要凭借的不是政治机制，而是市场机制，不再是以政治为目的、娱乐为手段，而是以娱乐为目的、政治为附带效果。这是难以逆转的历史潮流。不论肯定还是否定，人民文艺时代的大众化方式只能是一种历史的存在。

新中国70年文艺大众化的经验教训，还有待进一步深入研究和总结。

后 记

整整十年前，2009年8月，我在人民出版社出版了一本《"红色经典"的文学价值》。那是我所承担的第一个国家社会科学基金项目的结项成果。该书出版后，反响还可以，先后被评为第六届河北省社会科学基金项目优秀成果奖一等奖和第十二届中国当代文学研究优秀成果表彰奖，并且被中国社会科学院文学研究所主办的《中国文学年鉴2010》重点推介。2013年温儒敏先生修订他和赵祖谟先生主编的高校教材《中国现当代文学专题研究》，约我撰写了其中"五六十年代'红色经典'的文学史地位"一章。此后，现当代文学研究圈内认识我的，便常常将我与"红色经典"联系起来了，以至于喝酒时脸上泛了红，也有人戏称"经典红色"。这次贺仲明兄决定组织出版"当代文学经典研究丛书"，就想到让我负责"红色经典"一本。我感到时间紧迫，有些为难，但贺兄相信我有原来的积累，认为还是由我来写这本好。盛情难却，义不容辞，我便马上放下手中其他工作，集中精力写这本书。丛书出版是"集团作战"，为不误大家工期，我便让我的博士生魏雪分担其中关于《创业史》和《青春之歌》的两章。但所有章节的文责均应由我来负，因为我是导师，这两章的题目是我出的，总体框架构思乃至部分材料也是我提供的，最后由我审阅、修改、定稿。

与十年前相比,我对"红色经典"的总体看法与评价未变,但是陆续又有了一些新的思路和见解。我仍然认为,"红色经典"的提法并无不可,因为这里的"红色"是指其政治倾向、政治立场,"经典"也仅指它们在特定时期读者众多、影响巨大且深远,并不等于断定它们都已成了世所公认的永恒经典。然而,也不排除它们之中部分更优秀之作有流传后世的可能。本书所论五种长篇小说,我以为就是最具成为永恒经典潜能的作品,特别是其中的《李自成》《红旗谱》《创业史》。与其他"红色经典"作家不同,姚雪垠、梁斌、柳青等是从动笔伊始便将自己的创作视为百年大计、千年大计的,他们不只为当世而写,更多想到了后世读者。在特定情势下,他们不可能不受时代局限,特别是极左路线盛行时期,他们为了作品得以出版发表,甚至仅仅为了获得写作权利,不得不对文字表述做一些权变;但是,他们不会为了一时之利而改变自己的根本构思和终极目标。一方面,正因为有精品意识,他们才不厌其烦地一遍遍修改自己的作品,才广泛听取专家和普通读者的意见;另一方面又绝不盲从、不媚俗。与姚雪垠和梁斌打过交道的编辑,都知道他们很"倔",因为他们有自己的固定见解,也特别自信。《红岩》和《青春之歌》则由于其题材的独特性,将来的文学史也不会不提上一笔,感兴趣的读者也可以从对它们的阅读中受到启发,获得力量。《创业史》所肯定的政策可以过时,但它通篇洋溢着对生活的热爱、对人性善良与劳动美德的赞美、对人伦挚情和创业激情的赞美,后世读者也会受其感染,正如今天我们受到《悲惨世界》的感染一样。

旧著《"红色经典"的文学价值》重在评估大部分被称作"红色经典"的中国当代长篇小说的文学价值与文学史地位,主要是一种逻辑的、学理的分析。这本《"红色经典"的经典化之路》则选取其中最优秀之作,梳理它们经典化的过程并预测它们传世的可能。里面有近些年来笔者发现的新材料,也有新思考和新观点。

西方论文学经典有"50年"时间段考验之说。按说,本书所论作品均

后 记

已过了 50 年的考验期,如今还在出版、销售,还在被阅读、改编,给它们个"经典"的称谓也说得过去了。当然,怀疑者也有其理由:现在这些书的读者多是有相关早年阅读记忆的中老年人,还有中小学列入教材或必读书的强迫因素。但笔者相信,即使是现在的青年,乃至未来的青年,他们如果有阅读大部头文学作品的兴趣与愿望,他们也会喜欢这几部小说,正如他们喜欢《伊利亚特》《神曲》《高老头》《战争与和平》《静静的顿河》一类的书;如果他们不想读、读不进本书这五部小说,那么他们很可能也不想读《伊利亚特》《神曲》《高老头》《战争与和平》《静静的顿河》。

"红色经典"多是重视文艺大众化的作品。这是中华人民共和国成立后前三十年文学艺术的基本要求和共同特征。因此,本书特附录笔者论文《文艺大众化与新中国文艺 70 年》,以为读者参考。

感谢贺仲明教授!感谢广东高等教育出版社编辑钱丹女士!没有她们的督促,就不会有这本书的问世。

欢迎学界同行与广大读者批评指正!

阎浩岗
2019 年 8 月 26 日于河北大学